AF203161

Horst Bosetzky

Unterm Fallbeil

Kappes 18. Fall

Kriminalroman

Jaron Verlag

Horst Bosetzky alias -ky lebt in Berlin und gilt als «Denkmal der deutschen Kriminalliteratur». Mit einer mehrteiligen Familien-saga sowie zeitgeschichtlichen Spannungsromanen avancierte er zu einem der erfolgreichsten Autoren der Gegenwart. Zuletzt erschienen im Jaron Verlag von ihm die biographischen Romane «Kempinski erobert Berlin» (2010) und «Der König vom Feuerland. August Borsigs Aufstieg in Berlin» (2011) sowie die ersten Bände seiner Romanserie «Wie Berlin und Brandenburg wurden, was sie sind: Unglaubliche Geschichten aus dem Mittelalter» (ab 2011). Zu der Krimireihe «Es geschah in Berlin» trug er bereits mehrere Bände bei, zuletzt «Mit Feuereifer» (2011).

Originalausgabe
1. Auflage 2012
© 2012 Jaron Verlag GmbH, Berlin
www.jaron-verlag.de
Umschlaggestaltung: Bauer + Möhring, Berlin
Satz: Bild1Druck GmbH, Berlin
Druck und Bindung: CPI – Clausen & Bosse, Leck

ISBN 978-3-89773-680-1

«Billigt ihr [...] die radikalsten Maßnahmen gegen einen kleinen Kreis von Drückebergern und Schiebern [...]? Seid ihr damit einverstanden, dass, wer sich am Kriege vergeht, den Kopf verliert?»

«Ja!»

Joseph Goebbels am 18. Februar 1943 in seiner Sportpalastrede – und die Antwort der Anwesenden

EINS

«EINE GEWALTTÄTIGE, herrische, unerschrockene, grausame Jugend will ich!», rief Friedrich Riese, Leiter des Amtes V im Reichssicherheitshauptamt (RSHA), und berauschte sich an den Worten des Führers, die er fehlerfrei wiedergeben konnte. «Es darf nichts Schwaches und Zärtliches an ihr sein. Das freie, herrliche Raubtier muss erst wieder aus ihren Augen blitzen.»

Diese Ansage galt einer Schar von Kriminalanwärtern, die sich in einem Innenhof des Gefängnisses Plötzensee vor ihm aufgebaut hatte, aber nicht zuletzt auch dem altgedienten Kriminalkommissar Hermann Kappe, den Riese für einen Weichling hielt, der längst eine Lektion verdient hatte. Mehr noch, er hatte das Gefühl, dass Kappe mit dem Widerstand sympathisierte, jedenfalls war er durch nichts zu bewegen gewesen, Mitglied von SA und NSDAP zu werden.

«Wir werden gemeinsam der Vollstreckung eines Todesurteils beiwohnen», verkündete Friedrich Riese. «Hingerichtet wird der Friseur Thomas Bethge, zum Tode verurteilt wegen Wehrkraftzersetzung und Selbstverstümmelung.»

«Richtig!», rief der forsche Kriminalanwärter Männel. «Zum Teufel mit allen Saboteuren und Volksschädlingen!»

«So ist es.» Friedrich Riese nickte, und es war kein Zufall, dass sein Blick dabei in Richtung Hermann Kappe ging. «Mit solchen Leuten wird kurzer Prozess gemacht!»

Hermann Kappe wusste, dass es in der nächsten Stunde auch um seinen Kopf ging. Dieser Friseur war ein Bruder im Geiste, und schrie er auf, wenn Bethge geköpft wurde, oder versuchte er gar, diesen Akt der Barbarei zu verhindern, dann kam er postwendend ins KZ. Dass er ganz oben auf Rieses Abschussliste stand, hatte man ihm schon gesteckt.

«In den ersten Jahren nach der Machtübernahme sind die Verbrecher teilweise noch mit dem Handbeil hingerichtet worden», erläuterte Riese. «Am 14. Oktober 1936 aber hat der Führer entschieden, dass die Todesstrafe in Deutschland künftig überall mit der Guillotine zu vollstrecken ist. Hier in Plötzensee ist eine Arbeitsbaracke als Ort der Hinrichtung bestimmt worden. Das Fallbeil wurde aus der Strafanstalt Bruchsal herbeigeschafft. Im Hinrichtungsraum sehen Sie ferner einen Stahlträger, der auf Weisung des Führers nachträglich eingezogen worden ist und an dem acht Eisenhaken befestigt sind. Hier sind im Dezember 1942 im Vierminutentakt all die ehrlosen Lumpen erhängt worden, die sich des Hoch- und Landesverrats schuldig gemacht haben.»

Kappe schluckte. Für ihn standen die Männer der Roten Kapelle, insbesondere Harro Schulze-Boysen, Arvid Harnack und Hans Coppi, für das gute Deutschland, und sie hatten stellvertretend auch für ihn gehandelt.

«Wir begeben uns nun in den Hinrichtungsraum», ordnete Riese an. «An diesen grenzt der große Zellenbau, das Haus III, in dem die zum Tode Verurteilten untergebracht sind. Ihre letzten Stunden verbringen sie gefesselt in besonderen Zellen im Erdgeschoss.»

Ein kalter Schauer erfasste Kappe, es war schon fast Schüttelfrost. Dieses Warten auf den Tod musste die Hölle sein. Bei Fontane hatte er einmal eine solche Szene gelesen. In dessen frühem Roman *Vor dem Sturm* war im Oderland ein Aufstand gegen die französischen Besatzer gescheitert, und Lewin von Vitzewitz sah auf der Festung Küstrin seiner Hinrichtung entgegen.

Allmählich stieg die ganze furchtbare Wirklichkeit vor ihm herauf, und er lauschte, ob er nicht schon den Tritt eines ihn abholenden Wachkommandos hören könne. Wusste er doch, dass die Morgendämmerung die Zeit für solche Szenen sei.

8

Aber was war die Stunde? Er griff nach der Uhr und ließ sie repe-
tieren. Fünf. Das war noch zu früh; es konnte nicht vor sechs geschehen.
Also noch eine Stunde Leben, aber auch noch eine Stunde Tod, und er
wünschte sich die Minuten weg, um Gewissheit zu haben. Das Letzte, das
Schreckliche konnte nicht so schrecklich sein wie diese Qual.

So musste es diesem Thomas Bethge ergehen, und anders als bei
Lewin von Vitzewitz, der in letzter Sekunde von den Seinen gerettet wird, gab es für ihn keinerlei Hoffnung mehr.

Der Scharfrichter zog das Fallbeil nach oben, der Todeskandi-
dat wurde in den Raum geführt.

Hermann Kappe wünschte sich, dass eine Krankenschwester
kam und ihm ein Narkosemittel spritzte, damit er erst wieder auf-
wachte, wenn alles vorüber war. Schnell war ihm klar, dass er dieses
Narkosemittel selbst produzieren musste – in seinen Gedanken.
Vielleicht schaffte er es, sich selbst in eine hypnotische Trance zu
versetzen. Er fixierte die Eisenhaken oben am Balken und begann,
von hundert rückwärts zu zählen. Dabei kam er immer wieder
durcheinander, denn der Strom seiner Gedanken ließ sich nicht
aufhalten: Jeden Tag gibt es Tausende von Toten, da spielt dieser
eine auch keine Rolle mehr ... Der Mann ist selber schuld an seinem Schicksal ... Das ist doch alles nur ein Film, gleich ist das Kino
aus ...

Überlagert wurde das alles von Bildfetzen, die er nicht unterdrücken konnte. Da spazierte er als Gendarm durch Storkow. Da
ruderte er mit Klara und den Kindern auf den Scharmützelsee
hinaus. Da jubelte er Max Schmeling zu.

Zwei Schreie rissen ihn in die Wirklichkeit zurück. Den einen
hatte Thomas Bethge ausgestoßen, als man seinen Kopf auf der
Guillotine fixiert hatte, den anderen der forsche Kriminalanwärter
Männel, bevor er kollabierte. Damit hatte Friedrich Riese sein
Opfer gefunden, und Hermann Kappe war gerettet.

ZWEI

DER BEZIRK NEUKÖLLN war bislang von Flächenbombardements verschont geblieben. Das galt auch für die Weisestraße, die parallel zur Hermannstraße in Ost-West-Richtung verlief. Allerdings hatte es am 29. Januar 1944 die nahe gelegene Genezarethkirche am Herrfurthplatz getroffen, und Ursula Fröhlich rechnete jeden Tag und jede Nacht mit dem Schlimmsten, zumal der Zentralflughafen keinen Kilometer entfernt lag.

Sie nutzte die Mittagspause, um die Lebensmittelmarken zu ordnen, die sie im Laufe des Vormittags von ihren Kunden in Empfang genommen hatte. Sie lebte von ihrem Kolonialwarenladen in der Weisestraße, den sie gemeinsam mit ihrem Mann geführt hatte, bis der im Spätsommer 1942 im Kaukasus gefallen war. Übernommen hatte sie das Geschäft von ihrem Vater, und so stand auf dem phantasievoll gemalten Schild über Schaufenster und Tür noch immer *Bernhard Bethge – Kolonialwaren*. Das bedeutete, dass die Kunden neben Grundnahrungsmitteln wie Mehl, Zucker, Milch, Butter, Margarine, Wurst und Käse auch Waren aus den europäischen Kolonien erwarten durften, also Kaffee, Kakao, Reis, Tee und Gewürze wie Zimt und Nelken. Davon durfte allerdings im Jahre 1944 nur noch geträumt werden. Immerhin brauchte keiner zu verhungern, und sie, die an der Quelle saß, erst recht nicht. Fragte man die Leute, was ihnen auf dem Versorgungssektor am meisten Schwierigkeiten bereitete, hieß es: «Dass wir nicht genug und nichts Richtiges zu essen haben und dauernd nach was anstehen müssen.» Erst dann kamen Kleidung und die anderen Dinge des täglichen Bedarfs. Bei denen, die ausgebombt worden waren, stand die Wohnungsfrage an erster Stelle.

Alles in allem konnte Ursula Fröhlich mir ihrer Rolle als «Milchfrau» ganz zufrieden sein. Eigentlich hätten ihre beiden Brüder hinter dem Ladentisch stehen sollen, aber Thomas und Eberhard hatten sich mit Händen und Füßen dagegen gewehrt.

«Wären sie nur vernünftig gewesen!», seufzte sie, denn beide waren irgendwie auf die schiefe Bahn geraten. Thomas war vor einigen Wochen wegen Wehrkraftzersetzung und Selbstverstümmelung verhaftet worden, und Eberhard hatte sich in Spandau aus der Kaserne entfernt und von seiner Truppe abgesetzt und war seitdem auf der Flucht. Kein Wunder, dass sie jedes Mal erschrak, wenn bei ihr geklingelt wurde, denn alle redeten von Sippenhaft und dass sie damit rechnen müsse, für die Verfehlungen ihrer Brüder zur Verantwortung gezogen zu werden.

Als sie den Korridor durchquerte, um vom Laden in ihre Wohnstube zu gelangen, bemerkte sie den grauweißen Briefumschlag, der gleich hinter der Wohnungstür auf dem roten Sisalteppich lag. Die Briefträgerin hatte sich offenbar nicht die Zeit genommen, zu ihr in den Laden zu kommen, sondern das Schreiben einfach in den Briefschlitz gesteckt. Das tat sie immer, wenn es unangenehme Sendungen waren, Traueranzeigen zum Beispiel. Ursula Fröhlich erschrak. Nein, ein schwarzer Trauerrand war nicht zu sehen, es war etwas Amtliches. *Der Reichsminister der Justiz ...* Sie riss den Umschlag auf, nahm das Schreiben heraus und faltete es auseinander. Es war eine Kostenrechnung. Für zwanzig Hafttage in Plötzensee stellte man ihr 30 Reichsmark in Rechnung, für die Hinrichtung 300 Reichsmark und für das Porto 12 Pfennige.

Als sie begriffen hatte, dass es sich um ihren Bruder Thomas handelte, bekam sie keine Luft mehr, und ihr Blutdruck fiel dramatisch ab. Ihr wurde schwarz vor Augen, dann kippte sie um.

Als sie wieder zu sich kam, kochte sie sich mit den letzten Bohnen, die sie in ihrem Küchenspind finden konnte, eine Tasse

Kaffee. Nachdem sie den ersten Schluck getrunken hatte, fiel ihr Blick auf den Herd, und da schoss ihr ein Gedanke durch den Kopf: Mach Schluss mit allem, dreh den Gashahn auf!

Immer öfter ertappte sich Hermann Kappe bei dem Gedanken, dass der Friseur Thomas Bethge das bessere Los gezogen hatte: Lieber ein Ende mit Schrecken als ein Schrecken ohne Ende. Wer «in den Sack geniest hatte», wie im Volk der Tod unter der Guillotine bezeichnet wurde, der war erlöst von aller Qual, der brauchte nicht mehr Tag für Tag zu leiden und um sein Leben wie das seiner Lieben zu bangen. Kappes Schwermut erreichte am 11. Februar 1944 ihren Höhepunkt, denn das war der Tag, an dem sein 56. Geburtstag gefeiert werden sollte.

«Was gibt es da zu feiern?», hatte er seinen alten Freund Theodor Trampe schon vor Tagen gefragt.

Der hatte gelacht. «Auch eine Trauerfeier ist eine Feier!»

Während seine Frau und seine Mutter in der Küche mit den letzten Vorbereitungen zu tun hatten, saß er im Wohnzimmer in seinem Lieblingssessel, genoss die Ruhe vor dem Sturm und blätterte im *Völkischen Beobachter*, dem «Kampfblatt der national-sozialistischen Bewegung Großdeutschlands». Er hatte es zum Selbstschutz abonniert. Viel Erbauliches gab es nicht. *Der Führer ehrt die tapfere Berliner Bevölkerung: Ritterkreuze für die Reichshauptstadt.* Gauleiter Reichsminister Dr. Goebbels hatte dem Gaustabsamtsleiter Gerhard Schach und dem Berliner Polizeipräsidenten, SA-Gruppenführer Wolf Heinrich Graf von Helldorff, das Ritterkreuz zum Kriegsverdienstkreuz verliehen. Der eine war 1928 in die NSDAP eingetreten, der andere schon 1925. Kappe seufzte. Was hätte aus ihm werden können, wenn er dem Rat seines Onkels Richard Börnicke gefolgt und auch zu den Nazis gestoßen wäre ... *Heldenhafter erfolgreicher Widerstand gegen sowjetische Durchbruchsversuche.* Kappe musste an Martin denken, seinen Neffen, der stand an der Ostfront, im Raum von Schaschkow. Goebbels hatte Reichsminister Dr. Seyß-Inquart zum Präsidenten der Deutschen Akademie gemacht und eine große Rede geschwungen: «Die deutsche Sprache ist ein scharf geschliffenes Schwert zur geistigen Verteidigung der Nation.» Kappe dachte an seinen Kollegen Gustav Galgenberg, der so stark berlinerte, dass man es schon als Widerstand gegen Goebbels deuten konnte. Vielleicht mussten sie alle Englisch, Französisch und Russisch sprechen, wenn die Deutschen den Krieg verloren hatten. *Postleitzahlen nicht vergessen.* Endlich einmal eine Überschrift, die ihm nicht sauer aufstieß. Es klingelte.

Trampe erschien als erster Gast in der Großen Frankfurter Straße und hatte neben einem kleinen Geschenk, Hermann Stresaus historischem Roman *Adler über Gallien,* auch ein paar Flüsterwitze mitgebracht. «Hitler und sein Chauffeur überfahren eine Sau. Der Fahrer rennt zum Bauern, kommt erst nach Stunden wieder, sturzbetrunken und beschenkt mit Würsten und Schinken. ‹Was hast du ihm gesagt?›, fragt Hitler. Der Fahrer: ‹Heil Hitler, das Schwein ist tot! Da haben sie mich eingeladen.›»

«Pst!», machte Kappe, denn immer öfter kamen Volksgenossen, die gegen die Nationalsozialisten gerichtete Witze erzählten, ins KZ und mussten den kleinen Spaß mit dem Leben bezahlen.

Doch Trampe ließ sich nicht aufhalten. «Ein verwundeter Soldat bittet als Sterbender, die noch einmal zu sehen, für die er sterben müsse. Als man daraufhin das Bild des Führers rechts und das Bild des Reichsmarschalls Hermann Göring links neben ihn stellt, sagt er: ‹Jetzt sterbe ich wie Christus: zwischen zwei Verbrechern.›»

Kappes Lächeln war etwas gequält. «Sei bloß vorsichtig nachher, denn es werden ein paar Verwandte da sein, die dich sofort anzeigen, wenn sie so etwas hören.»

«Warum hast du dir keine anderen ausgesucht?», fragte Trampe, merkte aber sofort, dass er den Freund mit seinen Scherzen kaum aufheitern konnte.

Bertha Kappe kam ins Wohnzimmer, um den Kaffeetisch zu decken. Nach dem Tod ihres Mannes war sie zu ihrem Sohn

Hermann nach Berlin gezogen, weil es ihr in Wendisch Rietz zu langweilig geworden war. Mit dem Beginn der Bombenangriffe hatte sie sich jedoch schnell wieder in den Zug Richtung Scharmützelsee gesetzt. Den Geburtstag ihres Sohnes aber hatte sie nicht versäumen wollen. 78 Jahre alt war sie jetzt und hatte vom Land so viel an Wurst, Schinken, Mehl und Butter mitgebracht, dass der Kaffee- und der Abendbrottisch viel reichhaltiger gedeckt waren als sonst üblich und den allgemeinen Mangel fast vergessen ließen.

Der große Wohnzimmertisch war ausgezogen worden, das heißt, man hatte den Mittelteil aus dem Keller geholt und zwischen die beiden halbrunden Hälften gesetzt. Außerdem war der Tisch mit der aus den Angeln gehobenen Schlafzimmertür, die auf einem Tischlerbock ruhte, um einiges verlängert worden, so dass die Erwachsenen, die in die Große Frankfurter Straße kamen, alle Platz fanden. Die Stühle reichten nicht, und die Jüngeren mussten sich mit einem Hocker oder einem umgedrehten Eimer begnügen – was die Sache aber umso gemütlicher machte.

Nacheinander trudelten die anderen Gäste ein. Den Anfang machten seine Tochter Margarete und seine Enkelin Marlies.

Die Dreijährige hatte für den Opa ein schönes Bild gemalt. «Das ist der Mützelsee, wo du ins Wasser gefallt bist.»

Hermann Kappe bedankte sich und fragte, wo denn ihr Papa sei.

Die Kleine zeigte zum Kronleuchter hinauf. «Der macht, dass der Licht bei dir brennt.»

Hermann Kappe nickte. Sein Schwiegersohn arbeitete als Elektriker bei der Bewag und hatte Schichtdienst.

Die nächsten Gäste kamen im Konvoi: sein Bruder Oskar, der mit Tabakwaren handelte und bislang ganz gut über die Runden gekommen war, mit Frieda, seiner Frau, sowie Sohn und Schwiegertochter. Otto Kappe war ein Kollege bei der Kriminalpolizei, und seine Frau Gertrud arbeitete jetzt in der Fabrik, in der sie Scho-Ka-Kola herstellten, von allen als Fliegerschokolade bezeichnet, da sie Bestandteil der Luftwaffenverpflegung war. Als Geschenk hatte sie ein halbes Dutzend Büchsen davon mitgebracht.

«Damit du immer frisch und munter auf Draht bist, wenn du deine Mörder jagst.»

Das, was ihm auf der Zunge lag, schluckte Hermann Kappe hinunter, denn in der Wohnungstür tauchte in diesem Augenblick sein Onkel Richard Börnicke auf, geführt von seiner Tochter Hertha.

«Heil Hitler!», rief Richard Börnicke. «Wir treten an zum Gratulieren!»

Als Letzte trafen seine Schwester Pauline und sein Neffe Max in der Großen Frankfurter Straße ein.

«Macht mal, der Kaffee wird kalt!»

Bertha Kappes Kuchen und Torten ließen alle an die seligen Vorkriegszeiten denken. Laut sagte das aber keiner, denn es gab einige überzeugte Nazis unter Kappes Gästen.

Der Obernazi war in Kappes Augen sein Onkel Richard Börnicke, der Lebensmittelhändler en gros & en detail, der Haus und Garten in Hoppegarten an einen Wehrmachtsgeneral verpachtet hatte und mit seiner Tochter Hertha in einer Villa in Lichterfelde lebte, um es nicht so weit zu seiner Frau zu haben, die mit einer schweren Lungenerkrankung in einer Privatklinik in Wannsee lag.

«Meinst du denn, Richard, dass wir den Krieg wirklich noch gewinnen?», wollte Bertha Kappe von ihm wissen.

Trotz seiner nun schon 85 Jahre hieb Richard Börnicke mit einer solchen Kraft auf den Tisch, dass bei allen der Kaffee aus der Tasse schwappte. «Ich verbitte mir eine solche Frage! Das ist schon … das ist …» Das richtige Wort wollte ihm nicht einfallen. Deshalb gab er schnell das wieder, was er in Goebbels Sportpalastrede aufgeschnappt hatte: «Der endgültige und totale Sieg der deutschen Waffen ist sicher! Das deutsche Volk ist entschlossen, das Letzte herzugeben für den Sieg, und will aus ganzem Herzen den totalen Krieg. Und die Heimat steht mit starker, unerschütterlicher Moral hinter der Front und gibt ihr alles, was sie zum Siege nötig hat.» Auch die letzten Worte des Reichspropagandaministers kannte er auswendig: «Der Führer hat befohlen, wir werden ihm folgen. Wenn wir je treu und unverbrüchlich an den Sieg geglaubt haben, dann in dieser Stunde der nationalen Besinnung und der inneren Aufrichtung. Wir sehen ihn greifbar nahe vor uns liegen; wir müssen nur zufassen. Wir müssen nur die Entschlusskraft aufbringen, alles seinem Dienst unterzuordnen. Das ist das Gebot der Stunde. Und darum lautet von jetzt ab die Parole: Nun, Volk, steh auf, und Sturm, brich los!»

Hermann Kappe musste sich sehr zusammennehmen, um nicht aufzuspringen und seinen Onkel achtkantig rauszuschmeißen. Auch Theodor Trampe litt unsäglich und presste unter dem Tischtuch seine Hände derart stark zusammen, dass die Knochen und Gelenke hörbar knackten. Die meisten Gäste ließen Börnickes Worte reglos über sich ergehen und widmeten sich angestrengt ihrer Torte, zwei junge Männer aber klatschten Beifall: Kappes Neffe Max, der bei der SS war, und sein Sohn Karl-Heinz, sein eigen Fleisch und Blut, der alles daransetzte, zur Waffen-SS zu kommen und für die Sache des Führers zu kämpfen. Das war etwas, worunter Kappe furchtbar zu leiden hatte, aber er sah keine Möglichkeit mehr, seinen Jüngsten von seinem Vorhaben abzubringen.

Hertha Börnicke, die Gedichte schrieb und mehrere Romane veröffentlicht hatte, war das Auftreten ihres Vaters mehr als peinlich, und um die Situation etwas zu entschärfen, fragte sie in die Runde, von wem denn der Satz «Nun, Volk, steh auf, und Sturm, brich los!» eigentlich sei.

«Das hat mit den Napoleonischen Kriegen zu tun», antwortete Hermann Kappe, der ein Faible für alles Preußische hatte.

«Richtig!», rief Hertha Börnicke. «Theodor Körner, 1813. Aus dem patriotischen Gedicht *Männer und Buben*.»

«Kriege ich nun eine Eins?», fragte Hermann Kappe.

«Nein, da hättest du auch den Dichter nennen müssen. Aber eine glatte Zwei ist es.»

16

Man klatschte Beifall, und gerade wollte sich die Stimmung etwas aufhellen, da begann Klara Kappe zu weinen. «Ihr lacht hier, und mein Hartmut, der ...»

Hermann Kappe nahm seine Frau in den Arm. Sie wussten, dass ihr Ältester in sowjetische Kriegsgefangenschaft geraten war, und hatten seit einem Vierteljahr nichts mehr von ihm gehört. Die Frage war, ob er in einem sibirischen Lager dahinvegetierte oder längst in fremder Erde ruhte.

«Auch an unseren Martin sollten wir denken», mahnte Bertha Kappe. Er war der Sohn von Hermann Kappes jüngstem Bruder Albert, der den Fischereibetrieb in Wendisch Rietz übernommen hatte und nun bei den Fallschirmjägern diente. «Die letzte Nachricht von ihm habe ich aus Italien erhalten, vor der Schlacht um den Monte Cassino.»

Bilder des Grauens stiegen in allen auf, die im Kino gewesen waren und die Bilder in der Wochenschau gesehen hatten.

Hermann Kappes Schwägerin Frieda hatte sich ins Religiöse geflüchtet und zitierte aus dem 11. Psalm: *«Der Herr prüft den Gerechten; seine Seele hasst den Gottlosen und die gerne freveln. Er wird regnen lassen über die Gottlosen Blitze, Feuer und Schwefel ...»*

Oskar Kappe, ihr Mann, fürchtete, dass das von den Nazis am Tisch falsch ausgelegt werden könnte, und versicherte allen, dass sie damit die Luftangriffe auf England meinte.

In diesem Augenblick wurde Sturm geklingelt. Hermann Kappe fuhr zusammen, denn seit langem fürchtete er, die Gestapo würde kommen und seinen Freund Theodor Trampe mitnehmen. Doch zum Glück war es nur Gustav Galgenberg, sein Kollege über Jahrzehnte hinweg, der jedoch mit dem 31. Dezember 1943 in den Ruhestand abgewandert war.

Galgenberg gratulierte Hermann Kappe herzlich. «Freu dir, dette uff de Welt bist und nich runtafällst, det heißt, imma noch am Leben bist. Wann ham wa uns kennjelernt? Noch zu Kaisers Zeiten: 1910. Ach ja, damals ging's uns gut, heute geht's uns besser, es wäre aber besser, wenn es uns wieder gut gehen würde.»

«Alles aufstellen zum Photographieren!», rief Otto Kappe, der Galgenberg die Interpretation dieses Spruchs ersparen wollte. Er hatte sich bei den Kriminaltechnikern am Alexanderplatz eine Kamera und genügend Magnesiumpulver fürs Blitzlicht beschafft.

«Kein Blitzlicht!», schrie Margarete Kappe. «Da denkt Marlies immer, eine Bombe schlägt bei uns ein.»

«Freude, schöner Götterfunke ...», murmelte Gustav Galgenberg.

DREI

MIT FORTGANG DES KRIEGES geriet die Berliner Kriminalpolizei in eine tiefe Krise, da es einerseits immer weniger Beamte
gab, andererseits aber immer mehr Aufgaben zu bewältigen waren.
So nahmen seit Beginn des Luftkriegs die Eigentumsdelikte spür-
bar zu, vor allem aber wurden Kriminalbeamte zur Gestapo und
in die besetzten Länder abkommandiert, um dort in den Einsatz-
kommandos der Sicherheitspolizei und der Geheimen Feldpolizei
der Wehrmacht Deserteure zu verfolgen, Partisanen zu jagen und
beim Ausrauben, der Deportation und der Ermordung jüdischer
Menschen mitzuhelfen.

Hermann Kappe konnte sich glücklich schätzen, für diese
Einsätze zu alt zu sein. Außerdem war er wegen seiner Erfahrung
an der Heimatfront unentbehrlich. Jeder Mord, der nicht aufgeklärt werden konnte, schädigte das Ansehen des NS-Staates – und
es gab aufgrund der Verhältnisse, die immer chaotischer wurden,
eine solch hohe Zahl unaufgeklärter Morde, dass Goebbels und
Himmler, so jedenfalls Kappes Vermutung, auf die Idee gekommen
waren, dem leicht debilen Bruno Lüdke, der in Köpenick Wäsche
ausgefahren hatte, über achtzig Morde anzuhängen. Kappes krank-
haft ehrgeiziger Kollege Heinz Franz hatte das Ganze ausgebrütet.
Als aber die Nazi-Oberen gemerkt hatten, dass Lüdke unmöglich
der Täter sein konnte und sie Franz auf den Leim gegangen waren,
hatten sie beide nach Wien abgeschoben.

Für Kappe war die Welt ein einziges Irrenhaus, und gab es
wirklich einen Gott, so musste der ein Sadist oder aber ein Geis-
teskranker sein. Bei dem Gedanken erschrak er, denn so viel Re-

ligionsunterricht hatte er in Wendisch Rietz gehabt, dass er nun die Rache des Herrn befürchten musste. *Du schiltst die Heiden und bringst die Gottlosen um; ihren Namen vertilgst du immer und ewiglich.* Schon die nächsten Bomben konnten die Häuser der Großen Frankfurter Straße in Schutt und Asche legen ...

Weil die Straßenbahn nach Luftangriffen öfter ausfiel und Kappe Bewegung guttat, hatte er sich angewöhnt, zu Fuß zum Polizeipräsidium zu laufen. Es waren genau 1,3 Kilometer, wie er anhand des Stadtplans errechnet hatte. Außerdem sparte er dadurch jeden Tag ein paar Pfennige, was ihm ein dickes Lob seiner Gattin eingetragen hatte. Für die Große Frankfurter Straße war mit dem Bau der U-Bahn-Linie E nach Friedrichsfelde eine Schneise durch die Häuserfronten geschlagen worden, und sie lief jetzt direkt auf den Alexanderplatz zu, so dass er ein paar hundert Meter Fußweg sparte. Bei seiner morgendlichen Wanderung konnte er genau verfolgen, wie es den alliierten Bomberverbänden von Tag zu Tag und Nacht zu Nacht mehr gelang, Berlin in eine Trümmerwüste zu verwandeln. «Wie soll das bloß mal enden?», hatte seine Mutter gefragt, bevor sie sich selbst nach Wendisch Rietz evakuiert hatte. Ja, wie? Die Fronten rückten immer näher an die Reichsgrenzen heran, und vielleicht hatten die Alliierten in einem Jahr schon ganz Deutschland erobert und Soldaten der Roten Armee das Polizeipräsidium besetzt. Oder hatte Hitler doch noch eine Wunderwaffe in der Hinterhand? Sofort hatte Kappe Zarah Leanders Stimme im Ohr: *Ich weiß, es wird einmal ein Wunder gescheh'n, und dann werden tausend Märchen wahr.* Aber die Vorstellung, dass die Nazis den Krieg gewannen und ganz Europa unterjochten, war auch nicht gerade berauschend.

Es war noch niemand im Büro, und so widmete sich Kappe erst einmal der Zeitungslektüre. Die Überschriften auf der Titelseite waren schnell überflogen: *Churchills Schock über die deutschen Luftangriffe – Bauern sichern das Werk der Soldaten – Die Schlacht um das Becken von Cassino – Heftige Durchbruchsversuche der Sowjets bei Witebsk erneut vereitelt.*

Er blätterte weiter zum *Berliner Beobachter* und zum *Sportbeobachter* und las: *Wie Kinder zur Sauberkeit erzogen werden.* Das schnitt er aus, um es seiner Tochter zu schenken. Wem die Bomben das Dach abgedeckt hatten, der sollte den Schnee vom Dachboden fegen, damit der, schmolz er, die darunterliegenden Räume nicht unter Wasser setzte. Im Reichsprogramm gab es von 19.15 Uhr bis 19.30 Uhr Frontberichte. Da war einzuschalten. Im Deutschlandsender wiederholten sie um 21 Uhr ein Konzert der Berliner Philharmoniker unter der Leitung von Wilhelm Furtwängler. Da würde Klara wieder vor dem Radioapparat sitzen und verzückt zuhören, weil sie sich damit den höheren Ständen zurechnen konnte. Ihn hingegen nervte das Gefiedel. Beim Trabrennen in Mariendorf hatte Orankepage gewonnen, was Kappe aber ebenso wenig interessierte wie der 7:1-Sieg, den Berlin im Städtespiel gegen Posen errungen hatte. Seine Blicke blieben nur an den Zeichnungen hängen. Kohlenklau lobte Bruder Leichtfuß, weil der das, was er auf seiner Kohlenkarte an Brennmaterial bekam, nicht richtig einteilte und am Monatsende seine Möbel verheizte. Eine andere Zeichnung zeigte zwei Frauen, die beim Briefeschreiben saßen, die eine fröhlich und mit toller Frisur, die andere griesgrämig und mit wüster Dauerwelle. Dazu hatte jemand gedichtet:

Schreibt Liese einen Feldpostbrief,
dann ist der Inhalt positiv,
voll Liebe und Vertrauen.
Ein Brief aus Mieses Horizont
kann dem Soldaten an der Front
die Stimmung nur versauen!

Mit zehn Minuten Verspätung erschien Gerhard Piossek am Arbeitsplatz und begrüßte Kappe ordnungsgemäß mit einem schallenden «Heil Hitler!».

«Heil ...», murmelte Kappe. Der Kollege war zwar Mitglied der NSDAP, aber kein fanatischer Nazi, sondern nur ein Mitläufer.

Von September 1941 bis Januar 1943 war er zum Befehlshaber der Sicherheitspolizei und des SD (BdS) Belgien-Nordfrankreich nach Brüssel abkommandiert worden und hatte dort im Bett einer Wallonin eine gewisse ideologische Läuterung erfahren.

Piossek hängte seinen Mantel an den Haken und riss dann das Blatt für Sonntag, den 13. Februar, vom Kalender. Auf der Rückseite stand der Spruch des Tages. Piossek las ihn ab: «*Aequo animo poenam, qui meruere, ferant.* Und auf Deutsch? Ah, hier: *Wer die Strafe verdient, nehme sie mit Gleichmut hin. Ovid.*» Er zerknüllte das Blatt und warf es in den Papierkorb, ohne einen Kommentar abzugeben.

Auch Kappe dachte sich seinen Teil. Die Deutschen hatten ihren Hitler gewollt, und nun hatten sie ihre Strafe mit Gleichmut hinzunehmen, auch wenn diese Strafe fürchterlich war.

Es klopfte, und nach Kappes gleichgültigem «Ja bitte, herein» stand Gustav Galgenberg vor ihnen. «Heil Hitler! Ich soll mich hier melden.»

Kappe tat so, als hätte er ihn nie gesehen, und musterte ihn wie einen armen Irren. «Ah, Sie sind der, der Julius Caesar ermordet hat?»

Galgenberg schüttelte den Kopf. «Nee, im Ernst, ick bin reaktiviert worden. Wieda mal.»

Er war einer von zweitausend rüstigen Pensionären, die man im Altreich in ihre Dienststellen zurückholte, um dem akuten Personalmangel abzuhelfen, erreichte man doch in manchen Bereichen der Kripo nur noch sechzig Prozent der Sollstärke.

«Wunderbar», rief Kappe, «jetzt kann ich, wenn wir zum Tatort eilen, auch noch deinen Rollstuhl schieben!»

«Lieber 'ne Laus im Kohl als jar keen Fleisch», sagte Galgenberg.

«Und wo willst du sitzen?», fragte Kappe.

«Na, auf meinem Allerwertesten, wo sonst?»

«Aber nicht bei mir auf'm Schoß», sagte Piossek, der nach Galgenbergs Verabschiedung dessen Platz eingenommen hatte.

Galgenberg kratzte sich den kahl gewordenen Kopf. «Dann muss ich wohl losziehen und mir einen Schreibtisch organisieren.»

Es verging eine halbe Stunde, bis er zurück war. Im Keller hatte er ein schon seit Ewigkeiten ausrangiertes Exemplar gefunden. Es war ein fast schwarz gebeiztes, selten hässliches Stück aus Kaiser Wilhelms Zeiten, das er mit Hilfe eines einarmigen Hausmeisters und eines kriegsblinden Boten ins Zimmer bugsierte und quer zu den Schreibtischen der beiden Kollegen aufstellen ließ.

«Reißen Sie sich bloß keinen Splitter ein!», warnte ihn Piossek. «Das Ding taugt doch höchstens noch als Brennholz.»

Galgenberg lachte. «Det wird et ja ooch werden, wenn wa 'n Volltreffa abkriegen. Det wundert mir sowieso, det der Kasten von Polizeipräsidium noch steht.» Er sah Kappe an. «Wat habta denn nun für mich zu tun?»

«Nichts Aktuelles. Nimm dir die Akten mit den toten Fischen vor, vielleicht hast du da 'ne Idee, die uns weiterbringt.»

«Igitt, tote Fische!» Galgenberg tat so, als wüsste er nicht, dass damit ungelöste Fälle gemeint waren. «Dann lass uns lieba Skat spielen.»

Piossek wies – halb im Ernst, halb im Scherz – darauf hin, dass Skatspielen im Dienst nach der Volksschädlingsverordnung vom 5. September 1939 möglicherweise mit dem Tode bestraft werde.

Galgenberg, der Piossek nicht so recht einschätzen konnte, begann darauf, eine Strophe des Liedes *Von Finnland bis zum Schwarzen Meer* zu singen, die er von einem seiner Söhne gelernt hatte:

Den Marsch von Horst Wessel begonnen
Im braunen Gewand der SA
Vollenden die grauen Kolonnen:
Die große Stunde ist da!
Von Finnland bis zum Schwarzen Meer:
Vorwärts, Vorwärts!
Vorwärts nach Osten, du stürmend Heer!

Freiheit das Ziel,
Sieg das Panier!
Führer, befiehl!
Wir folgen dir!

Kappe verdrehte die Augen. Wer mit Gustav Galgenberg in einem Büro saß, der brauchte nicht mehr ins Kabarett zu gehen. Jedenfalls machte das Wiedererscheinen des alten Haudegens das Leben etwas erträglicher, und der Tag verging schneller als sonst.

Sie bereiteten sich schon auf ihren Feierabend vor, als ihr Chef plötzlich in der Tür stand. Sie dachten alle, Dr. Morack wäre gekommen, um den neuen alten Kollegen zu begrüßen, doch er hatte einen Auftrag für sie. «Geisenheimer Straße 45. Ein Mieter hat in einem Kellerverschlag die Leiche einer Frau entdeckt. Sie ist offensichtlich erschlagen worden.»

Sie liefen auf den Hof hinunter, wo das Mordauto auf sie wartete. Es existierte immer noch, was Kappe irgendwie verwunderlich fand. Die guten alten Gennat-Zeiten waren doch lange vorbei. Auch war es noch nicht auf Holzgas umgestellt. Es gab allerdings keinen Fahrer mehr. Diese Rolle hatte Bernhard Klingbeil übernommen, der Nachfolger von Dr. Kniehase. Er kam aus Wowerischken im Memelland, hatte in Königsberg Chemie studiert und im Kriminaltechnischen Institut der Sipo gearbeitet. Nazi war er eigentlich nicht, aber begeistert davon, dass Hitler 1939 das Memelland «befreit» hatte.

«Wo liegt denn diese Geisenheimer Straße?», fragte er, als alle Platz genommen hatten, Galgenberg neben ihm und die beiden Jüngeren im Fond.

«Mit hoher Wahrscheinlichkeit in Groß-Berlin», antwortete Galgenberg.

«Danke, das hilft mir schon weiter. Dann muss ich nicht Kurs auf Hamburg oder Leipzig nehmen.»

«Gibt es hier keinen Stadtplan im Wagen?», fragte Kappe.

«Nein, den muss jemand geklaut haben.»

24

«Einer von uns müsste ins Büro zurück und auf dem Stadtplan nachsehen», stellte Piossek fest.

«Ja, aber wer?», fragte Klingbeil.

Kappe lachte und sah Galgenberg an. «Für solche Sachen sind immer die Neuen zuständig.»

«Bei mir Gummibusen», entgegnete Galgenberg, «da prallste ab.»

«Wenn wir so weitermachen, ist die Leiche verwest, bis wir in der Geisenheimer Straße angekommen sind», stellte Klingbeil fest.

Kappe fand, dass die Situation langsam zur Farce wurde. Aber war es nicht auch schon eine Farce, dass sie hier einen Mord aufklären sollten, wo doch tagtäglich Tausende von Menschen umgebracht wurden – und die Mörder für ihre Taten noch befördert wurden? Um ihrer Diskussion ein Ende zu bereiten, sprang er schließlich aus dem Mordauto und lief nach oben. Seiner Meinung nach musste Geisenheim irgendwo am Rhein liegen, und zwar da, wo Wein angebaut wurde. Also begann er, im Wilmersdorfer Rheingauviertel zu suchen. Und richtig, die Geisenheimer Straße begann am Rüdesheimer Platz und reichte bis zur Kreuzung der Laubacher mit der Kreuznacher Straße hinunter. Sie konnten sich also auf den Weg machen.

Es dauerte eine Weile, bis sie von der Kaiserallee in den Südwestkorso abbiegen konnten und über die Wiesbadener Straße zum Rüdesheimer Platz gelangten.

«Eine noble Gegend hier», meinte Kappe. «Das wäre was für Klara.» Und er hätte fast hinzugefügt: nach dem Krieg. Dieses «nach dem Krieg» beherrschte sein Denken immer stärker, und manchmal spottete er über sich selbst: Als ob es ein Leben nach dem Tode geben würde! Blieben Glaube und Hoffnung …

Die Straßen südlich des Rüdesheimer Platzes waren durch kompakte Neubaublöcke geprägt. Es gab keine einzelnen, individuell gestalteten Häuser, sondern durchgehende Zeilen mit fünfgeschossigen Putzbauten, deren Fassaden durch Loggien und

Erkervorbauten gegliedert waren. Zudem hatte man die Sockel, teilweise auch die Erdgeschossflächen, die Treppenhäuser und die Brüstungen der Loggien mit braunroten Klinkern verblendet. Kappe wusste nicht genau, ob er das schön oder langweilig finden sollte.

Sie hielten vor der Hausnummer 45, wo zwei ältere Schutzpolizisten bereits ungeduldig auf sie warteten. Kappe sprang als Erster aus dem Mordauto und begrüßte die beiden. Der bloße Tatbestand war schnell ermittelt: Eine Mieterin hatte in ihrem Kellerverschlag ein Blutrinnsal entdeckt und war daraufhin schreiend zur Hauswartsfrau gelaufen. Die hatte festgestellt, dass das Blut aus dem Keller der 36-jährigen Irmgard Klodzinski kam. Die beiden Frauen hatten angenommen, dass die Fahrkartenverkäuferin Selbstmord begangen hatte. Seltsamerweise war jedoch die Tür zu Klodzinskis Kellerverschlag mit einem völlig intakten Vorhängeschloss gesichert. Die Mieterin war sodann zur Polizei gelaufen, die den Kellerverschlag aufbrechen ließ und feststellte, dass die Klodzinski erschlagen worden war. Die riesige Platzwunde am Hinterkopf sagte alles.

Kappes Schlussfolgerung war klar und eindeutig. «Es muss sie also jemand erschlagen haben, als sie im Begriff war, etwas aus ihrem Keller zu holen, und sie dann dort eingeschlossen haben.»

Ein Raubmord schien ausgeschlossen, denn in der Wohnung der Klodzinski schien nichts durchwühlt oder gestohlen worden zu sein.

«Dann fangen wir mal an, die Leute zu befragen», sagte Kappe.

Doch daraus wurde nichts, denn als sie mit der Hauswartsfrau beginnen wollten, gab es Fliegeralarm, und sie mussten in einen Luftschutzbunker eilen.

Im Frühsommer 1943 hatten die schweren Bombenangriffe auf Berlin begonnen, und mit Beginn des Jahres 1944 ging es Schlag auf Schlag. Am 20. Januar hatten mehrere hundert Bomber Berlin angegriffen, am 31. Januar hatten die Luftangriffe Spandau und dem Flughafen Staaken gegolten, und in der Nacht vom 15. auf den 16. Februar sollte es den bisher größten Angriff der Royal Air Force geben, bei dem über achthundert Bomber 2643 Tonnen Spreng- und Brandbomben abwarfen.

Hermann Kappe war im Polizeipräsidium zum Luftschutzdienst abkommandiert worden und hatte mindestens einmal im Monat Luftschutznachtwache zu schieben. In diesen Zeiten war er von seiner Frau getrennt, was seine Ängste nur noch schürte. Es gab zwar direkt vor der Haustür den Tiefbunker unter dem Alexanderplatz, aber er hatte im Dienstgebäude zu bleiben, um einen etwaigen Brand sofort löschen zu können. Er hatte sich, um den braunen Eiferern keine weitere Angriffsfläche zu bieten, auch freiwillig gemeldet, als es darum gegangen war, den Luftschutzwart für das Mietshaus in der Großen Frankfurter Straße zu bestimmen. Dazu hatte er verschiedene Schulungsabende besuchen müssen und einiges gelernt.

«Wir unterscheiden im Wesentlichen erstens Sprengbomben, die durch Erdstoß, Luftdruck, Luftsog und Splitterwirkung die umliegenden Häuser beschädigen, zweitens Brandbomben, drittens Splitterbomben und viertens Bomben mit chemischen Kampfstoffen. Und darum gilt ... Alle!»

«Die Volksgasmaske muss stets griffbereit sein!»

«Richtig! Der Luftschutzraum im Keller bietet Schutz gegen Luftdruckwirkung, Bombensplitter und Mauertrümmer. Darum ... Alle!»

«Bei Luftalarm immer Ruhe und Überlegung bewahren!»

Die erste Initiative der Luftschutzwarte habe der Entrümpelung des Dachbodens zu dienen. «Alles Brennbare ist zu entfernen!»

«Wie denn?», hatte Kappe gemurmelt. «Dann muss ich ja auch die Dachbalken zersägen und abtransportieren ... Aber wer hält dann bis zum Endsieg die Ziegel?»

Nach erfolgter Schulung hatte er eine Armbinde bekommen: hellblau mit weißem Randstreifen und einem weißen Kreis. Mit seinen Laienhelferinnen hatte er als Erstes den Hausboden mit Feuerlöscheimern, Wasserbehältern, Feuerpatschen, Sand und Eimereinstellspritzen ausgestattet.

Als in dieser Nacht erneut die Sirenen heulten und Voralarm gegeben wurde, ging es bei ihm besonders hektisch zu, denn Margarete und Marlies schliefen bei ihnen.

«Schnell in den Keller runter!» Karl-Heinz konnte ihnen nicht zur Hand gehen, denn er war Flakhelfer und musste sich beeilen, um rechtzeitig in seiner Stellung zu sein. Er wollte schon die Treppen hinunterspringen, da schrie er auf: «Seid ihr wahnsinnig geworden? Welcher Idiot hat denn im Wohnzimmer den Vorhang nicht zugezogen? Und du, Vater, willst Luftschutzwart sein? Anzeigen müsste man dich!»

«Und dann kurzer Prozess», murmelte Kappe. Aber sein Sohn hatte ja recht. Jeder Verstoß gegen die Verdunkelungsverordnung vom 23. Mai 1939 wurde hart geahndet, unterstellte man doch jedem, der einen Lichtstrahl nach außen dringen ließ, den alliierten Bomberpiloten damit zeigen zu wollen, wohin sie zu zielen hatten.

Kappe kleidete sich in aller Eile an und holte das Luftschutzgepäck aus der Abstellkammer. Dazu gehörten die wichtigsten Papiere und vor allem die Lebensmittelkarten. Als seine Enkeltochter angezogen war, heftete er ihr Leuchtplaketten an den Mantel. Alle trugen sie. Ihr schwacher Schein sorgte im Dunkel dafür, dass man mit niemandem zusammenstieß. Während seine Familie nun in den Luftschutzkeller eilte, öffnete er in der ganzen Wohnung die Fenster und fixierte sie mit den Haken, die sich unten an den Wasserschenkeln befanden, damit sie bei einem Bombeneinschlag nicht aus dem Rahmen flogen. Dann sprang er ins Treppenhaus und bummerte gegen die Türen der Mieter, die partout nicht in den Luftschutzkeller wollten.

«Frau Böse, wenn wir einen Volltreffer abkriegen, ist es aus mit Ihnen!»

«Das ist doch das Beste, was einem passieren kann.»

Kappe konnte sie nicht zwingen. Er rannte zum Dachboden hinauf, um zu sehen, ob dort alles in Ordnung war. Er öffnete eine Luke und steckte den Kopf hinaus. So prachtvoll hatte er den Sternenhimmel über Berlin noch nie gesehen. Doch es war ein Himmel ohne Gefühl und ohne Gnade. Eiskalt nahm er alles hin, was gleich geschehen sollte: das hundertfache Sterben. Wieder heulten die Sirenen, diesmal Vollalarm. Im Westen tauchten die ersten englischen Bomber auf und setzten ihre «Tannenbäume», damit die nachfolgenden Kameraden in ihrem Licht die Gebäude ausmachen konnten, auf die sie ihre Bomben werfen sollten. Die Lichtfinger der deutschen Scheinwerfer suchten die Flugzeuge zu erfassen, die Flak begann zu feuern. Kappe machte, dass er in den Keller kam. Dessen Decke hatte man mit Betonbalken und -pfeilern verstärkt, außerdem konnte man, sollte es einen Volltreffer geben, durch Mauerdurchbrüche in die Keller der beiden Nachbarhäuser gelangen.

Die Mieter saßen auf alten Wohnzimmerstühlen, Korbsesseln und einem Sofa, durch dessen roten Samtbezug die Sprungfedern schauten. Die einen dösten vor sich hin, die anderen hielten einen kleinen Plausch, als hätten sie sich in Friedenszeiten mitten auf dem Alex getroffen, die dritte Gruppe starrte gegen die weiß gekalkte Wand und suchte, alles um sich herum zu vergessen. Die dürre Lehrerin aus dem dritten Stock betete, die Hauswartsfrau erzählte Schauergeschichten.

«Bei meiner Schwägerin im Haus ist eine Frau bei lebendigem Leibe verbrannt, die war nachher so klein, dass man sie in einem Margarinekarton beisetzen konnte. Aber wenn hier eine schwere Luftmine einschlägt, dann reißt es uns die Lunge entzwei, und das ist dann ein leichter Tod.»

«Halt's Maul, alte Kuh», brummte Kappe.

Der pensionierte Finanzbeamte aus dem zweiten Stock, der schon etwas wirr im Kopf war, flüsterte Kappe ins Ohr, dass er ihn bedauern würde.

«Warum denn das?»

«Na, wie wollen Sie denn heutzutage einen Mörder festnehmen? Die tragen doch alle Uniformen und werden für ihre Untaten noch mit einem Orden ausgezeichnet.»

Kappe verzog das Gesicht und flüsterte: «Eine solche Bemerkung kann Sie ins KZ bringen.»

«Wieso denn, ich meine doch die Tommies und die Amis oben in ihren Fliegenden Festungen, die uns die Bomben auf den Kopf werfen.»

Dann wurde es ernst, man hörte das Dröhnen der Flugzeugmotoren und registrierte den ersten Einschlag. Die Erwachsenen richteten sich auf und warteten mit angespanntem Körper auf das Unvermeidliche. Die Kinder weinten. Margarete presste ihre Tochter an sich.

Kappe sah zur Decke hinauf. Noch rieselte kein Kalk herab, noch vibrierte die Grundplatte ihres Hauses nicht. Jede Sekunde aber konnte …

Kappe versuchte, sich dadurch abzulenken, dass er an den Mordfall Irmgard Klodzinski dachte. Aber das fiel ihm schwer, weil sie bisher nur wussten, dass sie nichts wussten.

Da kam der Einschlag, die Explosion. Alles bebte und wankte, die Lampe an der Decke flackerte erst, dann erlosch sie ganz.

«Es ist aus mit uns!», schrie die Hauswartsfrau.

Das Oberkommando der Wehrmacht gibt bekannt:
An der Ostfront wiesen unsere tapferen Truppen auch gestern starke Angriffe der Sowjets in schweren Kämpfen ab.
Im hohen Norden setzten schnelle deutsche Kampfstaffeln ihre Angriffe gegen den Transportverkehr auf der Murmanbahn fort und beschädigten drei Züge schwer.
In Italien kam es auch gestern im Landekopf von Nettuno außer beiderseitiger Späh- und Stoßtrupptätigkeit zu keinen wesentlichen Kampfhandlungen.
Bei Cassino griff der Feind infolge seiner hohen Verluste aus den Vortagen gestern nicht weiter an.

Deutsche Schnellboote führten in der vergangenen Nacht ein Unterneh-
men unter der englischen Küste trotz feindlicher Zerstörerangriffe plan-
mäßig und ohne Verluste durch.

Kappe schaltete die Goebbelsschnauze, den Volksempfänger, den
Piossek mit ins Büro gebracht hatte, wieder aus. Was das Oberkommando der Wehrmacht nicht bekanntgab, war sein Überleben
beim gestrigen Luftangriff. Drei Häuser weiter war die Sprengbombe eingeschlagen, und es hatte sechs Tote gegeben.

Es war, wie es war, und Kappe hielt sich an das, was einen
guten deutschen Beamten ausmachte: Er sah sein Glück in der
Pflichterfüllung. Also vergaß er die, die im Dienste töteten, und
konzentrierte sich auf den einen privaten Mörder, der die Fahrkartenverkäuferin Irmgard Klodzinski erschlagen hatte. Mal zog
er mit Gerhard Piossek, mal mit Gustav Galgenberg durch die
Reichshauptstadt, um mehr über diese Frau zu erfahren. Anzu-
fangen war im Hause Geisenheimer Straße 45, und da wollten sie
zuerst mit der Hauswartsfrau reden.

«Wie heißt die noch mal?», fragte Kappe, dessen Namensgedächtnis nicht das Beste war.

«Lammkoth ...», antwortete Galgenberg, «... äh ... Kammloth!»

Hildegard Kammloth war ebenso herb wie übergewichtig und
genau der Typ von Frau, vor dem Kappe Angst hatte. So klang
seine Stimme fast piepsig, als er sie nach Auffälligkeiten im Leben
der Ermordeten fragte.

Die Kammloth zuckte mit den Schultern. «Viel weiß ich nicht
über sie.»

Kappe lächelte. «Hauswartsfrauen wissen doch immer alles.»

«Nur, dass sie geschieden ist. Ihr Mann ist aber immer wieder mal hier aufgekreuzt und hat ihr was zu Essen gebracht. Der
is Kellner irgendwo. Manchmal war auch ihre Schwester da, die
Margot.»

«Und wat is mit den Männern?», wollte Galgenberg wissen.

«Die war'n immer hinter ihr her.»

«Und wer genau?», hakte Kappe nach.

«Alle, die noch …» Sie brach ab und deutete an, dass sie nun rot werden müsse. «Die meisten Männer hier aus'm Haus stehen ja im Felde.»

«Und wer nicht?», wollte Galgenberg wissen.

Die Kammloth druckste eine Weile herum, dann ließ sie sich aber doch zwei Namen entlocken: Walter Arndt und Erwin Reschke. «Die wollten immer mit ihr ins Bett, sie aber nicht mit ihnen.»

Galgenberg nickte. «Und bist du nicht willig, so brauch ich Gewalt.»

«Sie sagen es, Herr Kommissar.»

Walter Arndt war der Blockleiter und Kappe höchst zuwider. Ein Blockleiter hatte um die fünfzig Haushalte zu überwachen, und seine Aufgaben waren von der NSDAP klar umrissen: *Der Hoheitsträger muss sich um alles kümmern. Er muss alles erfahren. Er muss sich überall einschalten.* Er hatte unter anderem Judenfreunde zu melden, Unmutsäußerungen über das Regime zu notieren und darauf zu achten, dass die Mieter bei offiziellen Anlässen eine Hakenkreuzfahne aus dem Fenster hängten und keine Feindsender abhörten. Bei Kappe war der Blockleiter in die Wohnung gekommen und hatte einen Zettel an seinen Rundfunkempfänger geklebt: *Das Abhören ausländischer Sender ist ein Verbrechen gegen die nationale Sicherheit unseres Volkes. Es wird auf Befehl des Führers mit schweren Zuchthausstrafen geahndet. Denke daran!*

Dieser Walter Arndt sah vergleichsweise harmlos aus, und wahrscheinlich sagten seine Enkelkinder von ihm, dass er der liebste Opa auf der Welt sei.

«Was wissen Sie denn vom Umgang der Klodzinski?», lautete Kappes erste Frage an ihn.

Der Blockleiter musste nicht lange nachdenken. «Sie war langjähriges Mitglied der NSDAP, hat fleißig fürs Winterhilfswerk gesammelt, Lebensmittelkarten verteilt und bei uns im Haus streng darauf geachtet, dass der Eintopfsonntag eingehalten wird.»

«Dafür werden sie nicht alle jeliebt ham», merkte Galgenberg an. «Aber das ist doch noch keen Grund, jemanden zu erschlagen.»

Kappe ging dazwischen, um Galgenberg zu bremsen. «Hatte sie denn hier im Haus Verehrer, die aber bei ihr nicht zum Zuge gekommen sind?»

«Nur den Reschke», kam die Antwort, für Kappe ein wenig zu schnell.

Der Rentner Erwin Reschke, von Hause aus Buchhalter und wohl knapp über siebzig Jahre alt, schien in der Tat ein Lüstling zu sein, denn in seinem Bücherschrank entdeckte Kappe einiges an erotischer Literatur aus der Weimarer Zeit, darunter Bände mit Aktfotos.

«Sie leben allein?», begann Kappe das übliche Frage- und Antwortspiel.

«Ja, meine Frau ist vor drei Jahren gestorben.»

Galgenberg fixierte ihn. «Aber ein Mann nimmt seine Potenz mit ins Grab, das wissen wir alle. Die Frage ist nur, was macht er vorher damit ...»

Reschke grinste. «Ich habe eine Haushaltshilfe ...»

Kappe blufte nun ein wenig: «Aber eigentlich sind Ihre Wünsche ja in Richtung Irmgard Klodzinski gegangen ...»

«Ist das strafbar?»

«Nein, aber die Klodzinski ist erschlagen worden. Vielleicht deswegen, weil sie jemanden abgewiesen hat.» Kappe beschloss, noch einen Schritt weiterzugehen. «Herr Reschke, Sie steigen in den Keller hinunter, um sich ein Netz voll Kartoffeln zu holen. Als Sie in Ihrem Kellerverschlag stehen, hören Sie Frau Klodzinski nach unten kommen und ihren Verschlag öffnen. Sie gehen hin und bedrängen sie, doch Sie werden abgewiesen. Und als Frau Klodzinski ein paar abfällige Bemerkungen über Ihr Alter macht und dass Sie zum Beischlaf nicht mehr in der Lage seien, da greifen Sie zu Ihrem Beil und ...»

Reschke verlor nun doch die Contenance. «Das werden

Sie noch bereuen, junger Mann, mich so zu verdächtigen! Meine Kameraden von der SA werden Ihnen die gebührende Antwort geben!»

Kappe und Galgenberg blieb nichts anderes übrig, als von dannen zu ziehen und erst draußen auf der Straße zu überlegen, wie Reschkes Drohung zu bewerten war.

«Hat er wirklich Dreck am Stecken und will uns hindern, weiter gegen ihn zu ermitteln?», fragte sich Kappe. «Oder habe ich ihn mit meiner Schilderung an seiner empfindlichsten Stelle getroffen, seiner Ehre?»

Galgenberg wurde philosophisch. «Wer will es wissen, ob sich die Fische küssen? Über Wasser tun sie's nicht, und unter Wasser sieht man's nicht.»

Sie marschierten zum Rüdesheimer Platz, um mit der U-Bahn zur Schwester der Klodzinski zu fahren, einer gewissen Margot Tänzer, die ihren bisherigen Recherchen zufolge als Verkäuferin bei Karstadt am Hermannplatz beschäftigt war.

«Karstadt, det is doch wat!» Galgenberg geriet ins Schwärmen.

1929 eröffnet, hatte sich das Kaufhaus an der Schnittstelle der Bezirke Kreuzberg und Neukölln schnell zu einer stadtbekannten Attraktion entwickelt, wobei der absolute Clou die Dachterrasse war, auf der bis zu fünfhundert Menschen Platz fanden. Bei Kaffee und Kuchen konnte man den herrlichen Ausblick auf ganz Berlin genießen. Mit dem Ausbruch des Krieges aber endete Karstadts große Zeit. Es gab immer weniger zu kaufen, vieles war rationiert, so zum Beispiel die Bekleidung, und zudem waren die meisten kriegstauglichen Männer längst eingezogen. So waren die zweite, dritte und vierte Etage des Hauses für das Angebot der wenigen Waren entbehrlich geworden, und man hatte sie an das Heeresbekleidungsamt vermietet.

Kappe und Galgenberg genossen die Fahrt mit der U-Bahn, denn hier im Tunnel war alles fast noch wie zu Friedenszeiten. Wittenbergplatz mussten sie allerdings umsteigen und dann zwischen den Stationen Gleisdreieck und Hallesches Tor auf Hochbahngleisen fahren, so dass sie von den Bombenschäden doch noch etwas mitbekamen.

«Ob das nach dem Krieg alles wiederaufgebaut wird?», fragte Galgenberg.

Kappe sah sich um. Da niemand mithörte, konnte er drastisch werden. «Nach dem Endsieg schon – wenn wir den Krieg aber verlieren, bleiben die Trümmer liegen. Schau dir mal die Akropolis oder das Collosseum an.»

Sie fanden Margot Tänzer in der Abteilung für Haushaltswaren. Sie brach in Tränen aus, als sie hörte, warum die beiden Männer gekommen waren. «Dass es mit der Irma solch ein Ende nehmen musste!»

Galgenberg verstand es auf seine väterliche Art und Weise, die Frau zu beruhigen. Sie gingen mit ihr in die noch leere Kantine, um ihr ein paar Fragen nach dem Umgang ihrer Schwester zu stellen.

«Außer mir hatte sie noch eine Freundin, die Lieselotte, aber die ist mit ihren Kindern schon lange raus aus Berlin, und dann hat sie sich auch öfter mit Karl-Heinz getroffen.»

«Mit ihrem geschiedenen Mann?»

«Ja, zwischen den beiden war bestimmt noch was, er ist ja auch ein Liebhaber, wie ...» Sie brach unvermittelt ab.

«Ach so!», rief Galgenberg. «Das haben Sie auch schon mal ausprobiert?»

Die Tänzer ging in die Offensive: «Ja, aber erst, nachdem mein Mann gefallen ist und die beiden geschieden waren. Ist doch nicht verboten, oder?»

«Verboten nicht», sagte Kappe, «aber wenn einer Ihnen nicht gut gesonnen ist, dann könnte er darin ein Tatmotiv erkennen: Eifersucht.»

«Ich war zu Hause, als es passiert ist!»

Kappe lächelte. «Das ist ja interessant. Wann ist es denn passiert?» Sie selber wussten das noch nicht. Fest stand nur, dass es nicht vor Sonnabendnachmittag, 17 Uhr, gewesen sein konnte, denn da war die Klodzinski im Treppenhaus gesehen worden.

Margot Tänzer merkte, dass sie in eine Falle gegangen war.

«Na, am Sonntag, steht doch in der Zeitung.»

«Meiner Ansicht nach steht da nur, dass der Mord am Wochenende geschehen ist, und das reicht ja von Samstagmorgen bis Sonntagabend.»

Als sie nachhakten, hatte Margot Tänzer nur für insgesamt vier Stunden ein hieb- und stichfestes Alibi.

«Doch dass eine Frau ihre eigene Schwester tötet...» Galgenberg schüttelte den Kopf, als sie wieder auf dem Hermannplatz standen. «Nicht mal Brunhild hat Kriemhild umgebracht.»

Kappe war müde geworden und wollte schnell ins Büro. «Warten wir mal ab, was Piossek herausgebracht hat.»

Doch der erste Kollege, den sie im Polizeipräsidium trafen, war Bernhard Klingbeil. Der hatte inzwischen mit dem Gerichtsmediziner der Charité konferiert, und man war anhand objektiver Merkmale wie der beginnenden Lösung der Totenstarre und der einsetzenden Grünverfärbung im Unterbauch übereingekommen, dass die Klodzinski am frühen Samstagabend gestorben sein musste.

«Also am 12. Februar, sagen wir einmal ganz grob, zwischen 18 und 21 Uhr.»

«Gibt es denn Anhaltspunkte für ein Sittlichkeitsverbrechen?», wollte Kappe wissen.

«Nein, nichts. Obwohl der Täter, soweit wir das beurteilen können, viel Zeit gehabt hätte, sich an ihr zu vergehen.»

Kappe bedankte sich bei Klingbeil, auch wenn im Augenblick noch nicht zu erkennen war, ob ihnen diese Auskünfte jemals von Nutzen sein würden. Aber auch das, was Gerhard Piossek herausgefunden hatte, ließ keine große Freude aufkommen.

«Eine heiße Spur ist nicht dabei. Ihren Kollegen und Kolleginnen bei der U-Bahn ist nichts an ihr aufgefallen. Sie war immer pünktlich und zuverlässig, und ihr Vorgesetzter ist voll des Lobes. Auch bei der Partei sagt man nur Gutes über sie. In der Geisenheimer Straße hat sie den Blockleiter vorbildlich vertreten.

In ihrer Freizeit hat sie manchmal in einer Gärtnerei ausgeholfen, nebenan bei sich in Wilmersdorf, bei einer gewissen Lindenkranz. Aber auch da ist keinem etwas zu Ohren gekommen, das uns weiterbringen könnte. Sogar ihr geschiedener Mann, Karl-Heinz Klodzinski, stimmt in diesen Chor mit ein und nennt sie ‹mein kleines Frauchen, das mir so sehr ans Herz gewachsen ist›.»

«Und warum sind sie auseinandergegangen?», fragte Kappe.

«Weil er ein Verhältnis mit einer Kollegin angefangen hat, und daraus ist ein Kind entstanden. In der Ehe hatte es mit dem Nachwuchs nicht geklappt.»

«Wat macht er denn beruflich?», wollte Galgenberg wissen.

«Kellner ist er bei Aschinger.»

Kappe knetete seine Finger, dass es furchtbar knackte. «Hast du dir die Zeiten aufgeschrieben, in denen er auf Arbeit war?»

«Ja.» Piossek reichte den Zettel hinüber.

Kappe warf einen schnellen Blick hinauf. «Schade ... In der Zeit, in der seine gewesene Gattin erschlagen worden ist, hat er gerade Gäste bedient.»

Galgenberg stieß einen tiefen Seufzer aus. «Kiek mal aus'm Fenster, wenn de keen Kopp hast.»

Kappe gab sich optimistischer. «Da ein Selbstmord auszuschließen ist, muss es ja einen Täter geben. Und der zeigt vielleicht bald Nerven und begeht einen Fehler, der ihn verrät.»

VIER

AUF DIE WELT GEKOMMEN war Eberhard Bethge am 14. April 1920 in Berlin-Neukölln als Sohn des Einzelhandelskaufmanns Gottfried Bethge und der Plätterin Elfriede Bethge, geborene Radasewski. Insgesamt drei Kinder waren es, die in der Weisestraße aufwuchsen. Sein Bruder Thomas war zwei Jahre älter, seine Schwester Ursula ein Jahr älter. Gottfried Bethge kümmerte sich wenig bis gar nicht um seine Kinder, sein Denken kreiste einzig und allein um seinen Kolonialwarenladen – und den Alkohol. Er war der Trunksucht verfallen, auch wenn man ihm das tagsüber kaum anmerkte. Und wenn er einmal etwas über den Durst getrunken hatte, dann stand seine Frau im Geschäft. Die Kinder galten, Ursula ausgenommen, als gescheiterte Existenzen. Aber immerhin hatten die beiden Brüder ihre Lehre erfolgreich zu Ende gebracht, Eberhard als Drogist, Thomas als Kaufmannsgehilfe.

Thomas Bethge führte zwar ein unstetes Leben, brachte es aber als Handelsvertreter und durch verschiedene krumme Geschäfte zu einem gewissen Wohlstand. Jedenfalls hatte er bei Kriegsbeginn so viel Geld beisammen, dass er sich in Mahlsdorf ein Grundstück mit einem kleinen Häuschen kaufen konnte. Er heiratete ganz bürgerlich, doch verließ ihn 1942 seine Frau wegen eines anderen Mannes. Daraufhin stürzte er sich mit aller Kraft auf seinen Grünkramladen, sein Obst- und Gemüsegeschäft in Köpenick.

Mit den Nazis hatte er nichts im Sinn, und mit seiner Chuzpe gelang es ihm auch, sich lange Zeit vor dem Kriegsdienst zu drücken. Als man ihn Anfang 1944 doch noch zu den Soldaten holen wollte, ließ er sich von einem befreundeten Chirurgen den rechten Zeigefinger amputieren, ohne den sich kein Gewehr bedienen ließ. Er gab an, sich den Finger beim Holzhacken abgetrennt zu haben, aber die Nazis durchschauten diesen Trick und schleppten ihn vor ein Gericht, wo er wegen Wehrkraftzersetzung und Selbstverstümmelung zum Tode verurteilt wurde. Doch das war nicht alles: Er hatte auch Waren aus seinem Geschäft abgezweigt und zu Schwarzmarktpreisen verkauft und sich – was viel schwerer wog – an der Plünderung der Villa eines Nazi-Bonzen beteiligt, die von einer Bombe getroffen worden war.

Sein Bruder Eberhard zeichnete sich durch oberflächlichen Charme und Wortgewandtheit aus, war jedoch unfähig, sein Leben zu planen, und legte weder in großen noch in kleinen Dingen Verantwortungsgefühl an den Tag. Er sah aus wie eine Mischung aus Maler, Schauspieler und Primgeiger und konnte seine Eroberungen gar nicht mehr zählen. Er war eben ein Filou.

Lange Zeit war er wegen seines schlechten Rufs nicht einberufen worden, doch im September 1943 erwischte es ihn schließlich doch, und er hatte sich in einer Pionierkaserne in Berlin-Spandau einzufinden. Als feststand, dass er nach Abschluss der Grundausbildung an die Ostfront kommen sollte, setzte er sich Anfang Februar 1944 von seiner Truppe ab und versuchte, von Spandau nach Mahlsdorf zu gelangen. Irgendwie hatten sein Bruder und er alles vorausgeahnt und neben dem Haus in Mahlsdorf ein Versteck angelegt, von dem sie annahmen, dass es nicht einmal die Gestapo finden würde. Doch in Berlin waren überall Streifen unterwegs, um Deserteure aufzugreifen, und so schaffte es Eberhard Bethge nicht, sich nach Mahlsdorf durchzuschlagen. Es hätte ihm auch wenig genützt, denn mit seinem Bruder hatte man ja inzwischen in Plötzensee kurzen Prozess gemacht – was er allerdings nicht wusste. Auf der Flucht versteckte er sich vor den Feldjägern auf dem Güterbahnhof Westend in einem dort abgestellten Waggon. Der wurde plötzlich von außen verschlossen – und er saß in der Falle. Halb verhungert und verdurstet kam er erst zwei Tage später in Bremen wieder frei. Fürs Erste fand er ein Versteck in einem zerbombten Haus in Findorff. Am nächsten Morgen wagte er sich auf die Straße, um etwas zu essen und zu trinken zu suchen. Dabei traf er die Briefträgerin Grete Meyerdierks, die ihn mit nach Hause nahm. Sie wollte dem ausgehungerten Mann helfen, außerdem war es für sie eine Gelegenheit, sich an ihrem Mann rächen, der – wie sie erfahren hatte – als Soldat regelmäßig ins Frontbordell ging.

Eberhard Bethge erwachte gegen vier Uhr morgens und brauchte ein paar Sekunden, um zu begreifen, wo er gerade war. Ah ja, in Bremen, in Gretes Ehebett. Als er sich aufrichtete, schreckte sie hoch.

«Richard?»

«Nein, Eberhard.»

Sie rieb sich die Augen. «Ich dachte schon, mein Mann hat plötzlich Heimaturlaub bekommen.»

Er umarmte sie gierig. «Ein letztes Mal noch …»

«Ich muss pünktlich auf der Post sein!», rief sie, aber ihr Widerstand war nicht ernst gemeint.

So liebten sie sich noch einmal mit der Leidenschaft und Verzweiflung zweier Verlorener. Danach frühstückten sie wortlos und verabschiedeten sich unter heißen Tränen. Er musste verschwinden, denn die Nachbarn waren schon aufmerksam auf ihn geworden. Grete Meyerdierks hatte ihm eine alte Eisenbahneruniform verschafft, mit der er sich in der Stadt sehen lassen konnte, ohne den herumstreifenden Feldjägern und anderen Bütteln des Staats sofort ins Auge zu stechen.

«Du willst dich wirklich nach Berlin durchschlagen?»

«Ja. Da habe ich ein Versteck, in dem ich bleiben kann, bis alles vorbei ist.»

Ein letzter Kuss, eine flüchtige Umarmung unten im Hausflur, dann lief sie in Richtung ihrer Dienststelle, während er noch eine Minute wartete, damit man sie nicht zusammen sah. Als er dann auf die Straße trat, war sie in einer Gasse verschwunden, die den komischen Namen Im Krummen trug. Er zögerte einen Augenblick, ehe er sich auf den Weg zum Güterbahnhof Findorff machte. Grete Meyerdierks wohnte am Sielwall, und es war zu Fuß ein ganzes Stück. Mit der Straßenbahn zu fahren, wagte er nicht.

Einige Stadtteile Bremens waren ein großes Trümmerfeld, denn seit dem 18. Mai 1940 gab es schwere Luftangriffe der Royal Air Force und der United States Air Force. Sie galten den Werften, auf denen Kriegsschiffe produziert wurden, und den Flugzeugfabriken. Aber bei großflächigen Bombardements wurden auch ganze Wohnviertel in Schutt und Asche gelegt wie etwa die Ostertorvorstadt. Am Pfingstsonntag 1943 hatte es 238 Tote gegeben, am 26. November 1943 sogar 270 Tote – und das bei Tagesangriffen.

Einen solchen fürchtete Eberhard Bethge auch an diesem Vormittag. Aus diesem Grund zögerte er und überlegte, wo es ihn eher treffen konnte: wenn er quer durch die Innenstadt Richtung Hauptbahnhof ging oder aber außen herum an der Weser entlang? Und wo war es weniger wahrscheinlich, dass er einer der Feldjägerstreifen in die Arme lief? Er konnte diese Fragen nicht wirklich beantworten, also folgte er seinem Gefühl und wandte sich zum Fluss. Nach wenigen hundert Metern hatte er den Osterdeich erreicht. Am anderen Ufer erstreckte sich ein ausgedehntes Laubengelände. Einen Augenblick dachte er daran, irgendwie über die Weser zu setzen und sich da drüben zu verstecken, verwarf aber diesen Gedanken sofort wieder, denn zum einen wohnten auch jetzt im Winter viele der Ausgebombten dort in ihren Häuschen, und zum anderen hatte er keine Chance, sich etwas zu essen zu besorgen. Nein, es gab nur eine Möglichkeit für ihn: das geheime Versteck im Keller seines Bruders Thomas in Mahlsdorf. Doch bis nach Berlin waren es vierhundert Kilometer. Diese Strecke Ende Februar zu Fuß zurückzulegen erschien ihm unmöglich, zumal er die Landstraßen meiden musste. Er war nicht dafür gemacht, durch die Wälder zu streifen und in Heuschobern zu übernachten. Also blieb ihm nur die Bahn. Doch wegen der andauernden

Kontrollen konnte er keine Personenzüge nehmen, sondern musste auf die Güterzüge ausweichen. Da setzte er auf die vielen alten Waggons, die wegen des Krieges bei der Reichsbahn noch immer im Einsatz waren und zum Teil noch technisch längst überflüssige Bremserhäuschen hatten. In ein solches konnte er schnell hineinklettern und sich verstecken. Mit seiner Eisenbahneruniform würde er auf den Güterbahnhöfen kein Aufsehen erregen, und sprach ihn jemand an, würde er etwas von einem Geheimauftrag murmeln.

Auf dem Osterdeich war es ihm zu dieser frühen Morgenstunde zu einsam, da fiel er auf, also entschloss er sich, doch durch die Innenstadt zu laufen. Von Grete wusste er, dass der Weg zur Bahntrasse einfach war und er sich nicht verlaufen konnte: den Sielwall hinauf bis zum Ostertorsteinweg und dann immer Am Dobben entlang.

Er gab den Eisenbahner, der es eilig hatte, um pünktlich zum Dienst zu erscheinen, und niemand nahm Notiz von ihm. Das machte ihm Mut, und als er am Ende des Dobben in einiger Entfernung das Postamt sah, spielte er einen Augenblick mit dem Gedanken, hineinzugehen und sich mit seinem Bruder oder seiner Schwester verbinden zu lassen. Er musste unbedingt wissen, wie es ihnen ging. Doch nach ein paar Schritten stoppte er wieder. Nein, das war zu gefährlich, denn bei der Post musste er ihre Namen nennen, und womöglich standen sie schon auf einer Fahndungsliste, denn es war anzunehmen, dass die Gestapo bei Deserteuren alle Angehörigen streng überwachen ließ.

Rechts von ihm rollten die Züge auf einer eisernen Brücke über die Straße hinweg, und aus ihrer geringen Geschwindigkeit schloss er, dass der Hauptbahnhof nicht mehr weit entfernt sein konnte. Und gleich hinter der Bahnhofshalle sollte, so war es ihm beschrieben worden, der Güterbahnhof liegen. Er hatte Gretes Stimme im Ohr: «Du gehst unter der Bahn hindurch und dann nach links. Dort siehst du dann die Bürgerweide, und da ist es auch schon.»

FÜNF

FRAGTE MAN HERMANN KAPPE nach seinen Fortschritten im Mordfall Irmgard Klodzinski, dann antwortete er, er würde daran kauen wie an einem zähen Stück Rindfleisch, das er am liebsten ausgespuckt hätte. Meist war er von einem gewissen, manchmal auch tiefen Mitgefühl mit den Ermordeten erfüllt, bei der Klodzinski aber dachte er zuweilen: Gut, dass es diese Nazi-Jule erwischt hat, nun kann sie wenigstens keinen Schaden mehr anrichten! Von den Kolleginnen bei der U-Bahn wie den Nachbarn in der Geisenheimer Straße hatte es keiner unverblümt gesagt, aber viele hatten es angedeutet, dass es sich bei Irmgard Klodzinski um eine üble Denunziantin gehandelt hatte. Kappe merkte, dass auch er in seinem Fühlen und Denken immer mehr verrohte, und fragte sich, wie das noch alles enden sollte. Wahrscheinlich waren die, die schon gestorben waren, am besten dran. Während viele Zeitgenossen, insbesondere die jüngeren, in immer größere Hektik verfielen und noch alles mitnehmen wollten, was das Leben zu bieten hatte, verhielt sich Kappe immer mehr wie ein Käfer, der sich tot stellte. Er kam sich vor wie ein Schlafwandler, irgendwie in Trance versetzt.

Auch an diesem Freitagmorgen – es war der 3. März 1944 – saß er schläfrig am Schreibtisch und blätterte lustlos in seiner Zeitung. *Der 1000. Flak-Abschuss im Feldluftgau Belgien-Nordfrankreich – England stimmt in wüsten jüdischen Hassgesang ein: Buchstäblich bis aufs letzte Hemd sollen wir ausgeplündert werden.*

Sonst gab es nicht viel. Ein Fronturlauber hatte einen Dieb verprügelt. Goebbels sprach um 19.45 Uhr im Reichsprogramm zum Thema «Zwischenbilanz des Luftkrieges». Von 18.43 Uhr bis 6.10 Uhr musste alles verdunkelt werden. Im Staatlichen Lustspielhaus stand *Lauter Lügen* auf dem Spielplan. Kappe staunte, dass Hitler, Goebbels und Göring das durchgehen ließen. Statt eines Romans druckte der *Völkische Beobachter* nun einen *Tatsachenbericht aus den Kämpfen der Division Großdeutschland* ab, den ein Kriegsberichterstatter mit dem unpassenden Namen Hans H. Henne verfasst hatte, und darin gab es so erbauliche Sätze wie diese: *Heinrich stand in seinem Loch. Er war allein. Auf dem Maschinengewehr lag eine gelbe Zeltplane, die er sicherlich erbeutet hatte. Vor dem Loch lagen vier Tote, ihre Hände hielten noch die gelbbraunen Eierhandgranaten umkrallt.*

Das Telefon schrillte. Kappe zuckte zusammen, griff mit einem leisen Fluch zum Hörer und meldete sich mit Namen und Dienststelle, allerdings etwas nuschelnd.

«Wie, die Sportkommission?», kam es vom anderen Ende der Leitung. «Welche Sportkommission?»

«Mordkommission!», schrie Kappe.

«Det kann nich sein!»

«Doch!» Kappe wurde langsam etwas ungehalten.

«Nee, wer schreit, hat imma Unrecht!»

«Mensch, Justav!» Erst jetzt hatte Kappe Galgenbergs Stimme erkannt. «Was ist denn? Bist du krank, kommst du heute nicht ins Büro?»

«Ick bin ja schon da.»

Das überraschte Kappe. «Tut mir leid, aber ich kann dich nicht sehen. Hast du dir 'ne Tarnkappe beschafft?»

«Nee, die hebt sich der Führer als Geheimwaffe auf.»

«Pst», machte Kappe. Es war ein Reflex.

«Also jut, ick bin zwar hier, wenn ooch noch nich da, det heißt, ick habe zufällig beim Pförtner den Neumann vom Einbruchsdezernat getroffen, und der hat mir erzählt, dass sie gestern Abend in Wilmersdorf, in der Kaiserallee, bei einem Kellereinbruch einen Mann geschnappt haben, der von der Hauswartsfrau überrascht worden ist und die Dame niedergeschlagen hat.» Galgenberg machte eine kleine Pause. «Na, fällt dir wat uff?»

«Ja, dass die Kaiserallee und die Geisenheimer Straße beide in Wilmersdorf liegen, und zwar keine zwei Kilometer auseinander.»

«Jut, eens ruff mit Mappe!», rief Galgenberg. «Teichert heißt der Knabe, Peter Teichert, ick komm jleich mal vorbei mit ihm.»

Kappe dachte das, was er in solchen Fällen immer dachte: Den Seinen gibt's der Herr im Schlafe. Er dachte aber auch an die Weisung des Reichskriminalpolizeiamtes vom Ende letzten Jahres, die Kleinkriminalität wegen des Personalmangels schlicht unbearbeitet zu lassen und die Entgegennahme von Anzeigen wegen «geringfügiger Sachen» abzulehnen. Es ging sogar das Gerücht, dass das RKPA noch im Sommer 1944 die Einstellung des Meldedienstes auf den Gebieten Kapital- und Sexualverbrechen, Brandstiftung, Einbruch, Diebstahl und Betrug anordnen werde. Die verbliebenen Kräfte der Kriminalpolizei sollten sich auf die Sicherung der Heimatfront konzentrieren und sich den Kriegswirtschaftsdelikten und der Kontrolle der ausländischen Zwangsarbeiter widmen. Mit dem zunehmenden Mangel wuchs die Versuchung zu stehlen und zu plündern, da half es auch nicht, dass man zur Abschreckung Trickbetrügerinnen und ähnliche Kleinkriminelle ins KZ verschleppte oder unter die Guillotine legte. Und bevor man solch Schicksal erlitt, erschlug man lieber den, der einen anzeigte. Es schien so, als hätte sich das Töten zum Volkssport der Deutschen entwickelt. «Ist das alles ein Wahnsinn!», murmelte Kappe.

Galgenberg erschien mit dem Einbrecher Peter Teichert. War dem Mann zuzutrauen, dass er eine Frau erschlug, die ihn ertappt hatte? Er sah dumpf und durchtrieben aus, und Kappe fragte sich, warum der nicht zur SA gegangen war. Wahrscheinlich aber hatte Teichert sogar für die zu viele Vorstrafen aufzuweisen. Und dass man ihn als Asozialen nicht längst ins KZ gesperrt hatte, mochte entweder daran liegen, dass er pfiffig und gerissen genug war, den Hals immer wieder aus der Schlinge zu ziehen, oder dass einer seiner Verwandten irgendwo ein hohes Tier war und seine Hand schützend über ihn hielt.

«Das ist doch Selbstmord, was Sie da machen, Herr Teichert», begann Kappe. «Sie wissen doch sicherlich auch, was mit Volksschädlingen passiert ... *Wer vorsätzlich unter Ausnutzung der durch den Kriegszustand verursachten außergewöhnlichen Verhältnisse eine Straftat begeht, kann mit dem Tode bestraft werden, wenn diese Straftat dem gesunden Volksempfinden zufolge besonders verwerflich ist.*»

Teichert lachte. «Einen Tod kann man nur sterben, Herr Kommissar.»

«Sie leben also von Keller- und Wohnungseinbrüchen?», fragte Galgenberg.

«Ja. In die Wohnungen breche ich ein, wenn die Leute im Luftschutzkeller sitzen, und in die Keller breche ich ein, wenn die Leute oben in der Wohnung sind.»

Kappe fixierte den Mann. «Und wenn Sie dennoch mal überrascht werden, dann schlagen Sie zu?»

Teichert ließ sich nicht aus der Ruhe bringen. «Dann isset Notwehr, Herr Kommissar, nüscht wie Notwehr.»

Gegen diese Logik war schwer anzukommen. Kappe wandte sich der Frage zu, die ihn am meisten interessierte. «Herr Teichert, im März 1937 sind auf Befehl des Reichsführers SS zweitausend nicht in Arbeit befindliche Berufs- und Gewohnheitsverbrecher festgenommen und in ein Konzentrationslager gebracht worden, und seitdem ist die Vorbeugungshaft für Asoziale immer mehr ausgeweitet worden. Wie kommt es da, dass Sie noch ...»

Teichert grinste. «Da müssen Sie meinen Vater fragen. Der heißt zwar nicht Teichert, denn ick bin unehelich, aber ...» Und er nannte einen Namen, den Kappe und Galgenberg kannten. «Ick kann also erblich nich vorbelastet sein.»

O doch!, dachte Kappe, denn der Mann, den Teichert meinte, war für ihn ein ausgemachter Verbrecher. Was tun? Klar war nur, dass er außerordentlich vorsichtig zu Werke gehen musste. Doch vielleicht bluffte Teichert auch nur, und die angeführte Nazigröße war gar nicht sein Erzeuger. Kappe zögerte, die nächste Frage zu stellen.

Galgenberg kam ihm zuvor. «Herr Teichert, was gibt es denn in Kellern groß zu holen?»

«Eingekellerte Kartoffeln.»

«Uns is nicht zum Spaßen zumute!», sagte Kappe.

«Nee, det is mein Ernst.»

«Nun gut ... Was haben Sie denn am Sonnabend, dem 12. Februar, so gemacht?»

Teichert überlegte. «Keene Ahnung, det is ja nun ooch schon 'n paar Wochen her.»

Galgenberg blätterte in den Papieren, die ihm der Kollege vom Einbruchsdezernat in die Hand gedrückt hatte. «Sie wohnen in Wilmersdorf, in der Hildegardstraße?»

«Ja, im Hinterhaus als Untermieter.»

«Im Umkreis der Hildegardstraße haben Sie dann auch Ihre Einbrüche begangen», fuhr Kappe fort. «Und bis zur Geisenheimer Straße ist es ja nicht weit ...»

«Nee.»

Kappe ahnte, dass es ein langer Tag werden würde. Und allzu viel Zeit hatte er nicht, denn um zwölf wollte er auf dem Anhalter Bahnhof sein, um seinem Sohn auf Wiedersehen zu sagen. Karl-Heinz ging nach Prag. Wie furchtbar alles war!

Karl-Heinz Kappe war froh und glücklich, endlich von zu Hause wegzukommen. Sein Vater war für ihn ein verkappter Kommunist und dazu ein feiger Weichling. Im Weltkrieg hatte er sich um den Fronteinsatz gedrückt, und jetzt, zwanzig Jahre später, machte er kein Hehl daraus, dass ihm alles Soldatische fremd war. Als Hartmut in den Krieg gezogen war, um für das deutsche Volk den Lebensraum im Osten zu sichern, da hatte er nur gejammert. Mit seiner Mutter sah es nicht viel besser aus, die hatte nur ihre Mode im Kopf, und alles Völkische interessierte sie nicht. Einer seiner Kameraden hatte einmal gesagt, dass sie «nicht weiter denken würde, als ein Bulle scheißt», und er hatte da nicht widersprochen. Immerhin schien sie den Führer gehörig zu bewundern.

Karl-Heinz Kappe, der sich in der HJ bewährt hatte, war es gelungen, vorzeitig zum RAD, dem Reichsarbeitsdienst, einberufen zu werden. Stolz hatte er dessen braune Mütze getragen, die im Volksmund wegen des Kniffs in der Mitte «Arsch mit Griff» genannt wurde. Willig hatte er geholfen, Bäume zu fällen und das Eis in Blöcken aus den Gewässern zu sägen, um es den Fleischern in der Stadt zum Kühlen ihrer Waren zu bringen. Nach einem Vierteljahr stand seinem Dienst bei der Waffen-SS nichts mehr im Wege.

Nun stand er am Bahnhof und wartete auf seinen Zug nach Prag. Dort befand sich die Ausbildungsstätte seiner künftigen Einheit, der SS-Panzergrenadier-Division Hohenstaufen. Er freute sich auf seine graue Uniform mit den silbernen Sigrunen auf den schwarzen Kragenspiegeln. Und, das wusste er schon, die Vorgesetzten waren nicht mehr mit der Hand an der Mütze oder am Käppi zu grüßen, sondern mit dem erhobenen rechten Arm, dem deutschen Gruß, der «Heil Hitler!» hieß. Nicht der betreffenden Person, sondern der Uniform galt die Ehrenbezeugung. Und dann würde es nach Frankreich gehen, in den Kampf. Karl-Heinz sang leise das Frankreich-Lied:

Kameraden! Wir marschieren und stürmen,
Für Deutschland zu sterben bereit,
Bis die Glocken von Türmen zu Türmen
Verkünden die Wende der Zeit!
Vorwärts! Voran, voran!

Da sah er seinen Vater kommen. «Verflucht!»

Der Zug dampfte durchs märkische Land. Niederlehme, Zernsdorf, Kablow ... Wiesen, Felder, Wälder – alles lag da wie im tiefsten Frieden. 1898 war die Strecke zwischen Königs Wusterhausen und

48

Beeskow eröffnet worden, und Hermann Kappe konnte sich noch gut an seine erste Fahrt erinnern. Da war er zehn Jahre alt gewesen. Es schien ihm seither eine Ewigkeit vergangen zu sein, und die Welt war nicht mehr die gleiche. Nie hatte er mit Wilhelm II. etwas am Hut gehabt, aber nun dachte er: Lieber zehn Kaiser als einen Adolf Hitler!

Mit ihm im Abteil saßen seine Frau, seine Tochter und seine Enkelin. Nach dem letzten Luftangriff hatte er darauf gedrängt, dass sie aufs Land kamen, nach Wendisch Rietz. Ein Zwang zur Evakuierung von Frauen und Kindern bestand nicht, nur eine «dringende Aufforderung». So hatte man mit Trommelwirbel in der Großen Frankfurter Straße verkündet: «Berliner! Berlinerinnen! Der Feind setzt den Luftterror gegen die deutsche Zivilbevölkerung rücksichtslos fort. Es ist dringend erwünscht und liegt im Interesse jedes Einzelnen, der nicht aus beruflichen oder sonstigen Gründen zum Verbleiben in Berlin gezwungen ist – wie Frauen, Kinder, Pensionäre, Rentner und so weiter –, sich in weniger luftgefährdete Gebiete zu begeben.»

Kappe fiel bei so viel Mark Brandenburg auf beiden Seiten der Bahn zwangsläufig Theodor Fontane ein. Was hätte der in dieser Situation geschrieben? Sicherlich: *Mir ist das Herze so schwer, denn alles zerfällt, die Familie wie das Reich.*

«Opa, malst du mir eine S-Bahn?»

«Ja, Marlies, wenn du mir deinen Malblock borgst.»

Fredersdorf, Kummersdorf, Storkow ... Kappe sah sich als Gendarm an der Schranke stehen. Man schrieb das Jahr 1910. Da rettete er dem alten Haudegen Ferdinand von Vielitz das Leben, als den ein ertappter Einbrecher erschießen wollte, und der Major verschaffte ihm als Dank dafür eine Stelle bei der Berliner Polizei.

Seine Frau schaute nach rechts vorn in die Wälder. Dort hatte die Hütte ihrer Eltern gestanden, dort am Glubigsee war sie aufgewachsen.

«Kommt Papa auch zur Rietzer Oma?», wollte die Enkeltochter wissen.

«Kind, das ist deine Uroma», korrigierte ihre Mutter sie. «Nein, Papa muss in Berlin bleiben und arbeiten.»

Hubertushöhe, Wendisch Rietz ... Kappes Mutter stand auf dem Bahnsteig, um «ihre Kinder» in Empfang zu nehmen. Einen Augenblick gab sich Kappe der Illusion hin, sie würden anreisen, um ganz normal Ostern zu feiern.

«Wo is'n Onkel Albert?», fragte die Kleine.

«Der ist zu einer Übung des Volkssturms», antwortete Bertha Kappe. «Aber Tante Doris ist da. Die kocht dir dann was Schönes zum Essen. Fisch.»

«Igitt, Fisch!»

Zwischen den einzelnen Bombenangriffen gab es in Berlin durchaus ein Alltagsleben, und für einige Stunden wurde der Krieg so sehr verdrängt, dass man denken konnte, es herrschte tiefer Frieden. Ein Kinobesuch war das beste Mittel, der garstigen Wirklichkeit zu entfliehen. Und so trieb es auch Hermann Kappe ins Kino, als er das Alleinsein in der großen leeren Wohnung nicht mehr ertragen konnte. Er hatte sich schnell für die *Familie Buchholz* entschieden, denn der Roman von Julius Stinde, nach dem der Film von Carl Froelich gedreht worden war, gehörte zu seinen Lieblingsbüchern.

Verabredet hatte er sich mit Theodor Trampe, doch als er vor dem Kino auf ihn wartete, kamen ihm erhebliche Bedenken, hatte er doch die sichere Ahnung, dass der alte Freund im Widerstand aktiv war. Und flog er auf, dann sah es auch für ihn, Kappe, schlecht aus, denn es bestand kein Zweifel daran, dass er auf Friedrich Rieses Abschussliste stand und der nur darauf wartete, endlich zuzuschlagen. Kappe schloss die Augen und sank in sich zusammen. Traf er Trampe, begab er sich in Lebensgefahr, lief er davon, dann entlarvte er sich als elender Feigling und Verräter und konnte nie wieder in den Spiegel sehen. Also blieb er.

Doch Theodor Trampe kam nicht. Sollte man ihn schon verhaftet haben? Voller Unruhe ging Kappe vor dem Kino auf und ab. Zwei Häuser weiter waren in einem Schaufenster Teile des *Völkischen Beobachters* ausgehängt. Er blieb stehen. Das Lesen lenkte ab. *Wirksames Vernichtungsfeuer der Artillerie gegen sowjetische Verstärkungen – Terrorangriff nordamerikanischer Bomberverbände auf Bonn und Köln – Ritterkreuzträger fanden den Heldentod – Der Krieg: die Bewährungsprobe der Frauenarbeit – Blau-Weiß gegen Hertha BSC 1:1.*

Hermann Kappe, der früher selbst bei Viktoria 89 gekickt hatte, war ein eingefleischter Gegner der «Männer von der Plumpe» und gönnte ihnen selbst den einen Punkt nicht.

Da bog Theodor Trampe um die Ecke. Gott sei Dank! Sie wagten es nicht sich zu umarmen, um nicht für homosexuell gehalten zu werden.

Der Film lenkte Kappe tatsächlich von allem Elend ab, obwohl er das Buch zu genau kannte und die Bilder, die er sich bei der Lektüre gemacht hatte, selten mit denen auf der Leinwand übereinstimmten. Die Wilhelmine Buchholz, eine ebenso resolute wie herzensgute Frau mit einem Hang zum Literarischen, hatte er immer als Bertha Kappe gesehen, seine Mutter, und nun wurde sie von Henny Porten verkörpert. Paul Westermeier als Karl Buchholz, Grethe Weiser als Köchin und Elisabeth Flickenschildt als «die Bergfelden» passten ganz gut, und Erich Fiedler als der Filou Emil Bergfeldt war die ideale Besetzung. Wie auch immer, Hermann Kappe lebte für anderthalb Stunden im Berlin der Kaiserzeit und vergaß alles, was ihn bedrückte.

SECHS

THEODOR TRAMPE hatte nach der Machtergreifung der Nationalsozialisten seine politische wie journalistische Arbeit aufgegeben und war in seinen gelernten Beruf als Elektroinstallateur zurückgekehrt. Er hatte schnell realisiert, dass man gegen die braunen Herrenmenschen keine Chance hatte, wenn man sie mit offenem Visier bekämpfte, jetzt galt es vielmehr, sich unsichtbar zu machen und sie glauben zu lassen, man nütze ihnen. So arbeitete er in einem kleinen elektrotechnischen Apparatewerk in Wittenau, das auch Fabriken ausstattete, die für die Rüstung wichtig waren. Fiel da ein Bauteil aus, hatte er den Feuerwehrmann zu spielen und den Schaden schnellstmöglich zu beheben. Es belastete ihn, dass er auf diese Art und Weise mithalf, Hitlers Kriegsmaschinerie am Laufen zu halten, andererseits hatte ihn, den alten Sozialdemokraten, genau das vor dem KZ bewahrt. Wegen seiner Funktion wie seines Alters – 66 wurde er in diesem Jahr – hatte man darauf verzichtet, ihn zu den Soldaten zu holen. Dafür standen zwei seiner Söhne im Feld, und die Tochter, die sich von ihm losgesagt hatte, schenkte dem Führer reichlich Kinder. Mit seiner Frau, die schwermütig geworden war und am Geschehen außerhalb ihrer vier Wände kaum noch Anteil nahm, lebte er in einem kleinen Siedlungshäuschen in Heiligensee. Am Dachsbau hieß die Straße, und von dort aus fuhr er jeden Morgen die rund zehn Kilometer in die Firma, meistens mit dem Fahrrad.

Am heutigen Dienstag bekam er von seinem Meister keinen Reparaturauftrag bei Rheinmetall-Borsig oder der AEG in Henningsdorf, sondern musste eine krank gewordene Löterin ersetzen. Dieser Einsatz endete damit, dass er am Nachmittag über eine schmerzende Schulter klagte und ankündigte, deswegen nach Feierabend zum Arzt zu gehen.

«Gehen Sie, Trampe, Hauptsache, Sie sind morgen früh wieder gesund.»

Sein Hausarzt in Heiligensee war Dr. Kleese. Max Kleese, geboren 1896, war von Hause aus Pazifist und als solcher im Weltkrieg in die USPD eingetreten, 1920 aber zur SPD gestoßen. Er hatte an der Berliner Gewerkschaftsschule unterrichtet und Artikel für die *Sozialistischen Monatshefte* geschrieben und war 1926 stellvertretender Stadtarzt und Stadtoberschularzt von Reinickendorf geworden. 1933 hatten ihn die Nazionalsozialisten dann aus dem Amt gejagt, ihm aber nicht untersagt, mit seiner Frau Dr. Maria Kleese eine Arztpraxis in Heiligensee zu eröffnen, und zwar Am Hirschwechsel 34.

Das Wartezimmer war mehr als voll, und Trampe richtete sich auf eine Wartezeit von mindestens anderthalb Stunden ein. Er nutzte sie, um so zu tun, als würde er Hans Friedrich Bluncks *Wolter von Plettenberg* lesen, einen echten nationalsozialistischen Roman. Wer ihn beobachtete, konnte keinerlei Zweifel an seiner völkischen Gesinnung hegen. Etwa alle fünf Minuten schlug er die Seiten um.

Durch den Kopf ging ihm anderes. Im Norden Berlins war der Widerstand eher schwach vertreten, obwohl der blutige Überfall der SA auf die rote Laubenkolonie Felseneck in Reinickendorf-Ost im Januar 1932 eigentlich alle hätte aufrütteln müssen. Das Verfahren gegen die Täter war eingestellt worden, und den Rechtsanwalt Hans Litten, der als Nebenkläger gegen die SA aufgetreten war, hatte man verhaftet und später im KZ Dachau ermordet.

«Der Nächste bitte! Herr Trampe!»

Er schreckte hoch, steckte den Roman in seine Aktentasche und eilte ins Sprechzimmer. Dr. Kleese begrüßte ihn mit Handschlag und bat ihn, Platz zu nehmen. Der Arzt ging auf die fünfzig zu, hatte ein scharf geschnittenes Gesicht mit einer auffällig großen Nase, einem «Riechkolben», wie die Berliner sagten, und trug eine randlose Brille. Seine grauen Haare säumten nach Art einer Mönchstonsur nur noch den Rand des Schädels. Sein Lächeln war herzlich. Im November 1942 hatte er die Widerstandsgruppe «Mannhart» ins Leben gerufen. Theodor Trampe war für ihn der Verbindungsmann zu den aktiven Arbeiterfunktionären bei Rheinmetall-Borsig, AEG Hennigsdorf und einigen Betrieben des Buchdruckgewerbes. Während der Arzt Trampes Blutdruck maß und laut mit ihm über seinen schmerzenden Magen redete, steckte er ihm Flugblätter zu, die er im Keller unter seiner Praxis gedruckt hatte.

«Die sind für Karl Theek», flüsterte er. «Und neue holst du bitte aus Niederschönhausen.»

Trampe nickte und verstaute alles in seiner Aktentasche. «Wird alles in den nächsten Tagen erledigt.»

Zu Karl Theek, der in der Hermsdorfer Bertramstraße zu Hause war, fuhr er noch am selben Abend. Die Hermsdorfer Freunde klebten auf den S-Bahnhöfen Waidmannslust, Hermsdorf und Wittenau (Nordbahn) Flugblätter.

Karl Theek war furchtbar niedergeschlagen. «Ich muss zur Wehrmacht ...»

Trampe wurde drastisch: «Dort stirbt es sich leichter als im Konzentrationslager.»

Karl Theek hatte bereits einen anderen Gast, ein Mitglied der Gruppe «Mannhart», der von seiner Zeit als Politischer in der Haftanstalt Tegel erzählte.

«Die meisten Zellen waren verwanzt. Die warme Verpflegung, die mit Talg zubereitet wurde und zweimal in der Woche aus Essensresten zusammengekocht war, konnte man kaum genießen. Wenn die zermanschten Heringskartoffeln ausgeteilt wurden, verbreitete sich überall ein widerlicher Gestank. Dann gab es regelmäßig einen säuerlichen dickflüssigen Brei, der aus den Rückständen in den Kesseln zubereitet wurde, einen fürchterlichen Pamps, der bei uns Rumfutsch hieß. Dauernd hatte man ein quälendes

Hungergefühl. Wir Politischen waren von den Kriminellen nicht getrennt, und unter den Kriminellen gab es auch SS- und SA-Männer, sogar höhere Ränge, die meistens Unterschlagungen und Betrügereien begangen hatten. Die waren aber weiterhin überzeugte Nazis, und wir mussten immer damit rechnen, dass sie uns Politische denunzierten. Wir aber haben zusammengehalten und über alles diskutiert, Politik, Geschichte, Ökonomie, Philosophie. So frischten wir das Wissen auf, das wir aus den Parteischulen hatten.»

Als das Wort Parteischule fiel, zuckte Trampe unwillkürlich zusammen, denn die Kommunisten und die Rotfrontkämpfer auf der einen Seite und die Sozialdemokraten und die Leute vom Reichsbanner Schwarz-Rot-Gold auf der anderen hatten ihre eigenen Schulungsstätten gehabt, wo jeweils tüchtig gegen die anderen gehetzt worden war. Hätte man sich nicht gegenseitig beharkt, sondern gemeinsam Front gegen die Nazis gemacht, wäre Hitler mit hoher Wahrscheinlichkeit nicht an die Macht gekommen.

Sie tranken ihr Bier, bis es dunkel geworden war, dann machten sich Karl Theek und der andere auf den Weg, um auf der S-Bahn Flugblätter zu kleben, während Trampe nach Niederschönhausen radelte, wo der Buchdrucker Paul Alten wohnte. Alten war bei den Deutschen Waffen- und Munitionswerken in Borsigwalde beschäftigt und konnte immer wieder einmal unbemerkt Flugblätter in einer Auflage von bis zu fünfhundert Stück herstellen.

Da Zehntausende Berliner ausgebombt worden waren und nach einer neuen Unterkunft suchten, drängten die Behörden Margot Tänzer, die Schwester der ermordeten Irmgard Klodzinski, die Wohnung in der Geisenheimer Straße so schnell wie möglich auszuräumen und der Hauswartsfrau besenrein zu übergeben.

Es war der Blockwart Walter Arndt, der Kappe von diesem Tatbestand per Telefon in Kenntnis setzte. «Kann doch sein, dass Sie in den Papieren der Klodzinski Hinweise auf den Mörder finden.»

«Ja, danke.»

So fuhren Kappe und Galgenberg mit der U-Bahn nach Wilmersdorf, um sich alles anzusehen, was die Schwester und Karl-Heinz Klodzinski, der geschiedene Ehemann, auf den Hof hinuntertrugen und in die Müllkästen stopften.

Eine Stunde hatten sie schon alles Mögliche gesichtet, da rief Kappe plötzlich: «Moment bitte!» Da gab es nämlich ein Kuvert, schön und offensichtlich noch aus Vorkriegszeiten, auf dem ein Veilchen klebte. «Bestimmt ein Liebesbrief.»

So war es denn auch, und geschrieben hatte ihn der Nachbar Erwin Reschke. Kappe überflog die Zeilen, die alle recht schwülstig klangen, aber auch einen leicht drohenden Unterton aufwiesen. «Und bist du nicht willig, so brauch ich Gewalt», murmelte Kappe.

«Wir sollten mal seinen Keller durchsuchen», sagte Galgenberg. «Das Tatwerkzeug ist ja auch noch nirgends aufgetaucht.»

Kappe zögerte. «Das war doch offensichtlich das Beil aus dem Keller von Irmgard Klodzinski, das der Täter mitgenommen und sicher irgendwo ins Wasser geworfen hat.»

Galgenberg widersprach ihm. «Wenn es Reschke war, dann könnte er's doch bei sich im Keller versteckt haben, weil es ihm zu riskant gewesen ist, am Abend mit 'nem Beil durch die Gegend zu laufen.»

«Gut.» Kappe nickte. «Aber nur deswegen 'n Durchsuchungsbefehl?»

Galgenberg fasste sich an den Kopf. «Mensch, in welcher Zeit lebst du denn? Wir fragen ihn, ob er uns seinen Keller zeigt, und wenn nicht, dann ... Der Blockwart hat bestimmt 'n Kuhfuß, und mit dem kriege ich im Nu jedes Kellerschloss geöffnet.»

Kappe hatte immer noch Bedenken, doch Erwin Reschke hatte nichts dagegen, dass sie sich seinen Kellerverschlag ansahen.

«Und wenn Sie sich mein Hackebeilchen mitnehmen wollen, um zu sehen, ob da Blut dran ist, dann bitte, aber zurückbringen, det is ja heutzutage 'n Wertgegenstand.»

Kappe bedankte sich. Auf die Idee hätten sie auch schon vorher kommen können. So schlampig hatten sie vor zwanzig Jahren

nicht gearbeitet, und es hätte von oben auch ein gewaltiges Don-
nerwetter gegeben. Aber jetzt, wo die ganze Welt in Scherben fiel ...

Sie machten sich wieder – von Minute zu Minute lustloser –
über die Hinterlassenschaften der Klodzinski her und diskutier-
ten dabei die kriminologisch entscheidende Frage: War es eine Beziehungstat oder reiner Zufall, dass der Täter ausgerechnet in der
Geisenheimer Straße zugeschlagen hatte?

Galgenberg vertrat die These von der Beziehungstat. «Da
haben wir ja einige Kandidaten. An erster Stelle ihren Nachbarn,
den Erwin Reschke, diesen verkappten Triebtäter ...»

«Das ‹verkappt› verbitte ich mir!», rief Hermann Kappe.

«*Pardon, Monsieur*. Zweitens kommt ihr gewesener Ehemann
in Frage. Trotz dessen Alibi. Ich misstraue jedem Alibi – außer der
Beschuldigte war zur Tatzeit schon tot. Auch dieser Blockwart
kommt mir nicht ganz koscher vor.»

«Ich würde in diesen Zeiten nicht mit jüdischen Ausdrücken
um mich werfen», sagte Kappe. «Es gibt Volksgenossen, die laufen
deswegen zur Gestapo und denunzieren dich.»

Galgenberg grinste, weil er in diesem Augenblick das Füh-
rerbild der Klodzinski und deren Parteiabzeichen entdeckt hatte.
«Die hier hätte es bestimmt getan.»

«Ach!» Kappe winkte ab. «Karl-Heinz Klodzinski, Erwin
Reschke oder Walter Arndt, den Blockwart, wird sie bestimmt nicht
denunziert haben, denn bei denen gibt es nichts zu denunzieren.
Die sind entweder lupenreine Nazis oder total unpolitisch. Nee,
ich wette, dass es jemand war, den sie vorher nie zu Gesicht bekommen hat.»

Unverhofft erschien der Blockwart im Korridor und wollte sie
sprechen. «Wissen Sie, was heute Morgen bei einer Kontrolle auf
dem Breitenbachplatz passiert ist?», rief Walter Arndt und machte
eine kurze Pause, bevor er es den beiden Kriminalbeamten verriet.
«Da haben sie einen Deserteur festgenommen. Und ich gehe jede
Wette ein, dass es ein Deserteur war, der unsere Irmgard Klodzinski
erschlagen hat!»

Kappe bedankte sich, ließ Galgenberg alleine in den Sachen der Klodzinski wühlen und lief zur nächsten Telefonzelle, um Piossek anzurufen und ihn zu bitten, der Sache nachzugehen. «Ich rufe dich in einer Viertelstunde wieder an und gehe inzwischen ein bisschen spazieren.»

Während er das noble Rheingauviertel erkundete, ging ihm die Sache mit dem Deserteur durch den Kopf. Bei einer Besprechung am Alexanderplatz hatte er gehört, dass es schon über zehntausend Todesurteile wegen Fahnenflucht gegeben haben sollte. Die Soldaten verließen ihre Truppenteile selten an der Front, sondern setzten sich meist während ihres Heimaturlaubs ab. Es hieß, dass im Sommer in Ruhleben ein besonderes Erschießungsgelände für Deserteure eingerichtet werden sollte, da die Kapazitäten in Plötzensee und Brandenburg-Görden nicht mehr ausreichten. Vor diesem Hintergrund war es für ihn plausibel, dass sich ein Deserteur in der Geisenheimer Straße in einem Kellerraum versteckt hatte und von der Klodzinski aufgestöbert worden war. Doch der Mann, den sie am Breitenbachplatz festgenommen hatten, konnte es nicht gewesen sein, denn der war, wie Piossek schnell festgestellt hatte, erst am Morgen in Berlin angekommen.

Ein wenig enttäuscht kehrte Kappe in die Wohnung der Irmgard Klodzinski zurück, wo ihm Galgenberg jubelnd ein Gedicht seines potentiellen Triebtäters Erwin Reschke vor die Nase hielt.

«Hier, lies mal!» Und da Kappe dankend abwinkte, tat er es selber. «*An mein inbrünstig verehrtes Irmchen! Tag und Nacht denk ich an Deine Brüste / Und da packen mich die wildesten Gelüste. / Ich werd' nicht eher ruh'n, / Als dass wir es beide tun.*»

«Kein Wunder, dass sie da nicht nachgegeben hat», sagte Kappe. «Suchen wir mal weiter, vielleicht gibt es doch noch eine heiße Spur.»

«Kitzel mir mal eener, det ick lachen kann», sagte Galgenberg.

Pflichtgemäß, aber mit noch weniger Begeisterung als zuvor stöberten sie weiter im hinterlassenen Krempel der Fahrkartenverkäuferin Irmgard Klodzinski herum. Es war ein aussichtsloses Unterfangen, hier etwas finden zu wollen. Kappe hatte ein schlechtes Gewissen. Da herrschte im Deutschen Reich überall ein gewaltiger Mangel an Arbeitskraft – und hier wurde welche vergeudet.

Kappe wandte sich an die Schwester der Ermordeten, um ein bisschen mehr über deren Leben zu erfahren. «Frau Tänzer, jede Einzelheit, jede Kleinigkeit kann für uns wichtig sein. Wie war Ihre Schwester denn so, und wie ist sie aufgewachsen?»

«Wieso denn dit?», brummte Galgenberg. «Det spielt doch keene Rolle, wenn sie den Täter im Moment ihres Todes zum ersten Mal gesehen hat – wie du ja zu wissen glaubst. Wenn's jemand war, den sie von Angesicht zu Angesicht gekannt hat, dann müsste ick doch die Fragen stellen, weil det doch meine These is. Außerdem bin ick älter als du.»

«Gut, dann stelle du sie.»

«Frau Tänzer», wiederholte Galgenberg, «jede Einzelheit, jede Kleinigkeit kann für uns wichtig sein. Wie war Ihre Schwester denn so, und wie ist sie aufgewachsen?»

«Ja nun ...» Margot Tänzer redete gern und viel, nicht umsonst war sie Verkäuferin geworden. «Ich bin ja vier Jahre älter als sie und habe alles mitgekriegt. Mein Vater war ein kleiner Beamter im Rathaus Wilmersdorf und schon früh in der NSDAP und in der SA. Na ja, und das hat dann auch auf die Schwester abgefärbt. Auf meine Mutter und mich nicht so. Meine Mutter ist Sprechstundenhilfe bei einem Dentisten. Irma hat schon mit achtzehn geheiratet, die konnte gar nicht schnell genug unter die Haube kommen und Kinder kriegen. Es hat aber nicht klappen wollen, obwohl Karl-Heinz bestimmt nicht schuld daran war. Na, schließlich haben sie sich dann getrennt. Nicht nur weil sie keine Kinder bekamen, Irma war ja auch selten zu Hause. Immer gab's da was mit ihrer Partei. Und dann hat sie auch noch in der Gärtnerei ausgeholfen, da bei der Gisela Lindenkranz in der Dillenburger Straße. Wir hatten früher 'ne Laube an der Friedrichshaller Straße, auch da in Schmargendorf, und Irma war ganz verrückt nach der

Gartenarbeit: umgraben, säen, gießen, ernten. Und als mein Vater dann die Laube aufgegeben hat, weil er dauernd Krach mit den anderen Laubenpiepern hatte, da ist sie dann zu der Lindenkranz gegangen ...»

SIEBEN

DIE DILLENBURGER STRASSE begann am Breitenbachplatz und endete nach nur einem halben Kilometer an der Kreuzung mit der Norderneyer Straße. An ihrer westlichen Seite war
die Großgärtnerei von Konrad Kammermeier zu finden, die nach
seinem Tode von seiner Tochter Gisela geführt wurde. Sie war im
Mai 1912 in Berlin auf die Welt gekommen und hatte die Nöte
und Entbehrungen des Weltkrieges noch am eigenen Leibe erfahren müssen. Ihre Eltern hatten von ihrem Betrieb gelebt, und die
fünf Kinder hatten früh mit anpacken müssen, wobei Gisela als
der Ältesten die Vorarbeiterrolle zugefallen war. Das hatte sie hart
werden lassen, und sie entwickelte sich zu einem so herben Typ
von Frau, dass Nachbarn, die sie nicht mochten, sie als Mannweib
bezeichneten. Doch da taten sie ihr Unrecht, sie selbst sah sich als
zarte Seele, die gern Gedichte las und romantische Romane geradezu verschlang. Die Schule hatte sie nicht sonderlich geliebt und
sich schon früh auf ihre Lehre als Blumenbinderin gefreut. Ob
Rosen, Nelken oder Narzissen, sie liebte alles, was blühte und duf-
tete. 32 Jahre alt war sie jetzt. Geheiratet hatte sie vor acht Jahren
den Berufssoldaten Lothar Lindenkranz. Nicht, weil er ihre große
Liebe war, sondern weil sie annahm, dass man als Frau nicht ohne
Ehering durchs Leben gehen konnte. Sie hatte sich immer nach
einem zärtlichen Menschen gesehnt, doch er war eher das, was
seine Gegner ihm nachsagten: eine «Landsknechtnatur». Ein Kind
zu zeugen war ihm bislang nicht gelungen. Nun stand Lothar
Lindenkranz, aufgestiegen zum Unteroffizier, an der Ostfront und
war erfüllt von den Worten seines Führers.

Anfang März gab es auf dem weitläufigen Gelände viel zu tun, denn die Gärtnerei an der Dillenburger Straße versorgte die Berliner nicht nur mit Blumen, sondern hatte auch – was viel wichtiger war – auf jedem Quadratmeter ihres Bodens Obst und Gemüse anzubauen, vor allem Erdbeeren, Möhren, Mangold, Bohnen und Salat. Für die anfallenden Arbeiten standen ihr nicht nur ein halbes Dutzend älterer Frauen zur Verfügung, denen das Bücken und Knien auf der feuchten Erde erheblich zu schaffen machte, sondern auch Andrej Golyszyn, ein polnischer Zwangsarbeiter, der mit seinen knapp dreißig Jahren eine hervorragende Arbeitskraft war.

Elfriede, eine ihrer Arbeiterinnen, hatte gute Laune mitgebracht und sang das Lied *Im Märzen der Bauer*, während sie dabei war, Geranien, die überwintert hatten, umzutopfen.

Im Märzen der Bauer
Die Rösslein einspannt,
Er setzt seine Felder
Und Wiesen in Stand.
Er pflüget den Boden,
Er egget und sät
Und rührt seine Hände
Früh morgens und spät.
Die Bäu'rin, die Mägde,
Sie dürfen nicht ruh'n,
Sie haben in Haus
Und Garten zu tun.
Sie graben und rechen
Und singen ein Lied,
Sie freu'n sich, wenn alles
Schön grünet und blüht.

Gisela Lindenkranz teilte ihre Leute ein. Frühe Karottensorten konnten schon im Freiland ausgesät werden. Kohlrabi war vorzuziehen, Rosen waren zurückzuschneiden. Auf dem Frühbeet musste der Kopfsalat ausgesät werden, im Schnittlauchbeet war Platz zu schaffen. Vor allem aber musste umgegraben und gedüngt werden.

Die erste Kundin kam, eine ältliche Direktrice aus der Modebranche, die sehr resolut sein konnte. «Heil Hitler! Was machen meine Osterglocken?»

Gisela Lindenkranz erschrak. «Gott, die sollte der Andrej doch schon längst bei Ihnen ... Auf dieses Polenpack ist wirklich kein Verlass!»

Die Direktrice verzog das Gesicht. «Das sind auch Menschen.»

«Ja, Untermenschen!», rief Gisela Lindenkranz und trat in die Tür des Verkaufsraumes, um den Polen zu rufen, der draußen auf dem Feld beim Umgraben war.

In geduckter Haltung kam er heran. Auf die Brustseite seines verfilzten grauen Pullovers war das Abzeichen genäht, das er tragen musste: ein lila *P* in einem dunkelgelbem Quadrat, das wiederum lila umrandet war. So gezeichnet, durfte er kein öffentliches Verkehrsmittel benutzen, keinen Gottesdienst besuchen und sich nachts nicht in der Stadt bewegen.

Als Andrej Golyszyn nahe genug herangekommen war, warf sie mit einem Blumentopf nach ihm und beschimpfte ihn als Schwachkopf und Lumpen. «Ihr dreimal verfluchten Pollacken!»

Vom Alexander- zum Breitenbachplatz brauchte man mit der U-Bahn-Linie A etwas mehr als eine halbe Stunde, und Kappe und Galgenberg nutzten die Zeit zur Lektüre des *Völkischen Beobachters* vom 7. März. *Splitterbomben gegen Frauen und Kinder. Das neueste Heldenstück der Luftgangster – Abwehrschlacht bei Schepetowka steigert sich zu großer Heftigkeit – Materialschlacht bei Cassino.*

Das mochten beide nicht kommentieren, denn allzu viele Ohren hörten mit. Immer mehr Traueranzeigen wurden auf der Seite sieben abgedruckt. Eine davon sorgte dafür, dass Kappe plötzlich Tränen in den Augen hatte.

Tief bewegt uns die Nachricht, dass unser lieber, guter, hoffnungsvoller Sohn, unser einziges Kind, Neffe, Vetter, Enkel und Freund Gerhard Wilske, Gefreiter R.O.B., in einem Panzer-Grenadier-Regiment, im blühenden Alter von 18½ Jahren am 25. Januar 1944 in den schweren Kämpfen im Osten gefallen ist.

Kappe war froh, dass Hartmut es bereits hinter sich hatte, obwohl anzunehmen war, dass die Russen die deutschen Kriegsgefangenen bis zum Umfallen schuften ließen und sich für alles rächten, was ihnen angetan worden war. Aber Karl-Heinz hatte den Fronteinsatz noch vor sich. Die Suppe mit der Waffen-SS hatte er sich selber eingebrockt, und dennoch ...

«*Die Güte der Rasierklingen wird laufend überprüft*», las Galgenberg vor und zeigte auf das Pflaster, das sein Kinn zierte. «Wunderbar! Imma die Neese hochhalten – ooch wenn et rinregnet.»

Wir verdunkeln heute: Von 18.50 Uhr bis 6.01 Uhr. Diese Anweisung erfreute Kappe jeden Tag. Darüber stand, was der Rundfunk an diesem Dienstag sendete. Er las vor: «*Reichsprogramm 21 Uhr: Eine beschwingte Stunde für Dich.* Das hörst du doch jeden Abend ...»

«Heute nich», antwortete Galgenberg. «Heut jeh'n wa in't Kino. *Die Feuerzangenbowle.*»

Galgenberg war bester Laune, als sie vom U-Bahnhof zur Dillenburger Straße liefen, und erinnerte sich an Verse aus *Auerbach's Deutschem Kinder-Kalender.* Er trug sie Kappe vor: «*Schon nähert sich der März: / Da grünt und knosp't es allerwärts. / Der Spatz erscheint, die Stare schrei'n, / Sogar der Storch schon stellt sich ein.*» Er seufzte. «Warum grünt es nur Aller- und nicht Spree- und Havelwärts?» Dann fing er an zu singen: «Wir winden dir den Lindenkranz mit veilchenblauer Seide.»

«Hieß das nicht mal Jungfernkranz?», fragte Kappe.

«Ja, aber wir wollen zur Lindenkranz. Lass mir doch meine Eselsbrücke.»

Kappe stöhnte auf. «Hör auf! Während wir hier herumalbern, sitzt mein Sohn in russischer Kriegsgefangenschaft und ist vielleicht gerade am Verhungern, und mein Neffe, der Martin, stirbt durch einen Bauchschuss.»

«Was soll *ich* erst sagen?» Galgenberg zählte alle seine Verwandten auf, die im Felde standen. «Aber auch an der Heimatfront kann's einen treffen. Wie meine Cousine Erna am Bayerischen Platz im Luftschutzkeller. Schön is die Jugend – nu kommt nischt mehr.»

«Nach dem Krieg wird schon noch was kommen», sagte Kappe.

«Ja, aba wat?», rief Galgenberg.

Beide sprachen nicht aus, was sie dachten. Nicht etwa, weil sie dem anderen misstrauten, sondern weil sie es sich über die Jahre angewöhnt hatten, solche Gedanken lieber für sich zu behalten. Siegten die Alliierten, dann hieß es «Wehe den Besiegten!» – insbesondere, wenn die Russen Deutschland besetzten. Und gewann der Führer den Krieg, konnte Kappe sich ausrechnen, in die eroberten Weiten des Ostens versetzt zu werden, um zu helfen, dort alles «aufzunorden», und auch Galgenberg als «unsicherer Kantonist» müsste um seine Pension fürchten. Manche Berliner scherzten ja auch: «Kinder, genießt den Krieg, der Frieden wird fürchterlich werden!»

Es ging eine kleine Anhöhe hinauf. Zu ihrer Rechten erstreckten sich monotone Neubaublöcke, links sah es noch sehr ländlich aus.

«Det jibt 'ne schöne Kolchose, wenn der Iwan sich hier einnistet», sagte Galgenberg.

«Und bei den Amis wird es ein Spielfeld für American Football oder Baseball», fügte Kappe hinzu.

«Pst!», machte Galgenberg. «Det is schon Wehrkraftzersetzung!»

Schweigend gingen sie weiter, bis sie am Zaun der Gärtnerei Kammermeier angelangt waren. Beide hatten keine Lust, mit Gisela Lindenkranz zu reden.

«Urlaub müsste man haben», sagte Galgenberg. «Janz weit weg.»

Kappe nickte. «Ja, bis in die Südsee. Auf so 'n schönes Atoll.» Er hatte alle Geschichten von Jack London gelesen.

Sie traten in den Verkaufsraum der Gärtnerei und fragten die hochgewachsene Frau, die gerade dabei war, Kohlrabipflänzchen zu pikieren, nach Gisela Lindenkranz.

«Das bin ich höchstpersönlich.»

«Angenehm», murmelte Kappe und stellte sich und Galgenberg vor. «Wir sind im Mordfall Klodzinski unterwegs ... Da war zwar schon ein Kollege bei Ihnen, aber da wir bei der Suche nach dem Täter nicht weiterkommen, möchten wir Ihnen doch gerne noch ein paar Fragen stellen.»

«Bitte, gern.» Gisela Lindenkranz wischte sich die Hände an ihrer Kittelschürze ab. «Kommen Sie am besten mit in mein Büro, da sind wir ungestört.»

Kappe wusste nicht genau, wie er diese Frau einordnen sollte. Einerseits gab sie sich so streng wie eine BDM-Führerin, andererseits aber schaute sie aus wie Lilian Harvey. Es konnte ihm egal sein. Sie setzten sich. Über Gisela Lindenkranz hing das Bild des Führers, und wenn Kappe mit ihr sprach, litt er unter den insistierenden Blicken Adolf Hitlers.

«Frau Lindenkranz, uns interessiert alles, was mit den Herrenbekanntschaften der Ermordeten zusammenhängt ...», begann Kappe. «Die Männer sind ja auf sie geflogen wie die Motten aufs Licht, oder?»

«Ja, auch wenn sie bei mir nur ausgeholfen hat, ist sie immer wieder angesprochen worden. Da waren Kerle, die kauften Rosen für ihre Gattinnen, um denen zu zeigen, was sie für sie empfinden – und gleichzeitig haben sie mit Irmgard geschäkert und wollten mit ihr ins Kino gehen.»

«Und, hat sie ja gesagt?»

Gisela Lindenkranz überlegte einen Augenblick. «Nein, sie hatte ja ihren geschiedenen Mann, wenn sie sich nachts sehr einsam gefühlt hat. Und dann hat sie auch immer von ihrem Verlobten gesprochen.»

Kappe horchte auf. «Ah ja?» Von einem Verlobten hatten sie noch nie etwas gehört und auch nichts in der Wohnung gefunden, keinen Liebesbrief, kein Photo. «Und wer war das?»

«Ein Gefreiter. Der war immer bei ihr, wenn er Heimaturlaub hatte.»

Galgenberg zückte seinen Notizblock. «Den Namen haben Sie nicht zufälligerweise behalten?»

«Nein, aber warten Sie ...» Gisela Lindenkranz schloss die Augen, um besser nachdenken zu können. «Gerhard, Gerhard ... Wie ein See hier um Berlin rum.»

«Da haben wir mehrere hundert», sagte Kappe. «Schwielow, Glindow, Rangsdorf, Motzen, Werl, Peetz, Dämeritz, Selchow, Wolzig ...»

«Nein, einer im Norden.»

Jetzt wollte Galgenberg zeigen, dass auch er in Heimatkunde eine gute Zensur gehabt hatte. «Liepnitz, Wandlitz, Paarstein, Ruppin, Grienerick, Werbellin, Grimnitz ...»

«Ja, Grimnitz!», rief Gisela Lindenkranz. «Drei G's waren es: Gefreiter Gerhard Grimnitz.»

Kappe und Galgenberg bedankten sich und liefen zur U-Bahn zurück. Am Eingang standen Kollegen, die zur Kriegsfahndung abkommandiert waren, und wollten ihre Papiere sehen.

«Riecht ihr det nich, det wir ooch von euerm Verein sind?», fragte Galgenberg.

«Bitte kein Ablenkungsmanöver!»

Ihre Papiere waren in Ordnung, sie durften passieren. Verloren standen sie auf dem Bahnhof und warteten auf den Zug in Richtung Innenstadt. Zuerst kam aber der in die Gegenrichtung.

«Krumme Lanke», sagte Galgenberg und fing an zu singen:

Nachher saß ich mit der Emma uff der Banke,
Über uns da sang so schmelzend ein Pirol.
Unter uns da lag so still die Krumme Lanke,
Neben uns aß eener Wurscht mit Sauerkohl ...

«Ich war lang nicht mehr an der Krummen Lanke», murmelte Kappe. «Komm, machen wir blau heute und laufen einmal um 'n See rum.»

«Jute Idee!», sagte Galgenberg und sang weiter:

Freut euch des Lebens,
Weil noch das Lämpchen glüht,
Pflücket die Rose,
Eh' sie verblüht!

Gisela Lindenkranz wollte noch ihre letzten Rosen zurückschneiden, bevor es Abend wurde. Als das erledigt war, kehrte sie ins Hauptgebäude zurück. Ihre Gefolgschaft stand schon an den Wasserhähnen, um sich die Hände zu waschen. Auch Andrej Golyszyn war dabei, doch als der Pole sie sah, machte er, dass er aus dem Raum kam. Als er sich an ihr vorbeiquetschte, duckte er sich sicherheitshalber, denn sie hatte ihm schon ein paar Mal gesagt, dass er hier unter den Deutschen nichts zu suchen habe.

«Los, ab in deinen Stall!»

Er hauste hinten zur Norderneyer Straße hin in einem Verschlag, in dem sich ihr Mann früher Zuchthühner gehalten hatte, weiße Wyandotten. Eine der älteren Arbeiterinnen, die dem jungen Polen mütterliche Gefühle entgegenbrachte, schaute sie böse an, so dass sie ihn ziehen ließ, ohne ihn besonders zu bestrafen.

Gisela Lindenkranz ging als Letzte nach Hause. Nachdem sie alles sorgfältig abgeschlossen hatte, setzte sie sich auf ihr Rad und fuhr zur Breite Straße, wo ihr Mann die geradezu feudale Wohnung eines jüdischen Juweliers übernommen hatte. Sie ließ sich Badewasser ein und fühlte sich, nachdem sie eine Viertelstunde in der Wanne gelegen hatte, wie neugeboren. Nachdem sie etwas gegessen hatte, zog sie sich die Reizwäsche an, die ihr Lothar aus Paris mitgebracht hatte. Fehlte noch ihr neuestes Kostüm. Sie hielt es lange in der Hand, legte es dann aber wieder beiseite und schlüpfte in ihren dunkelblauen Trainingsanzug. In den Rucksack kamen eine Flasche Mosel und der Rest eines Brathuhns. Sie hatte so ihre Beziehungen. Als es dunkel geworden war, machte sie sich auf den Weg in den Keller, um ihr Fahrrad zu holen. Im Treppenhaus lief sie den Heidrichs in die Arme, dem Ehepaar, das unter ihr wohnte, Robert und Renate. Die beiden waren immer freundlich – *zu* freundlich, und das machte sie misstrauisch.

«Na, Frau Lindenkranz, noch mal in die Gärtnerei?», fragte Robert Heidrich.

«Nein», log sie, «ich will noch mit einer Freundin ins Kino.»

Heidrich lachte. «Klar, in der Gärtnerei ist es um diese Zeit auch viel zu gefährlich.»

Sie erschrak. «Wieso denn das?»

«Na, jetzt, wo doch die Bäume alle ausschlagen. Wie die Pferde.»

Sie zwang sich zu lachen. «Es ist doch erst März.»

«Was gibt es denn im Kintopp?», wollte Renate Heidrich wissen.

«Wir wollen erst mal schauen und dann ...» Gisela Lindenkranz hatte keine Ahnung, was gerade auf dem Spielplan stand.

«Na, dann viel Spaß!», rief Robert Heidrich.

«Ihnen auch! Ich muss jetzt aber, meine Straßenbahn ...» Gisela Lindenkranz lief hinüber zur Haltestelle, um die Heidrichs vollends zu täuschen und sprang in einen gerade haltenden Zug der 51 Richtung Nordend, um schon an der Zoppoter Straße wieder auszusteigen, das kurze Stück zurückzulaufen und sich ihr Fahrrad aus dem Keller zu holen.

Zum Glück verschluckten die Wolken einen Teil des Lichtes, das der Vollmond zur Erde strahlte. Es galt die «Achte Durchführungsverordnung zum Luftschutzgesetz», die Verdunklungsverordnung, und nur an den Kreuzungen gab es ein paar matte Richtleuchten. Die Autos und die Straßenbahnen fuhren mit schmalen Lichtschlitzen und blau eingefärbten Scheinwerfergläsern. Und wehe dem, aus dessen Wohnung ein heller Schein nach außen drang! Schnell waren die Blockwarte zur Stelle und unterstellten einem, man wolle den feindlichen Bomberpiloten Hilfestellung leisten, sei also ein Volksschädling. Gisela Lindenkranz' Fahrradlampe war mit Isolierband so abgedeckt, dass das Licht nur durch eine waagerechte, vier Zentimeter lange und einen Zentimeter breite Öffnung austreten konnte. Es fiel zwar kein Licht auf das Stück Straße, das man vor sich hatte, aber immerhin hatte man eine kleine Chance, selbst gesehen zu werden. Und außerdem: Vorschrift war Vorschrift. Also ließ sie ihren Dynamo gegen den Vorderreifen schnellen. Weit hatte sie nicht zu fahren, und sie kannte jeden Meter ihres Weges so gut, dass sie abends und nachts kaum Gefahr lief zu stürzen. Als sie ihre Gärtnerei erreicht hatte, holte sie eine kleine Taschenlampe hervor, die ähnlich wie ein Dynamo funktionierte. Als würde sie eine Gartenschere betätigen, musste sie einen Bügel in einen eiförmigen Körper aus gelblichem Kunststoff drücken. Der kam durch Federkraft sofort wieder heraus und musste augenblicklich wieder betätigt werden. Dadurch wurde so viel Strom erzeugt, dass es ausreichte, ein Schlüsselloch zu entdecken und einen Lichtschalter zu finden. In Zeiten, in denen es keine Batterien gab, war eine solche Taschenlampe eine Kostbarkeit.

Gisela Lindenkranz warf einen schnellen Blick auf ihr Hauptgebäude und konnte nichts entdecken, was ihr verdächtig erschienen wäre. Sie stellte ihr Rad ab, dann trat sie an die Tür und tat so, als würde sie aufschließen wollen. Laut klirrte ihr Schlüsselbund. In der Dunkelheit konnte sie eigentlich niemand beobachten, aber sicher war sicher. Sie lauschte. Nichts. Wie ein Einbrecher schlich sie nun über ihr Freigelände. Als sie hinten am Stall angekommen war, lauschte sie abermals. Wieder nichts. Dann wagte sie es, leise an die Tür zu klopfen. Dreimal. Lang – lang – kurz. Im Morsealphabet stand das für G – G wie Gisela.

Drinnen waren Schritte zu hören, und sie hörte Andrej Golyszyn lachen. «*Zaj'ty!*»

Sekunden später lagen sie sich in den Armen. Im Gegensatz zu ihrem Mann, der sie immer recht grob anfasste, war Andrej ein zärtlicher Mann. Sie hatte ihm, der von Hause aus Schauspieler und Musiker war, ein altes Saxophon beschafft, und spielte er auf dem, war sie tief gerührt und hatte Tränen in den Augen. Auch aus Ovids *Ars amatoria* zitierte er:

Wisst ihr, die ihr alle bebt vor heißem Begehren,
Niemals gab es ein Weib, das der Liebe nicht willig,
Wenn die Liebe zu schmeicheln und schmachten gelernt hat.
Eher im Lenz mag das Lied der Vögel verstummen
Und im Sommer das stete Gezirpe der Zikaden,
Eher jagt der furchtsame Hase den fliehenden Jagdhund,
Als dass mit Willen ein Weib verzichtet auf Liebe.
Voll begehrender Sehnsucht verzehrt sich die Spröde ...

Er saugte an ihren Ohrläppchen, liebkoste sie lange und flüsterte: «*Kocham ci' ...*»

Beide wussten, was für sie auf dem Spiel stand, denn in Paragraph 7 des sogenannten Polenerlasses hieß es: *Wer mit einer deutschen Frau oder einem deutschen Mann geschlechtlich verkehrt oder sich ihnen sonst unsittlich nähert, wird mit dem Tode bestraft.*

Sie schwor ihm immer wieder, mit ihm in den Tod zu gehen, falls sie auffliegen sollten, hoffte aber, dass ihre Taktik aufgehen würde, ihn vor den anderen als ein Stück Dreck zu behandeln, so dass niemand ahnen konnte, dass sie etwas miteinander hatten.

ACHT

EBERHARD BETHGE erlitt sein Schicksal als Deserteur, als er Nacht für Nacht auf den rissigen Bohlen gedeckter Güterwagen lag und durch Deutschland rollte, hungernd und frierend und froh, einen Schluck trinken zu können, wenn die Loks vor seinen Zügen einmal hielten, um Wasser zu fassen. Einmal hatte er Glück und fand auf dem Boden eines Waggons eine Handvoll Roggenkörner. Schlafen konnte er nur nach Einnahme von Luminal, von dem ihm Grete Meyerdierks als letzten Ausweg einen kleinen Vorrat mitgegeben hatte. Vierzehn Tage lang war er schon durch Deutschland geirrt, hatte vorübergehend Unterkunft auf Heuboden, bei Nazigegnern und flüchtigen Liebschaften gefunden, aber niemand hatte gewagt, ihn länger als von Sonnenunter- bis Sonnenaufgang bei sich aufzunehmen. Mit dem ersten Hahnenschrei hatte es ihn immer wieder zu den Güterbahnhöfen getrieben, glaubte er doch, dass seine Eisenbahnuniform ihn schützte. Aber die wurde immer schmutziger und unansehnlicher.

Bethge hatte die Tage mitgezählt, und er wusste, dass mit diesem Morgen der 7. März angebrochen war. In der Nacht war sein Zug auf einem großen Verschiebebahnhof angekommen, und es schien vorerst nicht mehr weiterzugehen. Er steckte in einem gedeckten Güterwagen, in dem unzählige Pappkartons gestapelt waren, die Kostüme, Kleider, Röcke und Kittelschürzen enthielten. Er überlegte, ob er ein Kleid für seine Schwester mitgehen lassen sollte, aber das hätte er wohl unter seiner Uniform tragen müssen, was unmöglich war. Der Gedanke an all die schönen Frauen, die das tragen würden, was in den Kartons steckte, stimmte ihn wehmütig. Als sie gegen Mitternacht hielten und den Geräuschen nach einen großen Verschiebebahnhof erreicht hatten, spähte er aus dem Belüftungsschlitz unter der Wagendecke. *Seddin* las er auf einem Schild, und er war für einen Augenblick verwirrt, denn er dachte sofort an den Seddinsee, der sich zwischen Schmöckwitz und Gosen erstreckte und über den er öfter bei seinen Dampferfahrten von Köpenick aus geschippert war. Aber am Seddinsee gab es keine Eisenbahn, erst recht keinen Verschiebebahnhof. Er kehrte zurück auf sein Lager, das er sich aus einer Lage herausgerissener Kittelschürzen im schmalen Gang zwischen den beiden Schiebetüren gebaut hatte. Jetzt hieß es aufpassen, denn wenn ein Eisenbahner eine der Türen, die sich nur von außen öffnen ließen, aufschob und der Scheinwerferkegel seiner Blendlaterne ihn erfasste, war er geliefert. Schnell raffte er seine Kittelschürzen zusammen und steckte sie in einen Spalt zwischen zwei Kartonreihen, dann quetschte er sich selbst hinein. So stand er eine halbe Stunde, ohne dass etwas passierte. Die Reichsbahn ließ sich offenbar Zeit. Dann aber ging die Rangiererei doch los, und sein Waggon wurde abgekoppelt und auf einen Ablaufberg gedrückt. Bethge hasste diese Eselsrücken, wie sie in der Fachsprache hießen, denn immer, wenn sie über einen Berg abliefen, um in einen anderen Zug eingereiht zu werden, krachten sie gegen die Waggons, die auf diesem Gleis schon warteten, und er wurde hin und her geworfen. So auch diesmal. Dass jetzt noch jemand kam und in den Wagen sah, war unwahrscheinlich. Also legte sich Bethge wieder auf seine Kittelschürzen und suchte, ein Stündchen zu schlafen.

Eine Stunde später ging es weiter. Der Morgen graute schon, und die Geräusche verrieten ihm bald, dass sie nicht mehr durch Wälder und Felder fuhren, sondern durch ausgedehnte Vorstädte. Als er durch die Luke spähte, erkannte er Mietshäuser. Vier Stockwerke hoch! Gott, das war Berlin! Er war am Ziel. Links erkannte er den Funkturm, dann ging es auf die Ringbahn. An den parallel liegenden Gleisen erkannte er die hölzernen Abdeckungen der Stromschienen, und kurz darauf huschte auch eine gelb-rote S-Bahn an ihnen vorbei. Die Stationen Hohenzollerndamm, Schmargendorf und Wilmersdorf zogen vorbei, dann wurde der Zug langsamer und hielt schließlich auf dem Güterbahnhof, der zwischen den Bahnhöfen Wilmersdorf und Innsbrucker Platz südlich der S-Bahn-Gleise gelegen war. Bethge nahm das mit Erleichterung wahr, denn die Straßen und Plätze von Wilmersdorf, Friedenau und Schmargendorf kannte er gut, und auf dem nahen Schöneberger Südgelände, auf dem Albert Speer seinen gigantischen Südbahnhof geplant hatte, gab es zum Bahnhof Priesterweg hin ein ausgedehntes Laubengelände. Sein Plan war, sich dort so lange zu verstecken, bis sich eine Möglichkeit fand, sich zu seiner Schwester nach Neukölln und weiter zu seinem Bruder nach Mahlsdorf durchzuschlagen. Aber erst einmal musste er aus seinem Waggon herauskommen, der für ihn gleichermaßen Zufluchtsstätte wie Gefängniszelle war. Er wartete und wartete. Seine Armbanduhr zeigte 8.50 Uhr, aber er hatte immer wieder vergessen, sie aufzuziehen, sie musste also um einiges nachgehen. Endlich hörte er draußen Stimmen. Offenbar gingen zwei Eisenbahner von Güterwagen zu Güterwagen, verglichen das, was auf den Papieren stand, mit Zetteln, die außen an den Wagen angeklebt waren, kontrollierten dann die Plomben an den Verschlüssen und schoben die Türen auf.

Bethge holte noch einmal tief Luft. Jetzt kam es darauf an, alles stand auf dem Spiel. Er quetschte sich in eine Spalte. Entdeckte man ihn, gab es zwei Möglichkeiten: Entweder er stieß die beiden Eisenbahner zur Seite oder schlug sie nieder und ergriff die Flucht, oder er spielte den Kollegen, der in Seddin aus Versehen eingeschlossen worden war, und bedankte sich bei seinen Rettern. Er hatte mal das eine probiert, mal das andere, und immer war es geglückt. Aber vielleicht waren die Berliner Reichsbahner schärfere Hunde als die Kollegen anderswo.

Das Glück war heute ganz auf seiner Seite, denn die Waggontür wurde nur einen Spaltbreit geöffnet, dann gingen die Männer weiter, ohne in den Wagen hineinzusehen und die Ladung in Augenschein zu nehmen. Bethge wartete, bis er ihre Stimmen nicht mehr hören konnte, dann drückte er die Tür so weit auf, dass er sich hindurchzwängen konnte. Er stand auf der Rampe eines langen Güterschuppens. Mit einem schnellen Blick orientierte er sich. Der letzte von sieben Wagen wurde schon entladen, da wagte er sich nicht vorbei, und am ersten waren noch die Eisenbahner im Gange. Was nun? Vor ihm stand ein Tor des Schuppens offen. Er zögerte nicht lange und ging hinein. In der großen Halle hantierten einige Frauen, die sich aber nicht sonderlich für ihn interessierten. Er grüßte hinüber, sie grüßten zurück. Männer waren nicht zu sehen. Schon war er auf der anderen Seite des Schuppens und trat auf die Rampe hinaus, auf der die Lastwagen be- und entladen wurden. Dort war niemand zu sehen. Mit weichen Knien stieg er die Treppe hinab und lief auf dem Zufahrtsweg zur Hauptstraße hinunter. Ein Straßenbahnzug der Linie 74 ratterte vorüber, auf dem Zielschild stand *Kniprode-/Ecke Elbinger Straße*. Links von ihm kroch ein S-Bahnzug über die Brücke. Er überlegte, ob er jetzt schon in die Bahn steigen und zu seinem Bruder fahren sollte. Oder wenigstens zu seiner Schwester. Doch am helllichten Tage war damit zu rechnen, dass seine Geschwister von den Denunzianten und Häschern beobachtet wurden. Eine Chance hatte er nur in der Nacht. Da kam ihm die Verdunkelungsverordnung zugute. Bis zum Abend musste er in einer der Lauben unterkriechen, die gleich hinter der Eisackstraße zu finden waren.

Bald hatte er die erste Kolonie erreicht. Dass ein Eisenbahner sich hier am Vormittag sehen ließ, erregte keinerlei Aufsehen, denn alle wussten, dass diese Berufsgruppe im Schichtdienst arbeitete. Und Laubenpieper gab es unter ihnen jede Menge, denn für ein Häuschen mit Garten reichte die Entlohnung meistens nicht.

Bethge hielt unauffällig Ausschau nach einer Laube, deren Tür vom Weg und von den angrenzenden Parzellen nicht so leicht einzusehen war. Nach knapp fünf Minuten hatte er eine gefunden. Einen Dietrich und einen Schraubenzieher hatte er bei sich. Damit das Gartentor zu öffnen war kein Problem, und auch für die eigentliche Tür brauchte er nicht lange. Geschafft! Es war kalt in der Laube und roch furchtbar muffig, doch er war erst einmal in Sicherheit. Die Besitzer schienen hier vor kurzem übernachtet zu haben, denn die Betten waren nicht gemacht, und in der winzig kleinen Küche stand noch Geschirr herum. Und eine Büchse mit Leipziger Allerlei. Bethge überlegte einen Augenblick, ob er den Herd anwerfen sollte. Nein, der Rauch hätte ihn verraten. Aber einen Büchsenöffner gab es, und so brauchte er wenigstens nicht zu hungern. Er jubelte, als er das Rasierzeug über dem Ausguss entdeckte: Pinsel, Seife und einen Rasierapparat mit einer Klinge. Zwar war es eine Tortur, sich mit kaltem Wasser zu rasieren, aber es gelang ihm einigermaßen. Jetzt konnte er sich wieder unter Menschen wagen, ohne sogleich ihren Verdacht zu erregen. Auch säuberte er, so gut es ging, Uniform, Schuhe und Mütze. Erschöpft warf er sich nun, angezogen wie er war, auf das Bett, um sich auszuruhen. Einzuschlafen wagte er nicht. Er hatte Zarah Leander im Ohr: *Ich weiß, es wird einmal ein Wunder gescheh'n.* Vielleicht ging in diesem Moment der Krieg zu Ende, und die Alliierten belohnten jeden, der von Hitlers Fahne gegangen war und sich geweigert hatte, gegen sie zu kämpfen.

Je später es wurde, umso mehr trieb es ihn zu seiner Schwester nach Neukölln. Sie konnte sich mit dem Bruder in Verbindung setzen, damit Thomas einen Lieferwagen organisierte, der ihn ohne großes Risiko nach Mahlsdorf brachte. So Bethges Plan. Aber wie kam er nach Neukölln? Zu Fuß mochten es an die zehn Kilometer sein, und die traute er sich nicht zu – schlecht ernährt, wie er war. S- und U-Bahn schieden aus, weil an ihren Ein- und Ausgängen die Streifen der Kriegsfahndung lauerten, die es auf Deserteure und vagabundierende Fremdarbeiter abgesehen hatten, aber auch Evakuierte, die es in den Aufenthaltsorten, die man ihnen zugewiesen hatte, nicht mehr aushielten und sehen wollten, ob ihre Häuser noch standen und ihre Verwandten noch lebten. Razzien gab es aber auch in Kleingartenkolonien, und aus diesem Grund trieb es

Bethge nach Mahlsdorf ins sichere Versteck. Das waren allerdings nicht die einzigen Gründe, sich auf den Weg in die Weisestraße zu machen, es kam der Wunsch dazu, seine Schwester zu sehen und wieder einmal mit einem Menschen richtig reden zu können.

Noch lag er auf dem Sofa in der Laube und starrte gegen die niedrige Decke, die mit Wasserflecken verziert war. Sie gingen ineinander über, bildeten Kontinente, Inseln, Seen und Landzungen. Er wünschte sich in die Südsee. Dann versuchte er, sich daran zu erinnern, wie man mit der Straßenbahn vom Bahnhof Priesterweg in die Weisestraße kam. Die Straßenbahn schien ihm das einzig mögliche Verkehrsmittel zu sein, denn es gab viel zu viele Haltestellen, als dass an jeder Kontrollposten stehen konnten. Als er den Stadtplan vor Augen hatte, erinnerte er sich daran, dass nicht weit weg von seinem Standort das Auguste-Viktoria-Krankenhaus lag, und in dem hatte einmal eine Freundin gelegen. Als er die besucht hatte, war er mit der 65 hingefahren, Endstation Thorwaldsenstraße.

Er wurde langsam so unruhig, dass er es nicht mehr aushalten konnte. Und obwohl es erst vier Uhr war und damit eigentlich viel zu früh, machte er sich auf den Weg. Ohne aufzufallen, kam er zur Endhaltestelle der 65, musste aber feststellen, dass sie kriegsbedingt verlegt worden war und er bis hinauf zur Knausstraße zu laufen hatte. Er machte sich auf den Weg und kam gerade an, als sich ein Zug der Linie 88 Richtung Niederschönhausen näherte und hielt. Ohne zu zögern, stieg er ein. Kleingeld, um den Fahrschein zu bezahlen, hatte er. «Einen Umsteiger bitte.» Die Schaffnerin händigte ihm wortlos einen aus. Ihm war heiß geworden, weil er annahm, jeder würde ihn sofort als Deserteur erkennen, doch niemand nahm Notiz von ihm. Er überlegte. Wo ließ sich am besten von der 88 in eine Linie umsteigen, die ihn zur Hermannstraße brachte? Wahrscheinlich oben am Kaiser-Wilhelm-Platz oder an der Goebenstraße. Er hatte sich schon auf eine längere Fahrt mit der Straßenbahn eingerichtet, da fiel ihm ein, dass in den letzten Kriegsjahren die Linienführungen andauern geändert wurden und es sicher besser war, am Innsbrucker Platz in die S-Bahn umzusteigen. Und er hatte auf das richtige Pferd gesetzt, denn eine gute halbe Stunde später konnte er am Bahnhof Hermannstraße aussteigen, ohne dass sich jemand um ihn gekümmert hätte. Er lief die Hermannstraße hinauf, bog nach einigen hundert Metern links in die Okerstraße ab und war wenig später in der Weisestraße angelangt. Träumte er – oder stand er tatsächlich vor dem Kolonialwarenladen seiner Schwester? Es war kurz vor Geschäftsschluss, und er spähte durch die Schaufensterscheibe. Ursula war ins Gespräch mit einer Kundin vertieft. Jetzt zu ihr zu gehen verbot sich von selbst. Er musste warten, bis sie allein war – oder besser noch, bis sie den Laden geschlossen und sich in ihre Wohnung zurückgezogen hatte.

Als es so weit war, trat er in den Hausflur und klingelte an ihrer Wohnungstür. Fremd kam er sich vor, obwohl er hier aufgewachsen war. War er überhaupt der Eberhard Bethge, der hier ...

«Wer ist da?», kam eine Stimme von drinnen.

«Ich ...», flüsterte er.

«Wer?»

«Na, Eberhard.»

Sie schien zu zögern. Hieß das vielleicht, dass schon ein Feldjäger in der Wohnung saß und auf ihn wartete? Fast hätte er die Flucht ergriffen, da öffnete sie die Tür einen Spalt weit, ohne aber die Kette zu entfernen.

«Du? Wirklich?»

«Kann ich kurz mal ...» Es war mehr ein Flehen als eine Frage.

«Gott, ja.» Sie klinkte die Kette aus und ließ ihn eintreten, ging aber derart auf Distanz zu ihm, dass er darauf verzichtete, sie zu umarmen.

«Was ist denn?», fragte er.

«Nicht hier, wo alle ...» Sie schloss die Tür, legte die Kette wieder vor und ging voraus ins Wohnzimmer. «Setz dich. Aber bei mir kannst du nicht bleiben.»

«Ich weiß.»

«Wo kommst du denn her?»

Er ließ sich in den Sessel fallen. «Ist das ein Verhör?»

«Nein, aber ... In den Zeitungen steht, dass sie einen Deserteur suchen, der in der Geisenheimer Straße eine Frau erschlagen hat ... Und du hast doch da ...»

«Uschi, ich will zu Thomas nach Mahlsdorf und mich da verstecken, bis der Krieg vorüber ist und Hitler ...»

Seine Schwester brach in Tränen aus. «Gott, ihr bringt mich beide ...» Dann lachte sie so schrill auf, so hysterisch, dass er dachte, sie hätte den Verstand verloren. «Zu Thomas willst du, zu deinem Bruder?»

«Ja, was ist mit ihm?»

«Tot ist er! Sie haben ihn einen Kopf kürzer gemacht. Als Volksschädling.»

NEUN

FRÜHER hätte sich Hermann Kappe zusammengerissen und wäre schmerzgekrümmt am Arbeitsplatz erschienen, selbst wenn sich sein Ischiasnerv entzündet hätte, heute aber nutzte er schon ein leichtes Ziehen im Rücken, um sich krankzumelden. Vom Laden seines Bruders aus rief er am Alexanderplatz an und teilte den Kollegen mit, er würde mit hohem Fieber und einer beginnenden Influenza im Bett liegen. Da er dies mit heiserer Stimme tat und überzeugend krächzte, glaubte man ihm.

Um der Einsamkeit in der Großen Frankfurter Straße zu entfliehen, übernachtete er jetzt einmal in der Woche bei seinem Bruder Oskar in der Yorckstraße. Zusammen mit Friedel, der Schwägerin, saßen sie dann bis weit nach Mitternacht beim Skat – sofern sie nicht wegen eines Bombenalarms in den Luftschutzkeller eilen mussten.

Anstatt den Mörder der Irmgard Klodzinski zu jagen, stand er mit Friedel in der Waschküche, die sich auf dem Dachboden befand, und half ihr bei der großen Wäsche. Dort gab es einen gemauerten Herd, der mit Holz und Briketts gefeuert wurde. Die Brennmaterialien aus dem Keller zu holen war eine seiner Aufgaben. In der Mitte des Herdes war ein großer Zinkkessel eingelassen, in den mit einem langen Schlauch Wasser eingelassen und zum Sieden gebracht wurde.

«Hermann, schüttest du mal bitte das Persil da rein?»

Kappe tat es und hätte dabei zu gern das unanständige Gedicht aufgesagt, das ihm zum Wort Persil einfiel: *Harry Piel sitzt am Nil, / wäscht sein' Stiel mit Persil. / Nebenbei sitzt Mia Mai, / schaukelt ihm das linke Ei – und du bist frei.*

Die schmutzige Wäsche – auch seine – war vorher mit Henko eingeweicht worden und lagerte in verschiedenen Behältern aus Holz und Zink. Alle weiße Wäsche wurde nun in den Zinkkessel verfrachtet und zum Kochen gebracht. Dabei war sie ständig mit einem langen Holzstock durch das Wasser zu ziehen. Das hatte Kappe zu besorgen, und es ging mächtig auf die Arme. Er stöhnte bald.

Seine Schwägerin lachte. «Wer früher mit dem Kahn über den Scharmützelsee gerudert ist, für den ist das doch ein Klacks.»

«Ja, früher ...»

Friedel fiel anschließend das schwerste Stück Arbeit zu, das Rubbeln der einzelnen Stücke auf dem Waschbrett. Anschließend kamen sie zum Vorspülen in einen Zuber mit kaltem Wasser und wanderten dann noch einmal in den Waschkessel und wurden in ein heißes Sil-Bad getaucht. Zum Schluss wurde alles kalt gespült und durch eine Wringmaschine gedreht, bevor es ans Aufhängen ging. Das war ihnen an sich vom Luftschutzwart verboten worden, aber der Mann hatte sich mit ein paar Schachteln Zigaretten aus Oskars Laden bereit erklärt, für diesen Tag einmal beide Augen zuzudrücken. Zu plaudern hatten sie eine Menge, insbesondere über ihre Kinder.

«Du hast es gut», sagte Kappe. «Zwei Töchter und einen Sohn, der dir nur Freude macht – und ich? Hartmut bei den Russen im Lager, Karl-Heinz bei der Waffen-SS und auf dem Weg, ein Mörder zu werden.»

«Pst!», machte Frieda Kappe.

«Ich hoffe nur, dass dein Otto keine Schwierigkeiten bekommt, weil ich sein Onkel bin», fuhr Hermann Kappe fort.

Otto Kappe war 33 Jahre alt und hatte die Figur eines Mittelstreckenläufers. Er war vor einigen Jahren von der Schutzpolizei zur Kripo gekommen, nicht ganz ohne Mithilfe seines Onkels. Otto wusste, was der alte Haudegen an ihm so schätzte: die schnelle Intelligenz und eine gewisse Weltgewandtheit. Klar, er war ja auch nicht in Wendisch Rietz und Storkow aufgewachsen, sondern in Berlin. Hermann Kappe hatte irgendwie einen Narren an ihm gefressen und hätte ihn gern gegen einen seiner eigenen Söhne ausgetauscht, vor allem gegen Karl-Heinz, der ein gläubiger Nazi geworden war. Otto dagegen war kein Parteigenosse, er hatte allen Versuchungen und allem Druck widerstanden und sich dem technokratischen Flügel der Kriminalbeamten um Ernst Gennat angeschlossen. Sicherlich, auch er war kein Widerstandskämpfer, und auch er schwamm mit dem Strom, indem er überall da mitmachte, wo man mitmachen musste, um nicht aus dem Dienst entfernt zu werden und ins KZ zu kommen. Aber er hatte sich stets eine gewisse Distanz zu den Herrschenden bewahrt und hoffte auf die Zeit nach dem Fall des «Dritten Reiches».

Verheiratet war er seit dem Juni 1936 mit seiner Gertrud. Die hatte er bei der Aufklärung eines Mordes in Kreuzberg kennengelernt, in der Kakao- und Schokoladenfabrik Greiser & Dobritz, Mariannenstraße 6, wo unter anderem die berühmte Sorte «Marke Dreieck» produziert wurde. Sie hatte die Höhere Handelsschule mit guten Noten abgeschlossen und war zuständig für die Korrespondenz mit Lieferanten und Kunden. «Trudchen» machte einen gebildeten Eindruck, und er konnte sich überall mit ihr sehen lassen. Sie waren in eine Neubauwohnung am Bayernring gezogen, von wo aus man, immer nur die Belle-Alliance-Straße hinunter, in einer knappen Viertelstunde bei seinen Eltern in der Yorckstraße und in Riehmers Hofgarten sein konnte.

Einen Sohn hatten sie, den dreijährigen Peter. Mehr Kinder hatten sie nicht in die Welt setzen wollen, aus Angst, dass die nur Kanonenfutter für den Führer sein würden. Wenn der braune Spuk vorbei war, konnte man immer noch an ein Geschwisterchen denken. Weil *Peterchens Mondfahrt* in aller Munde war, wurde ihr Sohn auch nur Peterchen genannt.

Peterchen saß nun mit ihnen am Frühstückstisch, pantschte in seiner Milchsuppe herum und schielte schon mit Schrecken auf die Flasche mit dem fürchterlichen Lebertran. Die Fingerchen seiner linken Hand strichen vorsichtig über die scharfen Kanten eines Flaksplitters, den ihm in der Schokoladenfabrik jemand geschenkt hatte. Gertrud nahm Peterchen immer mit in ihre Firma, wenn die Oma in der Yorckstraße keine Zeit für ihn hatte, zum Beispiel dann, wenn die große Wäsche anstand.

«Vielleicht ist es besser, wir bringen ihn auch nach Wendisch Rietz», sagte Otto Kappe.

Gertrud schüttelte den Kopf. «Ich will, dass die Familie zusammenbleibt.»

Unwillkürlich begann Otto Kappe zu flüstern. «Wenn man sich die Frontverläufe so ansieht ... Irgendwann haben wir die Schlacht um Berlin – und dann ...»

Seine Frau war in einer gläubigen Familie aufgewachsen und zitierte deshalb eine Stelle aus der Bibel: «*Verlass dich auf den Herrn von ganzem Herzen, und verlass dich nicht auf deinen Verstand.*»

Otto Kappe konterte mit dem Volksmund: «Hilf dir selbst, dann hilft dir Gott.»

Danach hieß es, sich fertig zu machen. Der März ließ noch immer keine leichte Kleidung zu, und so mussten sie einige Mühe aufwenden, bis Peterchen endlich angezogen war. Um sieben Uhr machten sie sich dann gemeinsam auf den Weg.

Zum Polizeipräsidium am Alexanderplatz kam Otto Kappe bequem mit der U-Bahn. Zum Bahnhof Flughafen, wie die Station Kreuzberg seit 1937 hieß, war es nur ein kurzer Fußweg, und dann war Stadtmitte umzusteigen.

Hermann Kappe hatte sich trotz allem noch so viel Pflichtgefühl bewahrt, dass er es nicht über sich brachte, länger als einen Tag krankzufeiern, und so erklärte er seinen Verwandten beim Frühstück, dass er sich nach der letzten Tasse Kaffee ins Büro begeben werde.

Sein Bruder blickte auf die Uhr. «Schade, Otto wird schon los sein, sonst hättest du ihn in der U-Bahn getroffen.»

Hermann Kappe winkte ab. «In der U-Bahn kann man sich sowieso nicht mehr unterhalten. Feind hört mit.»

Frieda Kappe wollte das nicht gelten lassen. «Darüber, wer diese Irma Klo... Klo... – na, ist auch egal! – ermordet hat, könnt ihr doch ganz laut fachsimpeln.»

«Ja und nein.» Hermann Kappe wiegte den Kopf wie ein alter weiser Mann hin und her. «Ja, wenn der Täter aus ihrem Umkreis stammt – nein, wenn es einer dieser Deserteure gewesen sein sollte. Da muss man schon wieder aufpassen, dass man sich nicht den Mund verbrennt.»

Oskar Kappe trank mit angewidertem Gesicht seinen letzten Schluck Muckefuck aus. «Deserteure, hm ... Einerseits kann ich sie verstehen, andererseits, wer seine Truppe in Stich lässt, der ...» Er stockte, weil er gemerkt hatte, dass er den Satz so nicht zu Ende brachte. «Liegt einer weniger im Schützengraben, hat der Feind leichteres Spiel, wenn er angreift, und die Kameraden haben weniger Chancen, am Leben zu bleiben.»

«Ja,» seufzte Hermann Kappe, «es sei denn, dass ein ganzes Volk auf einmal desertiert ...»

Sie besprachen noch einiges Familiäre, dann nahm er Abschied von Bruder und Schwägerin.

«Fährst du nach Feierabend wieder in die Große Frankfurter?», fragte Gertrud.

«Ja, ich muss nach der Wohnung sehen, und außerdem bin ich Luftschutzwart. Also, wie mein Freund und Kollege Galgenberg immer sagt: Kommt jut in'e Urne!»

Als er auf die Yorckstraße getreten war und auf den U-Bahnhof Belle-Alliance-Straße zuhielt, blickte er in Richtung Ostsüdost und dachte an seine Lieben in Wendisch Rietz. Was sie um diese Uhrzeit wohl machten? Sicherlich noch schlafen. Nein, seine Mutter würde schon das Mittagessen vorbereiten und sein Bruder Albert längst zum Fischen auf dem See draußen sein. Was würde aus der Idylle werden, wenn die Rote Armee erst ...

Als Hermann Kappe am Alexanderplatz aus der U-Bahn stieg, merkte er, dass er mit seinem Neffen im gleichen Zug gesessen hatte. Auf leisen Sohlen schlich er sich an Otto heran, der ein paar

Schritte vor ihm ging. «Sie sind verhaftet, Herr Kommissar! Keine Bewegung!»

Otto fuhr herum. «Mensch, du!»

«Ja, ich. Ich komme gerade von deinen Eltern und soll dich schön grüßen.»

«Danke.» Sie schüttelten sich die Hände. «An das ‹Kommissar› muss ich mich erst langsam gewöhnen.»

Sie gingen nun ein paar hundert Meter nebeneinanderher und konnten über das sprechen, was nicht unbedingt alle mithören mussten.

«Gibt es was Neues von Hartmut?», fragte Otto.

Kappe senkte die Stimme. «Weißt du, was ich vorgestern bei der BBC gehört habe?»

«Nein. BBC – was ist das eigentlich?»

Kappe blieb ernst. «Hartmut sitzt doch im Lager Lunjowo. Das soll in einem Moskauer Vorort liegen, Krasno … Krasnogorsk.»

«Ja, und?»

«Da haben die Kommunisten das Nationalkomitee Freies Deutschland gegründet. Präsident ist Erich Weinert, der Schriftsteller, und der General von Seydlitz vom Bund deutscher Offiziere ist auch dabei. Und ich möchte wetten, dass Hartmut da irgendwann auch mitmachen wird.»

Otto grinste. «Nur so kann er seinen Vater noch ausstechen.»

Kappe stöhnte. «Der eine Sohn bei der Waffen-SS, der andere bei den Kommunisten!»

Otto legte ihm den Arm um die Schultern. «Na, du hast doch noch mich. Und am schlimmsten hat es doch Martin getroffen, als Fußlappensoldat an der Ostfront.»

Damit hatten sie das Polizeipräsidium erreicht, und jeder eilte seinem Büro entgegen. Piossek war noch nicht eingetroffen, und Galgenberg konnte nur vermelden, dass es im Mordfall Irmgard Klodzinski nichts Neues gab.

«Bei uns klappt ooch jar nischt mehr – außer unsere Tür.»

Kappe zog seinen Mantel aus und hing ihn an den Garderobenständer. Sich an den Schreibtisch zu setzen, schaffte er nicht mehr. «Ich geh erst mal zur Sitzung ...»

Galgenberg sah auf. «Dann wünsche ich dir einen schönen Feierabend.»

«Wieso das?»

«Na, der Morgenschiss, der kommt gewiss, und wenn es spät am Abend is.»

Auf dem Weg zur Toilette prallte Kappe mit einem alten Freund und Kollegen zusammen, Richard von Grienerick, der ins Reichssicherheitshauptamt gewechselt war und in der Abteilung V B 2 (Kapitalverbrechen) unter der Leitung von Regierungs- und Kriminalrat Hans Lobbes arbeitete. Sie gingen in die Kantine, um ein wenig zu plaudern.

«Was ist denn der Lobbes für einer?», wollte Kappe wissen.

«Der ist in Ordnung», antwortete von Grienerick. «Aber lass uns über die schlechten alten Zeiten reden.» Er meinte damit ironisch die Jahre der Weimarer Republik, die von den Nazis «Systemzeit» genannt wurden. Bald kamen sie auf ihr merkwürdigstes Erlebnis zu sprechen. Da hatten sie 1920 im Tegeler Forst einen Lustmörder zu jagen gehabt, und ihr Chef, Waldemar von Canow, hatte die Idee gehabt, diesen Mann mit Hilfe eines Liebespaares in die Falle zu locken. Kappe war zum Liebhaber bestimmt worden, und dann hatte der Chef, da sich keine geeignete Kollegin finden ließ, von Grienerick angeblickt. Der hatte noch zweieinhalb Jahrzehnte später von Canows Worte und seine Entgegnung im Ohr: «Grienerick, Sie sind nicht zu groß und zu massig, Sie übernehmen den weiblichen Part.» Und er hatte geantwortet: «Wunderbar! So habe ich mir mein Ende immer vorgestellt: nicht als Mann in Uniform im Schützengraben, sondern als Transvestit im Kostüm oben am Tegeler Fließ. Schicken wir auch gleich ein Telegramm an Magnus Hirschfeld! *Berliner Kriminalpolizei treibt die Entkriminalisierung gleichgeschlechtlicher Handlungen zwischen Männern tatkräftig voran.*»

Das war längst Geschichte, und Kappe sagte, dass sie damals

alle viel glücklicher hätten sein müssen, als sie es tatsächlich gewesen waren. «Wenn wir gewusst hätten, was dreizehn Jahre später beginnen würde ...»

Grienerick nickte, sagte aber kein Wort, obwohl Kappe ihm ansah, dass er gern über etwas ganz Wichtiges mit ihm gesprochen hätte.

Chef des Reichskriminalpolizeiamtes, dem Amt V des RSHA, war der Reichskriminaldirektor, SS-Gruppenführer und Generalleutnant der Polizei Arthur Nebe, geboren am 13. November 1894 in Berlin. Den Weltkrieg hatte er als Oberleutnant, mehrfach ausgezeichnet, bei den Pionieren erlebt, und 1920 war er Kriminalkommissaranwärter geworden. Ebenso fleißig wie hochintelligent, war er innerhalb eines Jahrzehnts zum Chef des preußischen Landeskriminalpolizeiamtes aufgestiegen. Begeistert von Adolf Hitler und dessen Ideen einer deutschen Großmacht, war er am 1. Juli 1931 in die NSDAP eingetreten, hatte zusammen mit anderen die «Fachschaft Kriminalpolizei» innerhalb der NS-Beamtenschaft organisiert und war für seine Verdienste um die Bewegung bald belohnt worden.

Während des Krieges war er bis Oktober 1941 Leiter der SS-Einsatzgruppe B, und unter seinem Kommando wurden in der Sowjetunion mehr als 45 000 Zivilisten – meist Juden – ermordet.

Gleichzeitig aber hatte er merkwürdigerweise im Oktober 1941, offensichtlich erschüttert von den Aktionen der Einsatzgruppe B, um seine Rückversetzung in das Reich gebeten. Seit 1938 stand er in enger Verbindung zum Widerstand gegen Hitler, warnte Regimegegner vor der Festnahme und sollte am Tag des Putsches gegen Adolf Hitler zusammen mit Paul von Hase die Aufgabe übernehmen, mit ihm untergebenen Polizeieinheiten wichtige Reichsminister festzunehmen. Zu seinen Vertrauten gehörte Richard von Grienerick.

Damals saßen sie, von niemandem zu belauschen, in seinem Dienstzimmer. «Für den Putschtag brauche ich mindestens fünfzehn Kriminalräte und Kriminalkommissare», sagte Nebe. «Kennen Sie noch jemanden, der bei uns mitmachen könnte? Einen, dem man wirklich vertrauen kann?»

Richard von Grienerick überlegte. «Ernst Gennat ist tot ... Vielleicht mein Freund Hermann Kappe, der schon immer mit der Sozialdemokratie sympathisiert hat.»

Kriegswinterhilfswerk 1943/44 – Nun erst recht dem Volke dienen – Opfersonntag am 12. März, las Kappe. Er legte die Zeitung beiseite, als Piossek das Büro betrat und die Nachricht mitbrachte, dass Galgenberg wegen einer Influenza das Bett hüten müsse.

«Jetzt werden wir beide uns um diesen Gerhard Grimnitz kümmern müssen.»

Piossek sah ihn fragend an. «Wer ist Gerhard Grimnitz?»

«Der Verlobte der Klodzinski. Den Namen hat uns die Lindenkranz genannt, Soldat soll er sein. Galgenberg wollte sich umhören, aber da ist er wohl krank geworden.»

Beide stöhnten auf, denn es war ungeheuer mühsam, stundenlang am Telefon zu sitzen und in den Meldeämtern der Berliner Bezirke wie den Schreibstuben der einzelnen Wehrmachtsteile nach einem Gerhard Grimnitz zu forschen.

«Vielleicht steht er im Adressbuch», sagte Kappe. Stand er aber nicht, es gab nur eine Gerda Grimnitz in der Rauenthaler Straße. «Vielleicht ist das seine Mutter, und er hat bei ihr gewohnt. Rauenthaler ... Wo ist das denn?»

Piossek stand auf und suchte auf dem Stadtplan, den sie an der Wand hängen hatten. «Berlin ist groß, da kann ich bis morgen früh suchen.»

Kappe angelte sich seinen Pharus-Plan aus der Schublade und sah im Register nach. «D12. Das muss Friedenau oder schon Steglitz sein.»

«Hier!» Piossek hatte die Rauenthaler Straße gefunden. «Östlich vom Breitenbachplatz. Die geht vom Laubenheimer Platz hin zur Laubacher Straße.»

«Hm», machte Kappe, «die ist ja nicht weit weg von der Geisenheimer ...»

«Räumliche Nähe ist noch kein Beweis für seine Täterschaft», sagte Piossek.

«Trotzdem sollten wir uns mal umhören, was mit diesem Grimnitz los ist.» Kappe erhob sich. «Auf zu Mutter Grimnitz!»

Als sie auf den Flur traten, kam Klingbeil auf sie zu und rief, man möge doch bitte einen Augenblick warten. «Ich habe etwas für Sie ... die Sache mit dem Beil.»

«Mit welchem Beil?» Kappe und Piossek sahen sich an. Ob ihr Kriminaltechniker nun auch langsam an Verwirrung litt?

«Das Beil von diesem Erwin Reschke, dem Nachbarn der Klodzinski», erklärte Klingbeil. «Da gibt es keine Anhaftungen von Blut, Haut oder Haaren, damit ist niemand erschlagen worden.»

«Schade», murmelte Kappe.

Sie machten sich auf zur Rauenthaler Straße. Kappe hatte schon vor Tagen einen Stapel von Dienstfahrscheinen gefasst, und so konnten sie ohne weitere Verzögerung zum U-Bahnhof laufen.

«Fahrkartenverkäuferin müsste man sein», sagte Kappe, als sie im Untergrund angekommen waren. «Nicht dauernd unterwegs sein, sondern immer gemütlich im Warmen sitzen und den ganzen Tag spielen.» Damit meinte er die Bedienung der wunderschön glänzenden, aus Messing gefertigten Apparate, mit denen jeder Fahrschein extra gedruckt wurde.

Piossek winkte ab. «Wenn schon, dann möchte ich ein Verkäufer sein und keine Verkäuferin, erst recht nicht eine ermordete Fahrkartenverkäuferin wie Irmgard Klodzinski.»

Der Zug Richtung Krumme Lanke fuhr ein, und sie schafften es, einen Sitzplatz zu ergattern, so dass sie die Augen schließen und eine halbe Stunde dösen konnten. Ringsum wurde viel geschwiegen, und wenn die Leute redeten, dann nur über Familiäres. Kappe versuchte, sich etwas Schönes vorzustellen, sah aber immer nur seine Söhne vor sich. Hartmut, wie er in einem russischen Steinbruch schuftete, angetrieben vom harten *давай, давай!»*, oder aber zum Kommunisten umgeschult wurde, Karl-Heinz, wie er durch die Gegend marschierte und SS-Lieder gröhlte. So war er froh, als sie beim Breitenbachplatz ausstiegen und zur Rauenthaler Straße liefen. Dabei kamen sie am Laubenheimer Platz vorbei, der ehemaligen Künstlerkolonie. Die Namen einiger Bewohner der sogenannten «Hungerburg» waren Kappe im Gedächtnis geblieben: Lil Dagover, Walter Hasenclever, Wilhelm Reich, Axel Eggebrecht, Aribert Wäscher ... Am 15. März 1933 war es hier zu einer großangelegten Durchsuchungs- und Verhaftungsaktion gekommen. In den Morgenstunden war die Künstlerkolonie von Polizei und SA umstellt und abgeriegelt worden. Bis 15 Uhr hatte man die Wohnungen unliebsamer Schriftsteller und Künstler durchsucht. Wo nicht geöffnet wurde, drang die Polizei über Feuerwehrleitern in die Wohnungen ein. Vierzehn Menschen waren abgeführt worden.

Kappe hörte seine innere Stimme: Und worin hat dein Widerstand gegen die Nazis bestanden? Darin, dass ich nicht in die NSDAP eingetreten bin und innerlich immer gegen Hitler war. Das ist alles? Ja, das war alles, und es war schon eine Menge, aber trotzdem fühlte er sich elend.

Als sie in der Rauenthaler Straße an der Wohnungstür mit dem Namensschild *Günther Grimnitz* standen und klingelten, rührte sich nichts.

Nach ihrem dritten Versuch erschien die Nachbarin im Treppenhaus und klärte sie auf. «Sie brauchen gar nicht Sturm zu klingeln, da ist keiner zu Hause. Frau Grimnitz ist nach Siemensstadt zur Arbeit gefahren, und die beiden Männer sind tot. Ihr Mann ist schon vor ein paar Jahren an Blutvergiftung gestorben, und ihr Sohn ist letzte Woche in Russland gefallen.»

«Der Gerhard?», fragte Piossek.

«Ja.»

Kappe sah die Nachbarin an. «Sie kennen sich aber gut aus ...»

«Ja, kein Wunder, wir waren mal sehr eng befreundet, een Kick und een Ei, wie man so sagt.»

Aus ihrer Mimik schloss Kappe, dass die beiden Frauen im

Augenblick verfeindet waren, und zögerte nicht, dies für seine Zwecke zu nutzen. «Mein Kollege und ich, wir sind von der Kriminalpolizei ...» Er zeigte seine Marke vor. «Und vielleicht wissen Sie ja aus der Zeitung, dass die Verlobte von Gerhard Grimnitz, eine gewisse Irmgard Klodzinski, einem Mord zum Opfer gefallen ist.»

«Ja, die kenne ich!», rief die Nachbarin. «Die war öfter hier. Wenn Sie meine Meinung hören wollen: Die war viel zu alt für Gerhard und mächtig abgebrüht. Er muss an einer Geschmacksverirrung gelitten haben. Der arme Junge! Sie wollte ihr Vergnügen, und er hat gedacht, es ist die große Liebe.»

«Sie kennen Gerhard Grimnitz näher?», wollte Kappe wissen.

«Ja, ich war seine Lehrerin.»

«Und?», fragte Piossek. «Trauen Sie ihm zu, dass er seine Irma erschlagen hat?»

«Nein, aber ...» Die alte Lehrerin machte eine hilflose Geste. «Wer kann einem Menschen schon ins Herz sehen? Wie auch immer, er ist tot, und wenn er es wirklich war, dann hat er sich nur noch seinem Herrgott gegenüber zu verantworten.»

«Hat er sich bei seinem Heimaturlaub noch mit ihr getroffen?»

«Ja, auch am Abend, als ...» Erschrocken brach sie ab.

Kappe und Piossek bedankten sich, sagten auf Wiedersehen und berieten dann unten auf der Straße, ob sie ins Siemens-Dynamowerk fahren sollten, um mit Gerda Grimnitz zu sprechen.

«Ist ja ganz schön weit von hier», sagte Kappe. «Und wenn es unterwegs wieder Fliegeralarm geben sollte ... Soll sie doch lieber zu uns kommen, wenn sie wirklich etwas weiß.»

Und so lief Piossek noch einmal nach oben, um der Grimnitz einen Zettel durch den Briefschlitz zu stecken, dass sie sich bitte am nächsten Tag im Polizeipräsidium einfinden solle.

Kappe und Piossek fuhren ins Büro zurück. Am Nachmittag wurden sie zu ihrem Vorgesetzten gerufen, der wissen wollte, was sie im Mordfall Irmgard Klodzinski herausgefunden hatten. Sie setzten sich, um ausführlich Bericht zu erstatten.

Dr. Morack stieß die Luft aus den Lungen. «Schwierig ... Jeder Mord, der nicht aufgeklärt wird, schwächt die Moral unserer Bevölkerung. Angst ist etwas, das die Wehrkraft zersetzt, und deshalb halte ich es für angebracht, dass wir für eine dreizeilige Notiz im *Völkischen Beobachter* sorgen. Etwa so: ‹Der Mord an der Fahrkartenverkäuferin Irmgard Klodzinski konnte dank der vorzüglichen Arbeit unserer Kriminalpolizei schnell aufgeklärt werden. Als Täter wurde ihr Verlobter Gerhard G. überführt, der aber nicht mehr zur Rechenschaft gezogen werden kann, da er kurz nach Beendigung seines Heimaturlaubs an der Ostfront gefallen ist.›»

Hermann Kappe dachte in diesen Tagen oft an den Tod. Die Frage war nur, ob es ihn im Luftschutzkeller erwischte oder in Plötzensee, wenn Friedrich Riese ihn als Volksschädling entlarvt hatte und es hieß: «Mit dem Kappe machen wir kurzen Prozess.» An eine dritte Möglichkeit, ums Leben zu kommen, hatte er noch gar nicht gedacht, als er in Königs Wusterhausen in die Kleinbahn stieg, um nach Wendisch Rietz zu fahren und seine Lieben zu besuchen.

Zwischen Zernsdorf und Kablow gab es eine Notbremsung. Alle im Abteil purzelten durcheinander, und als sie sich wieder sortiert hatten, hörten sie den Zugschaffner rufen: «Tieffliegeralarm! Alle aussteigen – und unter den Zug! Schnell!»

Auf dem Land wurden die Tieffliegerangriffe zu einer regelrechten Plage. Mitunter benutzte die Bevölkerung nicht mehr die Landstraßen, um vom einen zum anderen Ort zu gelangen, sondern schlug sich sicherheitshalber durchs Gehölz. Trotzdem kamen zahllose Landarbeiterinnen, Bauern und Knechte verletzt in die Krankenhäuser.

Kappe lag auf den rissigen Schwellen und zog sich die eingerissenen Splitter aus der Fingerkuppe. Es roch nach Ruß und Öl. Das Brummen der Flugzeugmotore erfüllte die Luft. Irgendwo ballerte eine Flak. Neben ihm wurde gebetet.

ZEHN

HERTHA BÖRNICKE lag im Bett und wartete, dass der Wecker klingelte. Sie fror, und sie litt unter ihrer Einsamkeit. Sich jetzt an einen Menschen ankuscheln und seine Wärme spüren ... Ach, mit ihren Männern war es alles nichts gewesen. Eine große Liebe hatte sie gehabt: Hermann Kappe, ihren Cousin, aber der war ja auf diese Klara hereingefallen, dieses dümmliche und bornierte Frauenzimmer. Sie selber war in den Armen eines spindeldürren Prokuristen gelandet, der wie sie das Literarische liebte, und man hatte schließlich Verlobung gefeiert. 1918 aber, gleich nach Kriegsende, hatte sich ihr Verlobter, schon von Anfang an ziemlich verhuscht, «verdünnisiert», wie es in der Familie hieß. Sie hatte sich mit anderen Männern getröstet und sogar geheiratet, aber nur, um sich bald wieder scheiden zu lassen, denn ihre ganze Liebe und Leidenschaft galt der Schriftstellerei. Entfacht hatte dieses Feuer keine andere als die große Hedwig Courths-Mahler, und sie hatte auch einige Romane veröffentlichen können, ohne aber in die Höhen einer Ina Seidel aufzurücken. Das war die Frau, die sie am meisten bewunderte, und deren 1930 erschienener Roman *Das Wunschkind* stand in ihrem Bücherregal ganz weit vorn. Von Ina Seidel hatte sie sich auch anstecken lassen, was den Führerkult um Adolf Hitler betraf, und deren Gedicht *Lichtdom* mit heißem Herzen immer wieder gelesen: *Hier stehn wir alle einig um den Einen, und dieser Eine ist des Volkes Herz.* Und im Oktober 1933 hatte sie auch, angefeuert von ihrem Vater, das *Gelöbnis treuester Gefolgschaft für Adolf Hitler* unterschrieben. Ihrer literarischen Karriere hatte das alles nicht viel genutzt, und sicher war, dass sie auch nicht auf der «Gottbegnadeten-Liste» des Führers auftauchen würde, aber sie hatte jetzt ihren Platz im Leben gefunden – und zwar beim BDM. Sie war Redakteurin im offiziellen BDM-Organ *Mädel im Dienst* und sorgte dafür, dass es die «echte deutsche Maid» als ihr Ziel ansah, für «die Wärme des heimatlichen Herdes» zu sorgen und «Hüterin der Reinheit des Blutes und des Volkes zu sein und Helden aus den Söhnen des Volkes zu erziehen». Daneben schrieb sie auch Artikel für die Hefte der *NS-Frauenwarte*.

Jetzt klingelte der Wecker. Sie stellte ihn ab und sprang aus dem Bett, um sich der Routine des Tages hinzugeben. Nachdem sie sich hergerichtet hatte, galt es, das Frühstück vorzubereiten, denn ihr Vater geriet außer sich, wenn nicht Punkt acht Uhr alles auf dem Tisch aufgebaut war.

Richard Börnicke war mit seinen 85 Jahren noch gut beieinander und brauchte keine Krankenpflege. Nur zu dick war er, und Zucker hatte er – kein Wunder bei einem Mann, der Lebensmittelhändler war und es zu einigen Feinkostfabriken gebracht hatte. Der Umzug von Hoppegarten nach Lichterfelde war ihm nicht schwergefallen, war der Unterschied doch gering – abgesehen davon, dass es in Lichterfelde keine Rennbahn gab. Seine Frau vermisste er nicht sonderlich. Sie hatte ihm zu viel gemeckert, und dauernd hatte er Angst haben müssen, dass sie ihr Leben aushauchte. Für die Unterhaltung hatte er seine Tochter, und regte sich einmal doch der Trieb, dann hatte er für ein paar Reichsmark seine Zugehfrau zur freien Verfügung.

Zum Frühstücksritual von Vater und Tochter gehörte die Zeitungslektüre, wobei sie ihm das Wichtigste vorlesen musste, da er die Buchstaben auch mit der stärksten Lupe nur noch schlecht erkennen konnte.

«Die erste Seite!», forderte er. «Was schreiben sie?»

«*Warum lief Badoglio zu Stalin über? Die Hintergründe des jüngsten Frontwechsels.*»

«Badoglio, dieser elende Verräter!» Richard Börnicke köpfte sein Frühstücksei.

Seine Tochter widersprach ihm nicht. Auch sie verfluchte die Italiener, die Mussolini abgesetzt und die Fronten gewechselt hatten.

«Hertha, weiter! Was gibt es Neues in Berlin?»

«In einer Mehlgroßhandlung haben zwei Männer acht Kilo Roggen- und Weizenmehl in Beutel abgefüllt und aus dem Fenster geworfen, um es abends mit nach Hause zu nehmen. Ein Wächter hat es beobachtet. Jetzt ist der Anstifter in Moabit zu acht Monaten Gefängnis verurteilt worden.»

«Viel zu wenig!», rief Richard Börnicke. «Bei mir gäbe es kurzen Prozess, gleich Kopf ab! Wann gibt es heute den Dr.-Goebbels-Aufsatz im Radio?»

«Vater, wie immer um drei viertel acht. Das heutige Thema ist *Das letzte Hindernis.*» Sie überflog die Berliner Seite. «*Verdunkelung von 19.10 Uhr bis 5.22 Uhr. Postpakete, deren Umhüllung statt mit Bindfaden mit Klebestreifen aus Papier verschlossen ist, werden nicht mehr angenommen, weil sie sich nur schwer transportieren und zustellen lassen.*»

Bevor Hertha Börnicke in die Redaktion fuhr, machte sie sich auf, ihre Mutter zu besuchen. Da ihr Vater ihren privaten Pkw längst der Wehrmacht übereignet hatte, musste sie die S-Bahn nehmen, um nach Wannsee zu kommen. Vom Bahnhof Lichterfelde West waren es nur sechs Stationen, dann aber hatte sie noch ein ganzes Stück zu laufen, um ins Sanatorium zu kommen, denn auf den Bus war kein Verlass.

Sie nutzte die Zeit, um darüber nachzudenken, worüber sie demnächst berichten sollte. Über die glücklichen Tage der Mädchen im Reichsarbeitsdienst, über die aufregenden Erlebnisse einer Wehrmachtshelferin, über die erste Liebe eines Blitzmädels, über die Frauen in der Rüstungsindustrie, die ihre ganze Kraft dem Führer gaben. Optimismus und Einsatzbereitschaft waren herauszustellen und zu fördern.

Der morgendliche Spaziergang tat ihr gut und gab ihr die Kraft, die anstrengende Stunde mit ihrer Mutter durchzustehen.

Frieda Börnicke hatte ihre Tuberkulose nicht ganz ausgeheilt und fühlte sich noch immer zu schwach, um selbst kleine Spaziergänge zu unternehmen, verfolgte aber das Weltgeschehen aufmerksam vom Krankenbett aus. «Ist nicht alles furchtbar, was jetzt geschieht?», klagte die Mutter.

«Nein», widersprach Hertha ihr. «Furchtbar wäre die Kapitulation vor unseren barbarischen Feinden, hinter denen das Ungeheuer lauert: der Jude!»

Ihre Mutter wollte wissen, was die Familie machte. «Wie geht es Hermann?»

Hertha Börnicke machte eine wegwerfende Handbewegung. «Ach, der kümmert nur noch so dahin. Klara, Grete und Marlies sind ja jetzt in Wendisch Rietz.»

Die Augen ihrer Mutter leuchteten spitzbübisch. «Wenn Hermann allein ist, dann ruf ihn doch an und geh heute Abend ins Kino mit ihm.»

Hertha Börnicke zögerte. «Ich kann Vater doch nicht alleine lassen ...»

«Doch, du kannst, der wird das schon überleben.»

Als Hermann Kappe sein Büro betrat, fand er auf seinem Schreibtisch einen kleinen Zettel mit Galgenbergs ausgeprägter Handschrift: *Bitte Herrn Bär anrufen! Wichtig!* Es folgte die Telefonnummer. Kappe war neugierig und wählte sie, kaum dass er Platz genommen hatte.

«Zoologischer Garten, ja bitte?»

«Kappe, Mordkommission, ich hätte gern den Herrn Bär gesprochen.»

«Den weißen oder den braunen?»

«Wie?»

«April, April!» Schnell wurde aufgelegt.

Erst jetzt realisierte Kappe, dass *1. April* auf dem Kalenderblatt stand. Früher wäre er auf solch einen dämlichen Aprilscherz nicht hereingefallen, da hatten sich die Kinder darin überboten, die anderen hereinzulegen, aber nun, da er allein war ... Er machte sich an die Lektüre des *Völkischen Beobachters*. Wenn doch nur das ganze Nazireich ein Aprilscherz wäre!

Englands schwerste Luftniederlage. Bisher 132 Abschüsse beim Angriff auf Nürnberg gezählt. Kappe als alter Fußballer hätte schmunzeln können, wenn die Sache nicht todernst gewesen wäre. Da schossen die Deutschen Tor auf Tor, die Alliierten aber keines – und dennoch würden die das Spiel über kurz oder lang gewonnen haben.

Schaffende sammeln, Schaffende geben! Kein Terror kann unsere Kampfentschlossenheit und unseren Siegeswillen brechen. Kriegs-WHW am 12. April 1944. Kappe las weiter. In diesem Jahr durfte man nur noch für vierzehn Tage verreisen, wobei die Fronturlauber mit ihren Familien Vorrang haben sollten. Der Erholungsaufenthalt war auf der vierten Reichskleiderkammerkarte einzutragen, was er besonders witzig fand. Äpfel konnten nur noch bis zum 8. April bezogen werden, wie das Hauptern̈ahrungsamt bekanntgab.

Galgenberg kam herein. Jetzt war es an Kappe sich zu revanchieren. «Hallo Gustav, du möchtest sofort zu Riese kommen. Wegen einer Belobigung. Der Schöneberger Doppelmord letzten November.»

«Ha, ha!», machte Galgenberg. «April, April!»

Kappe war enttäuscht. «Na warte, nächstes Jahr!»

Galgenberg lachte. «Kommste übern Hund, kommste übern Schwanz. Der Schöneberger Doppelmord, ist det der, wo wir ...»

«Genau.» Kappe fasste zusammen, was vor dem Sondergericht Berlin verhandelt worden war. Ein gewisser August Eckert hatte sich des Schmucks einer Bekannten bemächtigt und diese dann mitsamt ihrer Tochter getötet. Teile der Leichen waren bei der Grenzkontrolle des D-Zuges Berlin–Basel in einem Koffer und einem Paket gefunden worden. «*Weitere Teile hatte er in einen Sack gepackt und sie, während ringsum die Häuser infolge eines Terrorangriffs brannten, in den Landwehrkanal geworfen*», las Kappe vor und fügte seufzend und im Gedenken an Rosa Luxemburg hinzu: «Das scheint des Landwehrkanals Schicksal zu sein ...»

Galgenberg ließ sich auf seinen Bürosessel fallen. «Sieben Mann in een'n Sarg, und jeder will 'n Fensterplatz.»

Kappe bedauerte, da keinen Zusammenhang zu sehen.

«Mensch, Justav, jeh in dir!», ermahnte sich Galgenberg, um sofort die Aussichtslosigkeit dieses Vorhabens einzuräumen: «War ick schon, is ooch nischt los.»

Gleich aber sollte in ihrem Büro einiges los sein, denn ohne nach dem Anklopfen lange auf das «Herein!» zu warten, stürmte eine Berlinerin herein, vor der sich selbst gestandene und in vielen Schusswechseln erprobte Männer wie Kappe und Galgenberg instinktiv duckten. Sie war stämmig und ihr Gesicht eine einzige Kriegserklärung. Eine derart hässliche Frau hatte Kappe selten gesehen. Ihr Mund war aufgerissen, als würde sie ständig schreien, was aber wohl an ihrem ausgeprägten Pferdegebiss liegen mochte. Kappe kam unweigerlich der Schrumpfkopf aus Papua in den Sinn, den er neulich im Museum gesehen hatte, nur dass die Gesichtshaut ihrer Besucherin nicht bräunlich war, sondern kalkweiß. Der knallrote Lippenstift verstärkte den Eindruck des Maskenhaften noch um einiges.

«Wenn Se denken, det ick det uff mir sitzen lasse, denn ham Se sich aba jewaltig jeschnitten, meine Herren!», rief sie, kaum dass sie eingetreten war und die Tür hinter sich geschlossen hatte. «Da kenn' Se mich aba schlecht!»

Kappe stand auf, um ihr den Stuhl von Gerhard Piossek anzubieten, der zu irgendeiner Parteischulung abkommandiert war. «Wenn Sie uns bitte Ihren Namen und Ihr Anliegen ...»

«Ick hab keen Anliejen, ick hab 'ne jewaltige Wut im Bauch.» Sie rückte sich den angebotenen Stuhl zurecht und setzte sich. «Wegen meim Sohn.»

«Und det wäre wer?», fragte Galgenberg.

«Gerhard Grimnitz! Ick bin die Gerda Grimnitz.»

Kappe wurde feierlich und stand auf, um ihr die Hand zu drücken. «Herzliches Beileid auch von uns zum Verlust Ihres Sohnes.»

Sie schlug die ausgestreckte Hand zur Seite. «Woll'n Sie mir vascheißern, junger Mann? Erst schreim die mir vonna Front, det mein Sohn den Heldentod gestorm is und det EK 1 kriegen sollte – und dann komm'n Sie und machen ihn zum Mörder!»

Kappe brauchte ein paar Sekunden, um zu begreifen, dass man Gerhard Grimnitz posthum das Eiserne Kreuz hatte verleihen wollen. Er wählte die Einlulltaktik, um mit Gerda Grimnitz fertig zu werden. «Liebe Frau Grimnitz, es tut uns leid, dass alles so gekommen ist, und wir können Ihre Empörung durchaus verstehen. Doch es sprechen viele Indizien und Zeugenaussagen gegen Ihren Sohn.»

«Mein Gerhard is keen Mörda! Und ick lasse det nich uff uns sitzen!»

Jetzt versuchte es Galgenberg mit väterlicher Güte. «Wir helfen Ihnen ja gerne. Wenn Sie uns ein hieb- und stichfestes Alibi für Ihren Sohn beibringen können ...»

«Wat soll ick?»

«Uns bitte sagen, wo er am Sonnabend, dem 12. Februar, abends zwischen 18 und 21 Uhr gewesen ist.»

«Na, bei mir, bei seine Mutta uff's Sofa.»

«Es gab aber Zeugen, die ihn in der Nähe des Tatortes gesehen haben wollen», wagte Kappe einzuwenden und ging dann schnell in Deckung, denn Gerda Grimnitz hatte eine feuchte Aussprache, und es sprühte aus ihrem Mund wie aus einem Gartenschlauch, wenn sie sich aufregte.

«Det is doch üble Valeumdung, is dit! Det könn'n Se mit mir nich machen. Ick hab so meine Beziehungen, bis janz oben hin, denn mein Mann war inne SA und inne Partei drinne. Und tun Se meinen Gerhard weita zum Mörda abstempeln, denn werden Se aba wat erleb'n, Sie!»

Der Parkfriedhof Lichterfelde am Thuner Platz war aufgrund der eintretenden Friedhofsknappheit zwischen 1908 und 1911 auf einem zunächst 8,55 Hektar großen Gelände mit teilweise dichtem Baumbestand nach Plänen des Gartenarchitekten Friedrich Bauer entstanden. Seine Hauptachse lag tiefer als die Grabquartiere. Mit der Eingemeindung Groß-Lichterfeldes zu Groß-Berlin im Jahre 1920 hatte sich der Parkfriedhof zum Prominentenfriedhof des südwestlichen Berliner Vorortes entwickelt. Die erste Erweiterung hatte es 1927/28 gegeben, die zweite dann, als man infolge von Krieg, Gewaltherrschaft und Bombardierungen immer mehr Menschen zu Grabe tragen musste.

Hermann Kappe war mit der S-Bahn bis Zoologischer Garten gefahren und dort in eine Straßenbahn der Linie 77 umgestiegen, die direkt am Friedhof eine Haltestelle hatte. Das war wesentlich schneller gegangen, als er gedacht hatte, und zudem hatte er die Fahrzeiten falsch berechnet. So war er fast vierzig Minuten zu früh an Ort und Stelle. Er trat erst einmal ein und sah sich um. Es gab ein Waldteil mit geschlängelten Wegen und dichten Rhododendrenhainen, das Herzstück des Parkfriedhofs aber war die Talwiese, die von Grabstätten frei gehalten worden war.

Die Kapelle war ein massiver Steinbau mit Turmfront und dreibogiger offener Vorhalle. Auf dem Anschlagbrett stand: *14.30 Uhr Trauerfeier Richard Börnicke.*

Umgekommen war sein Onkel am 24. März, als das Haus Kommandantenstraße 57 einen Volltreffer abbekommen hatte. In diesem Gebäude hatte sich bis zu seiner Schließung das Theater des Jüdischen Kulturbundes befunden. Am 9. August 1941 hatte es mit Franz Molnárs *Spiel im Schloss* die letzte Vorstellung gegeben. Es war makaber, fand Kappe, aber er musste dennoch ein wenig schmunzeln, dass der eingefleischte Nazi Richard Börnicke gierig nach jüdischem Eigentum gegriffen hatte – und dass ihm genau das zum Verhängnis geworden war. «Schad' dir gar nichts!», war Kappes erste Reaktion gewesen, als er vom Tod seines Onkels gehört hatte. Dafür schämte er sich nun, dachte aber auch an den Spruch, der bei seinem Arzt im Wartezimmer hing: *Das Leben hört nicht auf, komisch zu sein, wenn Menschen sterben – ebenso wenig wie es aufhört, ernst zu sein, wenn man lacht.*

Das passte auch zu etwas anderem, das mit Richard Börnickes

Tod zusammenhing: Richards Tochter Hertha wäre ebenfalls gestorben, an der Seite ihres Vaters, wenn nicht bei der Mutter die alte Kupplerin zum Vorschein gekommen wäre und Frieda Börnicke die Tochter gedrängt hätte, mit Kappe ins Kino zu gehen: Vielleicht fänden sie ja doch noch zueinander, H zu H, Hertha zu Hermann. Beide waren erst ein wenig verlegen gewesen, hatten dann aber doch miteinander geschäkert. Und so hatte er mit seiner Cousine gut gelaunt im Germania-Palast in der Frankfurter Allee gesessen und die Komödie *Das Lied der Nachtigall* mit Theo Lingen, Elfie Mayerhofer und Will Dohm gesehen, als in Lichterfelde die Bomben niedergegangen waren.

Als Kappe nach dem kurzen Rundgang über den Friedhof wieder an der Haltestelle stand, rollte die nächste Straßenbahn heran, und ein Mann in graugrüner Uniform stieg aus, sein Neffe Martin. Sie umarmten sich und sprachen über dies und jenes.

«Schön, dass ich auch mal in Lichterfelde bin», sagte Martin. «Die große preußische Kadettenanstalt hat ja hier gestanden ...»

«Und die erste elektrische Straßenbahn der Welt ist hier gefahren.»

Martin Kappe nickte. «Ich weiß, ich habe bei Siemens gelernt, und nach dem Krieg gehe ich zur Gaußschule und fange wieder bei Siemens an.»

«Nach dem Krieg ...», Hermann Kappe senkte die Stimme ein wenig, «... wie sich das anhört ...» Er wurde noch ein wenig leiser. «Und du willst wirklich bis zum Schluss ...»

«Du weißt doch, was der Führer gesagt hat: ‹Ein Soldat kann sterben, ein Deserteur wird sterben.›»

Kappe ließ nicht locker. «Du kennst doch die Wälder um Wendisch Rietz besser als alle anderen ...»

Sein Neffe wurde richtiggehend böse. «Hör auf damit! Ich gehöre an die Seite meiner Kameraden. Gemeinsam können wir es überleben, aber nicht, wenn einer nach dem anderen von der Fahne geht. Das ist Verrat. Nicht am Führer, sondern an ihnen.»

Kappe schwieg und hatte Angst, sich zu weit vorgewagt zu

haben. So war er froh, dass nun die ersten Verwandten kamen. Und zwar mit einer Taxe. Oskar Kappe konnte sich das leisten. Ihrer beider Schwester Pauline kam mit Mann und Kindern im Lieferwagen der Fleischerei Achtow. Max Achtow hatte immerhin einen schwarzen Mantel über seine SS-Uniform geworfen.

Als Letzte erschienen die Hauptleidtragenden, Frieda und Hertha Börnicke. Ein Krankenwagen brachte beide. Hermann Kappe hatte seinen Onkel immer als Widerling erlebt, insbesondere als der in die braune Bewegung eingetreten war, aber Hertha und ihre Mutter hatten den Mann geliebt und verehrt.

Die Trauerfeier konnte beginnen. Kappe umarmte seine Cousine – zum ersten Mal in seinem Leben. Und es kribbelte da, wo es über vierzig Jahre hinweg nie gekribbelt hatte. Das Leben hörte nicht auf, komisch zu sein ...

ELF

DIE BRÜDER HEINRICH UND AUGUST WITTLER hatten im Jahre 1898 im Wedding eine Bäckerei gegründet, aus der sich bald eine Brotfabrik entwickelte, die in ganz Berlin einen gewissen Kultstatus erreichen sollte, nicht zuletzt wegen der überall anzutreffenden Lieferfahrzeuge. Neben neuen Techniken für das Kneten und Teilen von Teig hatten sich die Brüder Wittler ein raffiniertes System der Belieferung der firmeneigenen Verkaufsstellen und externer Kunden ausgedacht. 1907 hatte Heinrich Wittler das Grundstück Maxstraße 5 erworben, um dort nach Plänen renommierter Architekten ein Fabrikgebäude, ein Wohnhaus sowie ein Stall- und Kesselgebäude errichten zu lassen. Weitere Neu- und Umbauten waren bis 1930 erfolgt, und die Brotfabrik Wittler war zu einem der größten europäischen Backbetriebe geworden.

Die Auslieferung der Brote war im Jahre 1944 wegen des Treibstoffmangels zu einem Problem geworden, abgesehen davon, dass schon etliche Lieferwagen durch Bombenschäden ausgefallen waren. Jeder Tropfen Benzin und jeder Liter Diesel wurden an den Fronten gebraucht, und in der Heimat blieb nur die Umstellung auf Holzgas und Akkumulatoren. So hing auch unter dem «Wittler Brotauto» von Herbert Stentsch ein riesiger Akku, und mit lautem Surren und Brummen zog er langsam durch die Neuköllner Straßen.

Herbert Stentsch hätte eigentlich seinen Panzer fahren müssen, doch der war an der Ostfront in Brand geschossen worden. Er hatte sich gerade noch retten können, war aber am linken

Knie von einer russischen Kugel getroffen worden. Mit diesem «Heimatschuss» war er nach Berlin zurückgekommen und Brotwagenfahrer bei Wittler geworden.

Dem Tod gerade eben von der Schippe gesprungen, nutzte er jede Gelegenheit, etwas vom Leben zu haben. Er jagte jedem Rock hinterher, der sich in seiner Nähe blicken ließ. Bei seinen amourösen Abenteuern kam ihm zwar der allgemeine Männermangel entgegen, aber schon vor dem Krieg hatte er bei den Frauen ein Stein im Brett gehabt, war er doch ein Typ wie Willy Fritsch. Auch bei herben und fülligen Geschäftsfrauen wie Ursula Fröhlich konnte er nicht anders, als Süßholz zu raspeln.

«Heil Wittler!», rief er, als er in ihrem Laden stand. «Darf ich Ihnen näher treten, schöne Frau, um mir Erleichterung zu verschaffen?» Das bezog sich vordergründig auf die fünf Brote, die er in einer Art Lederschürze vor sich hertrug.

«Treten Sie nur näher», sagte Ursula Fröhlich, die sehr wohl das Hintergründige in seinen Worten verstand, und machte Platz, damit er seine Brote in dem dafür bestimmten Regal platzieren konnte.

Stentsch spielte den Einfühlsamen. «Wie geht es Ihnen denn so? Ich habe gehört, den einen Bruder haben sie in Plötzensee ... Und nun der andere ... Ich habe das eben in der Kneipe an der Ecke gehört. Sie Ärmste!» Dabei blickte er sich unwillkürlich im Laden um.

Ursula Fröhlich entging das nicht. «Alle denken, dass sich Eberhard bei mir ... Gott, nein, wo denn hier!»

Stentsch seufzte. «Das muss alles furchtbar für Sie sein. Da würde Ihnen ein bisschen Ablenkung guttun. Wie wäre es mit einem Kinobesuch heute Abend? Oder in die Plaza zu *Sterne für dich*?»

Ursula Fröhlich winkte ab. «Ach, lassen Sie mal, so vergnügungssüchtig bin ich nicht mehr.»

In diesem Augenblick betrat eine ältliche Kundin den Laden, und es war Schluss mit seiner Balz. Mit einem knappen Abschiedsgruß trat Stentsch den Rückzug an. Als er wieder am Steuer seines

Brotautos saß, wurde er schwermütig. Den langen Abend und die Nacht allein zu verbringen war ein unerträglicher Gedanke. In diesen Momenten stiegen wieder schreckliche Bilder in ihm auf, und er sah sich in seinem Panzer bei lebendigem Leibe verbrennen. Oder aber die russischen Kugeln durchsiebten ihn. Es gab nur ein Heilmittel dagegen: sich an einen warmen Körper zu schmiegen und mit der Lust alles Elend zu vergessen.

Heute schaffte er es nicht einmal auf Anhieb, den Elektromotor einzuschalten und den Lieferwagen in Bewegung zu setzen. Der Arzt hatte sich geweigert, ihm Tabletten gegen seine Ängste zu verschreiben.

«Nun haben Sie sich nicht so! Sie sitzen nicht mehr im Panzer, sondern in einem Lieferwagen!», hatte der Arzt eingewandt.

«Irgendwie denke ich aber ...»

«Herr Stentsch, ich meine es doch gut mit Ihnen. Sie wissen doch, was mit Menschen geschieht, die eine absonderliche Eigenart haben. Ich will Sie vor Schlimmerem bewahren, also bitte, reißen Sie sich zusammen!»

Als der Motor endlich lief, fuhr Stentsch auf der Steinmetzstraße den Rollberg hinunter, um einige Läden zwischen Hermann- und Braunauer Straße mit Wittler-Broten zu beliefern. Das alles war reine Routine, und dabei eine Frau zu treffen, die daran dachte, sich auf ihn einzulassen, war unwahrscheinlich. Doch heute hatte er Glück! In der Hobrechtstraße, zwischen Berliner und Braunauer Straße, hatte die Straßenbahnlinie 21 ihre Endhaltestelle, und die Schaffnerin des Beiwagens sprang, während der Zug noch ausrollte, auf die Fahrbahn, um eine Zigarette zu rauchen, ehe es nach kurzer Pause zurückging nach Moabit.

Stentsch bremste zwar, aber sein Elektrofahrzeug reagierte so träge, dass es die Frau erfasste und zu Boden schleuderte. Sofort war er bei ihr, half ihr auf und hielt sie in den Armen. «Ist Ihnen was passiert?»

«Nein, nein ...» Die junge Frau hatte sich schnell wieder berappelt.

«Wie kann ich das jemals wiedergutmachen?», fragte Stentsch mit großer Ufa-Geste.

Sie wehrte ab. «Das war doch meine Schuld!»

«Nicht doch, meine war's! Darf ich Sie bei passender Gelegenheit mal einladen? Erst speisen wir im Haus Vaterland, dann gehen wir in die Plaza und sehen uns *Sterne für dich* an.»

«Ich weiß nicht ...»

«Aber ich!»

Ehe sich die Straßenbahnlinie 21 wieder in Bewegung setzte, hatte er – unwiderstehlich wie immer – ihren Namen und ihre Adresse erfahren: Grete Kroitsch, Schmargendorf, Breite Straße 12.

ZWÖLF

ALLES STÖHNTE UND ÄCHZTE unter den herrschenden Bedingungen. Infolge der Kriegshandlungen waren längst nicht mehr alle Trieb- und Beiwagen der BVG betriebsfähig. Bei Fliegeralarm blieben die Wagen dort stehen, wo sie gerade waren, und Fahrer, Schaffner und Fahrgäste eilten in die nächstbesten Bunker. Danach kam man oft nicht weiter, und es dauerte Stunden, bis die gröbsten Schäden beseitigt waren. Durch die Einschränkung des Autoverkehrs hatte die Straßenbahn auf etlichen Strecken Gütertransporte zu übernehmen. Haltestellen wurden abgebaut, um die Fahrzeiten zu verkürzen und den Strom zu sparen, den ein Triebwagen beim Anfahren zusätzlich verbrauchte.

Mit Kriegsbeginn hatte die BVG mit der Ausbildung von Schaffnerinnen begonnen, und Mitte 1943 war Grete Kroitsch zwangsverpflichtet worden. Sie hatte Schneiderin gelernt, aber nie in einer Fabrik gearbeitet, sondern immer nur privat Kleider und Kostüme genäht und war auch ansonsten vollkommen ausgelastet mit Kochen und Putzen und dem Instandhalten ihrer Laube. Ihr Mann war da sehr anspruchsvoll. Seit zwei Jahren stand er im Felde. Ihr kleiner Sohn war kurz nach der Geburt an einem Herzfehler gestorben, und sie hatten kein weiteres Kind mehr haben wollen. Höchstens nach dem Krieg.

Sie war nicht gerne Schaffnerin. Es war anstrengend, stundenlang durch den Beiwagen zu laufen, zumal der Galoppwechsler mit den Münzen, den sie sich umhängte, eine Menge wog und die Leute oft so dicht gedrängt standen, dass es weh tat, sich durch sie hindurchzuquetschen. Und bei jeder Haltestelle musste sie auf der vorderen oder der hinteren Plattform stehen, um rechtzeitig «abzuklingeln», das heißt an der Lederschnur zu ziehen, die hoch über den Köpfen der Fahrgäste angebracht war. Und an vielen Endstellen musste sie mithelfen, beim Rangieren den Beiwagen zu schieben. Mit den Fahrscheinen war es nicht so kompliziert, da gab es nur den Teilstreckenfahrschein zu 10 Pfennig und den Fahrschein für die ganze Strecke mit Umsteigeberechtigung für 25 Pfennig. Am Ende jeder Schicht mussten die Fahrscheinnummern in einer Kladde eingetragen werden – und wehe, sie hatte weniger Geld auf dem Tisch ausgebreitet, als sie hätte haben müssen!

«Noch jemand ohne Fahrschein?»

Es war das letzte Mal an diesem Sonntag, dass Grete Kroitsch das rief, dann war ihr Frühdienst zu Ende, und sie hatte Feierabend. Am Hermannplatz wartete ihre Ablösung, und sie fuhr zuerst mit der U-Bahn und dann ab Heidelberger Platz mit der Straßenbahn nach Hause. Als sie die Wohnung aufschloss, hoffte sie, einen Feldpostbrief ihres Mannes auf dem Teppich hinter dem Briefschlitz zu finden, doch es war ja Sonntag. Große Pläne für diesen Tag hatte sie nicht mehr. Sie wollte sich eine Stunde ausruhen und dann zur Laube laufen, wo eine Menge zu erledigen war. Kaum lag sie auf ihrer Chaiselongue, da war sie auch schon eingeschlafen ...

Doch eine halbe Stunde später wurde sie aus dem Schlummer gerissen, als jemand an ihrer Wohnungstür klingelte. Erst tastend, dann immer stürmischer. Sie fuhr hoch. Heinz! Unmöglich, ihr Mann stand auf der Krim, und an einen Heimaturlaub war in den nächsten Wochen nicht zu denken. Wer dann? Sie hatte nicht die geringste Lust, den Rest des Sonntags mit einem anderen Menschen zu verbringen, auch mit keiner Schwester oder Cousine, selbst mit ihrer Mutter nicht. Wer seit Sonnenaufgang mit Hunderten von Fahrgästen gesprochen und gestritten hatte, der brauchte seine Ruhe. Aber neugierig war sie doch, wer da draußen stand und den Finger nicht mehr vom Klingelknopf nahm. Sie schlich auf Zehenspitzen zur Wohnungstür, zog das Abdeckplättchen zur

Seite und spähte durch ihr Guckloch ins Treppenhaus hinaus. Gott, es war dieser Mann, der sie mit seinem Brotauto fast umgefahren hätte! Er hielt einen großen Strauß roter Rosen in der Hand.

«Bitte machen Sie auf, gnädige Frau. Hier ist Ihr Rosenkavalier, hier ist Herbert Stentsch!»

Verflucht, er musste sie gehört haben!

Stentsch trat einen Schritt zurück, kniete nieder und flehte sie an: «Sie haben doch versprochen, mit mir in die Plaza zu gehen. Sie haben mir Ihre Adresse gegeben und mir Hoffnungen gemacht.»

Das stimmte, und irgendwie tat er ihr auch leid. Es war feige und ihrer unwürdig, jetzt so zu tun, als sei sie nicht zu Hause. Also öffnete sie die Tür einen Spalt, ohne aber die Kette abzuziehen. «Ja, ich habe ... Aber da muss ich ... weil ich auf den Kopf gefallen bin.»

«Sie sind doch nicht auf den Kopf gefallen, Sie sind eine wunderbare, schöne und intelligente Frau!» Stentsch war in der Tat ein Schauspieler, den an jeder Provinzbühne hätte Furore machen können.

Grete Kroitsch merkte, dass dieser Mann ihr gefährlich werden konnte, und wahrscheinlich reagierte sie deshalb ein wenig überzogen. «Ich bin nicht so eine! Mein Mann steht im Felde, und ich werde ihm treu sein. Immer!»

«Merken Sie denn nicht, Grete, dass ich verrückt nach Ihnen bin? Dass ich vergehe, wenn ich Sie nicht in meinen Armen weiß? Ohne Sie kann ich nicht sein! Wollen Sie, dass ich Ihretwegen in den Tod gehe?»

Sie war dieses Schmierenkomödianten überdrüssig. «Ja, gehen Sie, aber möglichst bald – und werfen Sie sich nicht ausgerechnet vor meine Straßenbahn!»

Damit knallte sie ihm die Tür vor der Nase zu und lief ins Wohnzimmer, dessen Fenster zur Straße ging, um zu sehen, ob er wirklich verschwand. Tatsächlich, er trabte in Richtung Mecklenburgische Straße davon. Sie seufzte. Ja, sie hätte sich gerne umarmen lassen, aber nur von ihrem eigenen Mann, vor einem fremden empfand sie einen tiefen Ekel.

Sie ging in die Küche und brühte sich eine Tasse schwarzen Tee, denn Muckefuck hasste sie. Nachdem sie ihn getrunken und dazu ein paar selbstgebackene Kekse gegessen hatte, zog sie ihre ältesten Sachen an und machte sich auf den Weg zu ihrer Laube, die auf dem ausgedehnten Gelände zwischen Forkenbeck- und Friedrichshaller Straße gelegen war. Das hatte bebaut werden sollen, die Straßen waren im Stadtplan auch schon eingezeichnet, aber dann war der Krieg dazwischengekommen.

Sie drehte sich, als sie aus dem Haus getreten war, nach allen Seiten und hielt Ausschau nach Stentsch, ob der nicht auf sie lauerte, doch der Brotfahrer war nirgendwo zu entdecken.

Hermann Kappe verbrachte auch dieses Wochenende in Wendisch Rietz. Saß er auf dem Steg und blickte auf den See hinaus, gaukelte ihm die Natur tiefsten Frieden vor. Berlin mit seinen Fliegerangriffen und seinen Hinrichtungsstätten und die Fronten im Osten, Westen, Süden und Norden erschienen ihm mal wie ein Alptraum, mal wie ein Roman, den sich ein krankes Hirn ausgedacht hatte. Auf der Wiese zwischen Haus und See spielte seine Enkeltochter mit dem Nachbarsjungen, der Peter hieß und schon zur Schule ging. Peter hatte aus abgebrochenen Zweigen, ein paar alten Backsteinen und allerlei Krimskrams ein Haus gebaut – und das bewarfen sie nun mit Feldsteinen.

«Opa, wir spielen, dass wir ausgebombt werden!», schrie Marlies.

Kappe fand das gar nicht witzig. Galgenberg, dessen drastischer Humor unschlagbar war, hatte neulich aufgezählt, was zu einer richtigen deutschen Familie gehörte: «Ein Sohn fällt an der West-, der andere an der Ostfront, und du wirst ausgebombt. Deine Frau und deine Tochter sterben im Luftschutzkeller, du überlebst, dir werden aber beide Beine und der linke Arm amputiert. Macht nichts, du reißt hinterher den rechten Arm hoch und rufst: ‹Heil Hitler! Hauptsache, Danzig ist deutsch!›»

Nach dem Kaffeetrinken galt es, Abschied zu nehmen. Seine Familie brachte ihn noch zum Bahnhof. Die Lok pfiff schon hinten im Wald. Nacheinander umarmte er Klara, seine Tochter, seine Enkeltochter, seine Mutter, seinen Bruder Albert und seine Schwägerin Doris. Würde er sie jemals wiedersehen? Sie überspielten ihr Elend mit aufgesetzter Fröhlichkeit.

Kappe versuchte, alles auszublenden, und faltete seine Tageszeitung auseinander. Die Schlagzeile auf der ersten Seite ließ ihn – was nur selten vorkam – leise lächeln: *So schäbig handelte Badoglio am Duce. In seiner Gefangenschaft wie ein gewöhnlicher Verbrecher gehalten.* Ansonsten war die Lektüre des *Völkischen Beobachters* so bedrückend wie immer. *Deutsche und Rumänen in erbitterter Gegenwehr auf der Krim. Die Abwehrschlacht im Osten. Feodosia und Simferopol geräumt* Was gab es sonst noch? *40 Jahre Thermosflasche.* Ein Reinhold Burger hatte sie erfunden. Kappe fragte sich, ob er sich besser fühlen würde, wenn *er* den Menschen etwas derart Wichtiges wie die Thermosflasche geschenkt hätte. *Rauchverbot der BVG.* Nicht in der U-Bahn, aber in Straßenbahnen, Omnibussen und Obussen. Das betraf ihn nicht. *Wir verdunkeln heute: Von 21.00 Uhr bis 5.29 Uhr.* Im Radio gab es um 20.15 Uhr den *Bajazzo.* Kappe mochte keine Opern. Das würde wieder ein einsamer Abend werden. Fast wünschte er sich, dass die Sirenen aufheulten, wenn er im ebenso leeren wie kalten Wohnzimmer hockte und Schach gegen sich selber spielte.

In Königs Wusterhausen war umzusteigen in die Görlitzer Bahn. Endlich in Berlin angekommen, setzte er sich am Spreewaldplatz in die Straßenbahn. Mit der 44 kam er bis zum Alexanderplatz, und von dort aus ging er zu Fuß nach Hause. Die Sonne war schon untergegangen, aber bis alles verdunkelt wurde, hatte er noch eine halbe Stunde Zeit. Er hatte richtig Angst, in die leere Wohnung zu treten – als hätten sich während seiner Abwesenheit böse Geister dort eingenistet. Er überlegte einen Augenblick, ob er zu seinem Bruder in die Yorckstraße fahren sollte, um dort zu übernachten. Nein, das vertrug sich nicht mit seiner Funktion als Luftschutzwart.

Als er in der Nähe seines Wohnhauses angekommen war, stutzte er. Der Mann, der dort auf dem Bürgersteig auf und ab ging, war doch ... Gerhard Piossek! Das konnte nur bedeuten, dass ... Richtig, am Rinnstein stand das Mordauto.

«Da bist du ja endlich!», rief der Kollege. «Ich warte schon auf dich! Du wolltest doch um acht zurück sein.»

Kappe sah auf seine Armbanduhr. «Bin ich doch auch, die paar Minuten ... Danke, dass du mir heute Abend Gesellschaft leisten willst. Und extra mit dem Auto vorgefahren bist du auch ...»

Piossek blieb sachlich. «In Wilmersdorf ist eine Frau erschlagen worden.»

Kappe lachte. «Ich weiß, die Irmgard Klodzinski in der Geisenheimer Straße.»

«Nein, eine Grete Kroitsch in einer Laubenkolonie südlich der Forkenbeckstraße.»

«Und ich hatte schon Angst, alleine in der Wohnung zu sitzen und Trübsal zu blasen ...», murmelte Kappe.

«Das ist kein Grund, dem Mörder dankbar zu sein», sagte Piossek.

Einen Chauffeur für das Mordauto gab es heute Abend nicht, Piossek musste sich selbst ans Steuer setzen, war aber mit seiner verstümmelten rechten Hand ein überaus schlechter Automobilist. Kurz hinter dem Alexanderplatz hätte er fast einen alten Mann erwischt.

«Jetzt weiß ich endlich, warum das Mordauto Mordauto heißt», sagte Kappe.

«Sei froh, dass ich das Ding organisiert habe! Klingbeil muss mit der U-Bahn fahren.»

Piossek nutzte die lange Fahrt durch die Innenstadt, um Kappe zu erklären, wie es um Deutschland stand: «Es sieht nicht gut aus, denn seit Juli 1943 hat die Rote Armee an der Ostfront die Initiative übernommen. Und das wird bis Ende dieses Jahres bedeuten: Die Russen werden Rumänien, Finnland und Bulgarien zum Waffenstillstand zwingen, wir werden Griechenland räumen müssen, und Tito wird bald ganz Jugoslawien erobert haben. Und im Süden? Aus Nordafrika sind wir wieder raus, und die Alliierten sind in Italien gelandet, das uns den Krieg erklärt hat. Unsere U-Boot-Waffe taugt nichts mehr, und Görings Flak ... na ja! Die Engländer bombardieren uns fast ungestört, die Amis fliegen ihre Tagesangriffe. Unsere Industriezentren und unsere Städte werden systematisch zerstört. Im Westen werden die Alliierten bald in Frankreich landen und Richtung Aachen marschieren ...»

«Und dennoch wird der Endsieg unser sein!», rief Kappe mit einem Pathos, von dem sich nicht sagen ließ, wie ironisch es gemeint war. «Denken wir nur daran, wie tief bei Friedrich dem Großen die Karre im Dreck gesteckt hat. Nach der fürchterlichen Niederlage in der Schlacht bei Kolin war er dem Selbstmord nahe, später zogen die russischen Truppen schon durch die Vorstädte Berlins – und schließlich war er doch der Sieger und sein Preußen eine Großmacht geworden.»

Piossek wusste nicht so recht, wie er Kappes Aussage deuten sollte. «Meinst du das ernst?»

«Ach Gott, Gerhard, ich bin ein Deutscher wie wir alle und habe gelernt: Deutschland, Deutschland über alles, das bedeutet, dass wir allen anderen voraus und überlegen sein wollen. Sonst hätte es keinen Führer gegeben.»

«Du weißt, ich habe die Offiziersschule besucht und hatte alle Chancen, in den Generalstab zu kommen, weil ich strategisch denken kann, bis dann ...» Er hob seine zerschossene rechte Hand. «Nun, zu Hause habe ich eine große Europakarte hängen, und wenn ich mir den Kriegsverlauf ansehe ... Alles zieht sich zusammen, und der Raum, den wir beherrschen, wird immer enger. Und wenn ich diese Entwicklung fortschreibe: Spätestens im nächsten Sommer läuft alles in einem Punkt zusammen – in Berlin.»

«Irrtum», widersprach ihm Kappe. «Du hast vergessen, dass wir bis dahin unsere Wunderwaffe entwickelt haben. Nicht die V2, sondern die deutsche Atombombe.»

Piossek winkte ab. «Die dürfte doch ein Hirngespenst sein.»

«Du solltest mit deinen Äußerungen vorsichtiger sein», mahnte Kappe den Kollegen.

«Das ist doch ein absurder Dialog, den wir da führen!», rief Piossek. «Ich weiß doch, wes Geistes Kind du bist!»

«Reden wir lieber über Fußball», sagte Kappe. Der Krieg hatte die Situation des Fußballsports in Deutschland drastisch verändert. Die Vereine hatten durch den Wehrdienst viele ihrer Spieler verloren, dafür waren Militärmannschaften entstanden, die auch um die Deutsche Meisterschaft mitspielten. Andererseits hatte durch die Annexionen im Osten und im Süden die Zahl der Vereine deutlich zugenommen. Die Nationalmannschaft besaß zeitweise einen Kader von zweihundert Mann, da nie ganz klar war, welche Spieler sich an der Front befanden oder überhaupt noch am Leben waren. Das letzte Länderspiel während des Krieges hatte im November 1942 in Pressburg gegen die Slowaken stattgefunden und war mit einem 5:2-Sieg der Deutschen zu Ende gegangen. «Wann wird es das nächste Länderspiel geben?»

«Nach dem Endsieg», antwortete Piossek.

«Gut.»

Hinter dem Heidelberger Platz bogen sie von der Mecklenburgischen Straße nach rechts in die Forkenbeckstraße ab und hatten nach einigen hundert Metern Fahrt das ausgedehnte Gelände verschiedener Laubenkolonien vor sich. Ganz dunkel war es noch nicht geworden, aber sich in diesem Labyrinth zurechtzufinden erschien ihnen unmöglich. Doch sie hatten Glück, ein Schupo hatte sie schon erwartet und machte durch das Schwenken seiner Arme auf sich aufmerksam. Sie hielten, stiegen aus, machten sich bekannt und wurden zum Tatort geführt. Sie mussten einen kleinen Hang hinaufklettern, dann ging es einen schnurgeraden Weg entlang Richtung Dorfkirche Schmargendorf.

Klingbeil empfing sie mit Friedrich Schiller: «*Spät kommt Ihr – doch Ihr kommt!*»

Kappe lachte. «Der weite Weg entschuldigt unser Säumen.»

«Meine Herren, dann sehen Sie sich mal die Dame an, die es diesmal getroffen hat.»

Kappe zögerte etwas. «Bei der letzten Leiche, die ich in einer Laube angetroffen habe – das muss 1928 gewesen sein, in Neukölln –, saßen schon die Maden drin.»

«Die hier ist ganz frisch», versicherte Klingbeil. «Der Arzt, der schon wieder gegangen ist, und ich sind der Meinung, dass der Tod vor drei bis vier Stunden eingetreten sein muss. Mit der stumpfen Seite des Beiles wurde hier links auf den Schädel gehauen.» Er zeigte auf das Tatwerkzeug, das auf den dunkelbraun gestrichenen Dielen lag. «Fingerabdrücke sind keine darauf zu finden. Der Täter hat den Stiel sorgfältig abgewischt, bevor er das Beil weggeworfen und die Flucht ergriffen hat.»

«Das erinnert mich an den Fall Irmgard Klodzinski», sagte Kappe.

«Wer hat denn die Polizei gerufen?», wollte Piossek wissen.

«Der Nachbar zur Linken», sagte Klingbeil. «Der ist aber irgendwo zwischen neunzig und scheintot. Als er nach Hause gehen wollte, hat er gesehen, dass beide Türen offen standen, die Gartentür wie die zur Laube, und da ist er stutzig geworden und wollte einmal nach dem Rechten sehen.»

Kappe nickte. «Und – haben Sie schon den Namen der Ermordeten?»

«Ja, von besagtem Rentner: Grete Kroitsch, wohnhaft nicht weit weg von hier, in der Breite Straße 12. Sie soll als Straßenbahnschaffnerin gearbeitet haben.»

Kappe und Piossek sahen sich in der Laube um und stellten fest, dass jemand hier übernachtet haben musste.

«Vielleicht hat sie hier geschlafen», sagte Klingbeil. «Aus Angst, dass ihr Wohnhaus von Bomben getroffen wird.»

Kappe beugte sich nach unten und schnupperte an Kopfkissen

und Laken. «Riecht nicht nach Frau, das ist garantiert ein Mann gewesen.»

«Ihr eigener?», fragte Piossek.

Klingbeil schüttelte den Kopf. «Woher soll ich das wissen? Das finden Sie mal selbst heraus!»

Kappe wusste, dass es bei den Vorgesetzten immer gut ankam, wenn man besonderen Eifer an den Tag legte, auch wenn es für die Sache selbst nichts brachte, also regte er an, sich mit Piossek die angrenzenden Lauben etwas genauer anzusehen. «Du gehst Richtung Forkenbeck-, ich Richtung Friedrichshaller Straße.»

Sie ließen sich vom Tross der Kriminaltechniker zwei Taschenlampen geben und zogen los.

Vom Hauptweg aus hatte man einen guten Blick auf die Sommerhäuschen, denn noch gab es keine Blätter an den Hecken und Sträuchern, die von den Laubenpiepern als Sichtschutz gepflanzt worden waren. Dass sich der Mörder der Kroitsch noch immer auf dem Laubengelände aufhielt, war unwahrscheinlich, aber vielleicht hatte er sich bis zum Einbruch der Dunkelheit verstecken wollen, vielleicht hatte er sich beim Kampf mit der Kroitsch, die sehr robust gewesen war, verletzt und konnte nur noch humpeln, vielleicht war seine Kleidung so voller Blut, dass er sich nicht unter Menschen gewagt hatte. Wie sagte Galgenberg immer? «Man kann gar nicht so dumm denken, wie es kommt.»

An den ersten zehn Lauben war nichts zu entdecken, was Kappes Neugier erweckt hätte. Dann aber ... Da schien sich ein Vorhang bewegt zu haben! Kappe hielt inne und sah nach dem Gartentor. Es war mit einem Vorhängeschloss gesichert. Dann musste er also über den Zaun aus Maschendraht setzen. Doch das schaffte er mit seinen 56 Jahren nicht mehr, und außerdem war er nie ein guter Turner gewesen. Am Rande der Parzelle stand ein hölzerner Strommast, und wenn er den als Leiter benutzte, konnte es klappen. Wie früher in der Schule beim Stangenklettern arbeitete er sich so lange nach oben, bis er mit den Füßen auf dem Spanndraht des Zaunes balancieren konnte. Und – Sprung! Er landete auf dem glitschigen Rasen, ohne sich Schienbeine und Knöchel zu brechen. Bravo, Kappe! Schnell hatte er sich aufgerappelt und die paar Schritte zur Laube zurückgelegt. Sie war aus rot gestrichenem Holz, und die Dachrinne war so niedrig, dass er fast daraus trinken konnte. Zum Rasen hin gab es ein großes Fenster, das mit weiß gestrichenen Hölzern in viele kleine Quadrate unterteilt war. Ein rotweiß karierter Vorhang verhinderte den Blick ins Innere. Kappe lauschte. Nichts. Er klopfte mit dem Knöchel seines rechten Zeigefingers gegen die Fensterscheibe. «Kriminalpolizei! Bitte machen Sie auf, wir haben ein paar Fragen an Sie.»

Wieder nichts. Kappe lauschte. Keine Stimmen, kein Geräusch. Sollte er sich geirrt haben? Sollte eine zurückgelassene Katze mit dem Vorhang gespielt haben? Er machte laut «Miau». Keine Antwort. Dann aber polterte es hinter der Laube. Es schien dort ein Fenster zu geben, und jemand war offenbar hinausgesprungen. Kappe schnellte um die Ecke des Holzhäuschens und sah, wie sich ein Mann mit wehendem Mantel auf den Komposthaufen schwang, um von dort in den angrenzenden Garten zu springen und in Richtung Kissinger Straße zu fliehen.

«Halt! Stehenbleiben, oder ich schieße!»

Schon hatte Kappe seine Waffe herausgerissen, da sah er im Schein seiner Taschenlampe auf dem Mantel des Fliehenden den gelben Davidstern. Einer der vielen Juden also, die sich in Berlin versteckt hatten. Stellte er den Mann, war das dessen Tod. Kappe zögerte. Was aber, wenn der Jude nun die Kroitsch ermordet hatte, um von dieser nicht an die Polizei ausgeliefert zu werden? Kappe wusste, dass sie mit ihm kurzen Prozess machen würden, wenn herauskam, dass er einem Juden zur Flucht verholfen hatte, und trotzdem brachte er es nicht übers Herz, den Mann zu jagen und auf ihn zu schießen. Er stand da wie versteinert, und dann war es zu spät, noch etwas zu unternehmen. Jetzt konnte er nur hoffen, dass der Jude nicht gefasst wurde und man ihn so lange folterte, bis er der SS erzählte, wo und wann ihn ein Kriminalbeamter hatte laufen lassen. Und hoffentlich hatten Klingbeil, Piossek und die anderen Kollegen nichts gemerkt! Jedenfalls sprach ihn keiner darauf an, dass er eben irgendjemand lauthals zum Stehenbleiben aufgefordert hatte. Aber wer weiß, vielleicht hatte es doch einer der Kollegen mitbekommen und meldete es an entsprechender Stelle ...

Kappe, weiß Gott kein frommer Mensch, schickte ein Stoßgebet zum Himmel: «Herr, lass mich noch einmal davonkommen!»

Otto Kappe war mit seinen 33 Jahren noch jung genug, die Strapazen des Dienstes durchzustehen, zumindest körperlich. Aber es ging an die Nerven, wenn Vernehmungen, bei denen sie einen Mörder derart weichgekocht hatten, dass sein Geständnis nur noch eine Sache von Minuten sein konnte, wegen eines Fliegeralarms unterbrochen werden mussten und der Mann am nächsten Morgen dann wieder hartnäckig leugnete oder wenn man wichtige Zeugen nicht mehr befragen konnte, weil ihr Fronturlaub zu Ende gegangen war.

Nun war Otto Kappe einer sogenannten Plünderstreife zugeteilt worden. Allein zwischen dem 24. November 1943 und dem 30. Januar 1944 hatte die Berliner Kriminalpolizei 208 Plünderer festgenommen, die teils im Schnellverfahren zum Tode verurteilt worden waren. Im Polizeipräsidium tagte nach jedem großen Bombenangriff ein Sondergericht zur Aburteilung von Plünderern. Die obwaltenden Umstände senkten bei vielen Volksgenossen die Hemmschwellen. Es gab Menschen, die ausgebombt worden waren und sich dann sagten: «Wenn man mir alles genommen hat, muss ich mir eben zurückholen, was ich zum Leben brauche.» Und da das Sterben alltäglich geworden war und jeder damit rechnen konnte, über kurz oder lang selbst ins Gras beißen zu müssen, schwand auch die Angst vor der Festnahme. Außerdem gab es ideale Bedingungen für Einbrüche und Plünderungen: Die Stadt lag im Dunkeln, die Haus- und Kellertüren durften nicht verschlossen werden, damit man im Falle eines Volltreffers und eines Brandes fliehen konnte, und die Schaufenster der Geschäfte waren oft nur notdürftig verschlossen, zum Beispiel mit großen Pappen, die schnell durchstoßen waren. Besonders gern wurden Handwagen, Fahrräder und das sogenannte Luftschutzgepäck gestohlen. Bei so viel Diebesgut und der schlechten Versorgungslage war es kein Wunder, dass in Privatwohnungen, Cafés und Lokalen «schwarze Börsen» entstanden, also Schwarzmarktstrukturen. Auch dagegen hatte die Kriminalpolizei vorzugehen. Eine weitere Aufgabe war Otto Kappes Gruppe zugeteilt worden: die Jagd auf «wilde Prostituierte». Die galten vom ersten Kriegstag an als eine Gefährdung der Wehrkraft, gab es doch in der Wehrmacht eine riesige Ansammlung von Freiern, deren Wehrkraft im wahrsten Sinne des Wortes zersetzt wurde, wenn sie sich einen Tripper holten oder – schlimmer noch – den weichen Schanker oder gar die Syphilis.

Als Otto Kappe erfuhr, mit wem er in der Nacht vom 17. auf den 18. April durch Berlin streifen sollte, konnte er nur grinsen: Es war Gustav Galgenberg. Der schien seinen Vorgesetzten in den Mordkommissionen am ehesten entbehrlich zu sein.

«Gott, Kappe», rief Galgenberg, «Sie haben sich aber verändert, seit wir uns das letzte Mal gesehen haben! Sie sehen ja zwanzig Jahre jünger aus und im Gesicht auch 'n bisschen anders.»

«Und einen anderen Vornamen habe ich auch: Otto statt Hermann.»

«Wer will heutzutage schon Hermann heißen!», murmelte Galgenberg.

«Wir sollen uns um Plünderer und lockere Frauenzimmer kümmern», sagte Otto Kappe.

«Dann hoffen wir mal auf einen schweren Bombenangriff», sagte Galgenberg. «Damit die Plünderer sich auch blicken lassen.»

«Nicht so makaber!»

«Kaba is ma lieber als makaba, Kaba, der Plantagentrank, aba wenn's den nich mehr jibt ...» Galgenberg machte eine Geste der Hilflosigkeit. «Bei der Mordkommission woll'n se mich nich mehr, nu jut. Zu wat bin ick nu noch nutze? Höchsten noch mein Kopp uff'n Blitzableiter, und det Jewitta macht 'n Umweg.»

«Wir sollen erst in den Ost- und dann in den Westhafen gehen», sagte Otto Kappe.

«Uns einschiffen? Fahren wir nach Engelland?»

«Nein», antwortete Otto Kappe, «sondern nach Frauen Ausschau halten, die unter den Schiffern Freier suchen und der gewerbsmäßigen Prostitution nachgehen.»

Galgenberg grinste. «*In Charlottenburg am Knie / sah ick ihr, die Marie. / Als ick ihr am Knie jesehn, / war et jleich um mir jeschehn.*»

Sie liefen zum Bahnhof Alexanderplatz und wollten mit der S-Bahn bis Warschauer Straße fahren, um sich in den kleinen Straßen und den Kneipen im Rechteck zwischen Warschauer Straße, Stadtbahn, Markgrafendamm und Spree nach Frauen umzusehen, die den deutschen Endsieg gefährden konnten.

«Wir hätten uns als Lockvögel verkleiden sollen, damit die Damen auch anbeißen», sagte Otto Kappe, als sie in einen Zug nach Mahlsdorf eingestiegen waren. «Als Schiffer.»

Galgenberg nickte. «Ja, und ick hätte mein Klavier mitbringen sollen.»

«Wie?»

«Na, mein Schifferklavier. Aber vielleicht reicht et schon, wenn ick singe, 'n bisschen wie Kuttel Daddeldu seh' ick ja aus.» Und er legte wirklich los:

> *Wir lagen vor Madagaskar*
> *Und hatten die Pest an Bord.*
> *In den Kesseln, da faulte das Wasser*
> *Und täglich ging einer über Bord.*
> *Ahoi, Kameraden, ahoi, ahoi.*
> *Ahoi, Kameraden, ahoi, ahoi.*
> *Leb wohl, kleines Mädel,*
> *Leb wohl, leb wohl.*

Er war nicht der einzige Scherzbold im Abteil, zwei andere drückten ihm einen Groschen in die Hand und meinten, er solle mal seinen Hut hinhalten und es als Bettler versuchen.

Warschauer Straße stiegen sie aus der S-Bahn und machten sich bei einbrechender Dunkelheit in das Gebiet auf, in dem sie Berliner Seemannskneipen vermuteten. Keiner von beiden kannte die Gegend. Ihr Unternehmen schien ihnen recht laienhaft angelegt zu sein.

«Und wir waren mal die beste Kriminalpolizei der Welt!», sagte Galgenberg.

Nachdem sie eine Viertelstunde gelaufen waren, entdeckten sie eine Eckkneipe, die von außen ein wenig verrucht aussah. Sie traten ein. Der Schankraum war so düster und verqualmt, dass sie Mühe hatten, die Gesichter der Männer zu erkennen, die an den Tischen saßen und sich an ihren Biergläsern festhielten. Das konnten durchaus Binnenschiffer sein. Kappe und Galgenberg zogen ihre Mäntel aus, hängten sie an den Garderobenhaken und setzten sich an den letzten freien Tisch, den vor der Toilettentür. Die Serviererin kam zu ihnen. Den Zurufen der Zecher konnte Otto Kappe entnehmen, dass sie Gerda hieß.

«*Was macht der Herr da / bei Fräulein Gerda?*», trällerte Galgenberg.

«Haben Sie einen Wunsch?», fragte Gerda.

«Das kann man wohl sagen!», rief Otto Kappe spitzbübisch.

Hermann Kappe kam ins Büro und riss das Blatt des vergangenen Tages vom Kalender. Dienstag, 20. April, Geburtstag des Führers. 1889 war Adolf Hitler auf die Welt gekommen, er war also ein Jahr jünger als Kappe. Und er hatte es so weit gebracht, dass er auch noch nach tausend Jahren seinen Platz in den Geschichtsbüchern haben würde, auch wenn sein «Tausendjähriges Reich» wahrscheinlich schon bald von der Landkarte verschwunden war. An ihn, das Würmchen Hermann Kappe, würde sich spätestens nach dem Tod seiner Enkeltochter keiner mehr erinnern können. Daran würde sich auch nichts ändern, wenn er die Mordfälle Irmgard Klodzinski und Grete Kroitsch lösen sollte.

Gerhard Piossek erschien pünktlich zehn Minuten zu spät am Arbeitsplatz und brachte die Nachricht, sie sollten sich umgehend beim Regierungs- und Kriminalrat Hans Lobbes einfinden. Kappe blieb die Luft weg, und sein Herz schlug schnell und schmerzhaft. Jetzt kam bestimmt die Sache mit dem geflüchteten Juden aus der Laube zur Sprache, er war verloren. Die Szene in Plötzensee stand ihm wieder vor Augen, wo sie Thomas Bethge unter die Guillotine gelegt hatten.

Doch Lobbes wollte nichts anderes, als dass sie Vortrag hielten und ihn über das informierten, was im Mordfall Grete Kroitsch von Relevanz war. Kappe war gerettet.

«Ich darf einmal zusammenfassen, was wir im Hinblick auf Grete Kroitsch herausgefunden haben», begann er. «Sie ist am Sonntag, dem 16. April, zwischen 18 Uhr und 18.30 Uhr in ihrer Laube auf dem Gelände an der Forkenbeckstraße mit einem Beil erschlagen worden, das sich vor Ort befunden hat. Die Kroitsch ist 42 Jahre alt und war als Schaffnerin bei der BVG beschäftigt. Ihr Mann Heinz steht im Felde. Von Männerbekanntschaften ist uns nichts zu Ohren gekommen. Eine Nachbarin will allerdings eine Stunde vor der Tat einen Unbekannten an ihrer Wohnungstür gehört und gesehen haben. Die Fahndung nach diesem Mann ist aber bisher erfolglos geblieben. Es könnte durchaus sein, dass er ihr in die Laubenkolonie gefolgt ist. Möglich ist aber auch, dass in der Laube der Kroitsch ein Mann übernachtet hat, unter Umständen ein Deserteur, der sich dort versteckt hat und von ihr aufgespürt worden ist. Verwertbare Spuren haben sich aber bisher keine finden lassen. Einer der Laubenpieper will einen fremden Mann in ihrer Laube gesehen haben. Es gibt aber keinen Hinweis darauf, dass die Kroitsch dort selbst jemanden versteckt hat.»

Lobbes kratzte sich den Kopf. «Viel ist das nicht, meine Herren. Sehen Sie Parallelen zum Mordfall Klodzinski?»

Piossek nickte. «Ja, durchaus. Bei der Klodzinski schwanken

wir auch zwischen zwei Hypothesen: War es jemand, den sie gut gekannt hat – etwa ihr Verlobter oder ihr liebestoller Nachbar –, oder aber ein Fremder, womöglich ein Fahnenflüchtiger, der sich in ihrem Keller verstecken wollte und den sie überrascht hat?»

Lobbes sah auf die Uhr, ein anderer Termin lag an. «Gut, meine Herren. Ich habe veranlasst, dass der Gatte der Kroitsch Heimaturlaub bekommt, um an der Trauerfeier teilzunehmen. Sprechen Sie mit ihm, vielleicht kann er uns weiterhelfen.»

DREIZEHN

EBERHARD BETHGE hatte mitbekommen, dass es in den Berliner Laubenkolonien derzeit eine Razzia nach der anderen gab, und beschlossen, lieber tagsüber durch die Stadt zu streifen und sich darauf zu verlassen, als Reichsbahner, der auf dem Weg zur Arbeit war, unbehelligt zu bleiben. Nachts suchte er sich eine Bleibe in den Kellern ausgebombter Häuser, in denen oft noch alte Sofas oder Notbetten zurückgeblieben waren. Wenn es Sommer wurde, konnte er dann ins Umland fahren und in Feldscheunen oder den Wäldern übernachten. Sein größtes Problem war im Augenblick, etwas Essbares aufzutreiben. Eine Lebensmittelkarte hatte er natürlich nicht und auch kein Geld, um sich illegal etwas zu beschaffen – also blieb ihm nur das Stehlen. Aber auch das war beinahe unmöglich, denn es gab in den Läden und auf den Märkten kaum noch Auslagen. Deshalb sah er meist keinen anderen Ausweg, als irgendwo einzubrechen. Darin hatte er inzwischen schon ein ansehnliches Geschick entwickelt. Den ersten Einbruch hatte er in der Weisestraße verübt, im Kolonialwarenladen seiner Schwester – sozusagen zum Üben. Dort kannte er sich bestens aus, und er wusste auch, dass Ursula einen Dietrich und einen Kuhfuß im Werkzeugkasten liegen hatte.

Ab und an las er eine Zeitung, die jemand weggeworfen hatte, und so wusste er, dass die deutschen Truppen an allen Fronten auf dem Rückzug waren. Man musste nur zwischen den Zeilen lesen. Aber auch wenn alles schiefging, würde es noch ein Jahr und länger dauern, bis die Alliierten den Krieg gewonnen und Berlin erobert hatten. Bis dahin aber war das Leben, das er im Augenblick führte, nicht durchzuhalten, das spürte er ganz deutlich. Ab und zu kam ihm der Gedanke, einen Mann seines Alters und seiner Statur zu ermorden, dessen Leiche zu beseitigen und mit seiner Identität weiterzuleben. Doch das konnte ja nur jemand sein, der keine Familie und keine Kollegen hatte, und wo gab es das schon? Es war eine Schnapsidee.

An diesem Sonnabend war er bereits stundenlang durch die Straßen gelaufen, als die Sirenen aufheulten. Fliegeralarm war das Schlimmste für ihn, denn flüchtete er sich in keinen Luftschutzkeller oder Bunker, fiel er auf und wurde garantiert von irgendeiner Streife aufgegriffen. Suchte er aber die Schutzräume auf, lief er Gefahr aufzufliegen. Er hatte Angst, man könnte ihm alles vom Gesicht ablesen. Manche Volksgenossen hatten dafür eine ausgeprägte Witterung und verwickelten einen in Gespräche und stellten Fragen, die einen in die Falle locken sollten.

Aus der Vorwarnung wurde jetzt ein echter Alarm. Er stand in der Urbanstraße, schräg gegenüber dem Krankenhaus. Sollte er sich auf dem weiträumigen Krankenhausgelände verstecken und darauf vertrauen, dass die alliierten Bomber Krankenhäuser verschonten, oder sollte er lieber Schutz im nahe gelegenen Fichtebunker suchen?

«Sie da, darf ich mal Ihre Papiere sehen?»

Er war einem SS-Mann verdächtig vorgekommen.

Hermann Kappe saß wie fast jedes Wochenende auch an diesem Sonnabend im Bummelzug nach Wendisch Rietz, freute sich auf das Wiedersehen mit seinen Lieben und las den *Völkischen Beobachter*. Die Schlagzeilen auf der ersten Seite meldeten monoton deutsche Siege und Heldentaten: *Die Schnellbooterfolge im Kanal. Lebhafte Kampftätigkeit im Küstenvorfeld Europas – Berlin-brandenburgische Grenadiere schlagen sechs Sowjetdivisionen zurück.*

Er blätterte weiter zu den Seiten des *Berliner Beobachters* und las: *In der Zeit vom 1. bis 7. Mai wird die Hitlerjugend und der BDM mit ganz besonderem Eifer durch die Häuser Berlins steigen und an den*

Türen klopfen: gilt es doch, das inzwischen wieder angesammelte Alt-papier aus den Haushalten abzuholen. Prima, sollten sie mal überall Hitlers *Mein Kampf* einsammeln! *Spart Zucker zum Einmachen!* Das war eine gute Empfehlung für seine Mutter und für Klara, denn in Wendisch Rietz gab es einiges an Obstbäumen. *Wenn wir uns angewöhnen, bei jedem Zuckerverbrauch eine kleine Menge, vielleicht nur wenige Esslöffel voll, in einer kleinen Extratüte unterzubringen, werden wir ganz gewiss mit Erstaunen feststellen müssen, dass sich nach ganz kurzer Zeit schon eine ansehnliche eiserne Reserve gebildet hat!* Welch fürchterlicher Märchenonkelton!, dachte Kappe. Viele Ge-schäfte boten Muschelfleisch an, und zwar «ohne» – ohne dass man dafür Lebensmittelmarken hergeben musste. Ragout, Suppe und Bratlinge aus Muschelfleisch wurden empfohlen. Vielleicht konnte sich sein Bruder in Wendisch Rietz der Muschelzucht zuwenden. *Am Sonntag, dem 30. April, wird eine Lehrwanderung unter Führung von Professor Dr. Deegener «Die Welt des Frühlings um Finkenkrug» durchgeführt. Abfahrt 8.32 Uhr Lehrter Bahnhof.* Kappe staunte immer wieder, wie den Menschen tiefster Friede vorgegau-kelt wurde. Aber vielleicht konnte man ja während eines solchen Ausflugs tatsächlich für ein paar Stunden alles Elend vergessen. *Zuchthausstrafen des Sondergerichts. Schwarzschlachtungen stellen eine gewissenlose Gefährdung der Fleischversorgung der Bevölkerung dar.* Die es getan hatten, waren für bis zu sechs Jahre ins Zuchthaus gewan-dert, und Kappe wunderte sich, dass sie nicht als Volksschädlinge hingerichtet worden waren. Auch nach über drei Jahrzehnten bei der Kriminalpolizei konnte er noch immer nicht so recht verste-hen, dass Menschen Straftaten begingen, obwohl eigentlich sicher war, dass man sie erwischen und hart bestrafen würde. Offenbar hielten sie sich für «unfassbar». *Wechselseitige Gültigkeit der BVG- und S-Bahn-Zeitkarten. Wenn nach Luftangriffen Strecken der BVG- oder S-Bahn gestört sind, können die hiervon betroffenen Zeitkarteninhaber zunächst ohne besondere Bekanntmachung die in Betrieb befindlichen Verkehrsmittel der beiden Unternehmen zur Erreichung ihres Fahrtzieles auf dem kürzesten Wege wechselseitig benutzen.* Kappe wunderte sich.

Hieß es doch «Ein Volk, ein Reich, ein Führer», aber in Berlin hatten sie noch immer kein einheitliches Verkehrssystem. *Der Oberbürgermeister veröffentlicht im Anzeigenteil Bekanntmachungen über die Abgabe von Gemüse und Kopfsalat.* Das war wichtig für Kappe, musste er doch, seit Klara in Wendisch Rietz lebte, allein einkaufen gehen. *Wir verdunkeln heute: Von 21.22 Uhr bis 5.02 Uhr.* Ja, die Tage wurden langsam länger. Er las noch die elfte Folge des Fortsetzungsromans *Menuett in Nymphenburg.* Komtesse Gretl spielte darin die Hauptperson, und es gab so schöne Sätze wie: *Von draußen kam das Lachen eines Springbrunnens herein.*

Kaum hatte der Zug den Haltepunkt Hubertushöhe verlassen, stand Kappe auf und begab sich Richtung Tür. Er konnte es gar nicht erwarten, aus dem Abteil zu springen, Klara zu umarmen und seine Enkeltochter zu herzen. Doch als er in Wendisch Rietz auf dem Bahnhof stand, war niemand da, ihn abzuholen. Hatten sie ihn vergessen, oder war etwas passiert? Mit seinem nicht eben schweren Koffer eilte er durch die Straßen des kleinen Ortes zum Anwesen seines Bruders.

Sie waren alle da: seine Mutter, sein Bruder, Klara, seine Enkeltochter und Doris, seine Schwägerin. Es war also keinem etwas zugestoßen. Doch sie hatten alle furchtbar verweinte Gesichter. Kappe realisierte sofort, dass das nur eines bedeuten konnte: Martin war gefallen. Keiner sprach ein Wort. Sie lagen sich nur in den Armen und weinten.

Abends las Kappe den Feldpostbrief, den Doris aus Russland bekommen hatte.

Sehr geehrte Frau Kappe!
Ich habe die traurige Pflicht, Sie von dem Heldentod Ihres Mannes, des Gefreiten Martin Kappe, geb. am 27. Mai 1922 zu Wendisch Rietz, zu benachrichtigen. Er fiel am 15. April 1944 bei einem Angriff der Russen mit starken Panzerkräften.
Wir verlieren mit Ihrem Mann einen ausgezeichneten Kameraden, der in der Kompanie als Soldat Vorbild war.

Wir trauern mit Ihnen um den Verlust. Sein Andenken bleibt uns unvergessen.
In aufrichtigem Mitgefühl grüße ich Sie
Heil Hitler!
Grützmacher, Kompf.Chef

Die Berliner unterschieden drei Arten von Ruinen. Da gab es zum einen die Häuser, die durch Sprengbomben oder Luftminen mit einem Volltreffer in Schutt und Asche gelegt wurden und nichts mehr waren als ein einziger großer Trümmerhaufen. Zweitens waren da die Gebäude, die von Brandbomben getroffen worden waren. In deren Innern war vom Keller bis zum Dach alles ausgebrannt, aber die Fassade war noch völlig intakt, wenn auch vom Ruß geschwärzt. Drittens schließlich gab es die Teilruinen: Wohnhäuser, bei denen die eine Hälfte zerstört worden war, die andere aber noch bewohnt wurde. Oft hingen dann bizarr Eisenträger in der Luft, und man konnte die Tapeten an den Wänden sehen, die früher zu einem Wohnzimmer gehört hatten und jetzt von der Straße oder vom Hof aus zu bewundern waren.

Hermann Kappe stieg am Görlitzer Bahnhof aus dem Zug und lief hinüber zur Haltestelle der 63, mit der er bis zum Strausberger Platz fahren konnte. Von dort war es nur ein kurzer Fußweg zu seiner Wohnung. Er nahm die Welt noch immer nicht so richtig wahr, der Schmerz um den Verlust seines Neffen verdüsterte alles und lähmte die Sinne. Nie wieder würde Martin nach Berlin kommen, nie wieder würde er mit ihm zu einem Fußballspiel gehen. Geistesabwesend stieg Kappe in die Straßenbahn.

«Noch jemand ohne Fahrschein? Der Herr hier, wie isset?»

Kappe fuhr zusammen. Kurz hatte er gedacht, die Schaffnerin hätte eine gewisse Ähnlichkeit mit der Kroitsch. Vielleicht hatte er sie etwas zu lange angestarrt.

«Is Ihnen nich jut, sind Se betrunken? Ham Se keen Fahrjeld dabei?»

«Doch, doch», stammelte Kappe. Und er begann, in seinen

Taschen nach ein paar passenden Münzen zu suchen. Endlich hatte er drei messingblanke Groschen gefunden. Auf ihrer Rückseite zeigten sie einen Adler, der in seinen Fängen ein Hakenkreuz hielt. «Einmal einfach bitte.»

«Na bitte, wer sagt's denn!» Die Schaffnerin ließ seine Münzen in ihrem Schnellwechsler verschwinden und riss einen Fahrschein vom Block ab.

«Kennen Sie zufällig eine Grete Kroitsch?», fragte Kappe und hoffte auf sein Glück und den Zufall.

«Nein, woher?» Die Schaffnerin stutzte. «Meinen Sie die, die sie in ihrer Laube ermordet haben?»

«Ja, genau die.»

Ein misstrauischer Blick traf ihn. «Und wat jeht Sie det an?»

«Ich bin der Kriminalkommissar, der ihren Mörder finden soll.»

«Ach so.» Jetzt schlug ihm volle Sympathie entgegen. «Nee, tut ma leid. Aba fassen Se den Mann mal, der dit ... Und dann kurzer Prozess, Kopp ab!»

Kappe versprach ihr, sein Bestes zu tun. Wieder versank er in Schwermut. Die Häuserfronten zogen an ihm vorüber. Überall Lücken, überall Ruinen. Er musste ab und an auf die Straßenschilder blicken, um sich zu orientieren, weil sich alles so sehr verändert hatte. Wiener Straße, Lausitzer Platz, Waldemarstraße ... Seine alte Heimat. 1910 hatte er hier gewohnt, als er aus Storkow nach Berlin gekommen war. Gott, was hatte er sich gefreut, als die Ära der Hohenzollern zu Ende gegangen war! Aber was waren das – verglichen mit heute – trotz aller Ärgernisse für herrliche Jahre gewesen! Adalbertstraße, Köpenicker Straße, Andreasstraße, Strausberger Straße ... Fast hätte er vergessen auszusteigen. Die Schaffnerin klingelte schon ab, als er aus dem Wagen sprang.

Immer noch wie betäubt, lief er die Große Frankfurter Straße entlang. An deren Ende lag der Alexanderplatz, und er überlegte, ob er nicht, obwohl Sonntag war, ins Büro gehen und sich dort irgendwie nützlich machen sollte. Mit den Kollegen von der Bereitschaft konnte er ein wenig plaudern, zur Not auch mit dem Pförtner. Oder er ging noch ins Kino. Nur nicht allein zu Hause in der großen leeren Wohnung sitzen und sozusagen Opfer der eigenen Verzweiflung sein!

«So beschlossen und verkündet!» Er begann schon, Selbstgespräche zu führen.

Martins Tod war ihm auf den Magen geschlagen, so dass er beschloss, sich vorher kurz zu Hause hinzulegen. Er war schon fast angekommen, da traf ihn fast der Schlag ... Sein Wohnhaus war nur noch ein einziger Trümmerhaufen. Es musste einen Volltreffer abbekommen haben.

Kappe setzte sich auf den Rinnstein und vergrub sein Gesicht in der Schale seiner Hände.

Eine Viertelstunde musste er so gesessen haben, da legte ihm jemand die Hand auf die Schulter. Er drehte sich um. Es war seine Hauswartsfrau.

«Nu mal Kopf hoch!», rief sie. «Kopf hoch is bessa als Kopf ab, und Sie leben ja noch! Im Jegensatz zu die drei andern.»

Sie berichtete von dem, was sich gestern ereignet hatte. Einen Volltreffer hatten sie abbekommen, und die Decke des Luftschutzkellers war eingestürzt. Die meisten hatten sich durch den Durchbruch ins Nebenhaus geflüchtet, eine Familie aber war erschlagen worden.

«Da habe ich nun nichts mehr als das, was ich am Leibe trage», murmelte Kappe.

Die Hauswartsfrau lächelte. «Außer dem, wat Se schon nach Wendisch Rietz jeschafft ham.»

Das ließ Kappe wieder etwas aufatmen. «Ja, zum Glück. Hat von unseren Sachen keiner was retten können?»

«Nee, wie denn? Komm' Se ma wieda, wenn die Trümmer hier abjeräumt werden, vielleicht finden Se noch 'n joldenen Löffel.» Sie machte eine kleine Pause. «Und – wat machen Se nu?»

«Ich ziehe zu meinem Bruder in die Yorckstraße.» Er gab ihr sicherheitshalber die Adresse.

Der Abend bei Oskar und Friedel war bedrückender als jede Beerdigung, die Kappe bislang in seinem Leben mitgemacht hatte. Sie versuchten, sich mit einer Flasche Rotwein zu betäuben, und jeder schluckte danach eine von den Tabletten, die Friedel in ihrer Firma organisiert hatte, um sich früh in den Schlaf zu flüchten.

Am nächsten Morgen legte ihm Galgenberg, nachdem er sein Mitgefühl zum Ausdruck gebracht hatte, einen Artikel aus dem *Völkischen Beobachter* vom 10. März auf den Tisch. «Du weißt ja, mein lieber Hermann, was der Führer von dir erwartet. Lies den letzten Artikel!»

Total ausgebombt …

«Total ausgebombt, Mutter …»

Jetzt hielt ich es in den Händen, dieses Telegramm, welches ich immer bangen Herzens erwartet hatte und doch glaubte nicht zu bekommen. Wer kann es beschreiben, dieses Gefühl, alles zerstört zu wissen, was die Heimat unseres Herzens war, wo unsere Seele weilte … Das Herz schreit auf in namenlosem Weh.

Die Straßenbahn bringt uns zu unserer Wohnung, die ja nun nur noch ein Trümmerhaufen ist. Wir stehen beide davor, Arm in Arm, ohne Worte. Wir steigen über die Trümmer der Nachbarhäuser bis zu unserem Hauseingang.

Es ist mir alles so unwirklich …

Wir gingen zurück. Der furchtbare Anblick schnürt einem das Herz zusammen, aber über allem sah ich den deutschen Menschen, wie er stark und gläubig diese Last auf seine Schultern nimmt und sein Schicksal meistert.

Eine tiefe Dankbarkeit für diese Erkenntnis steigt in mir auf, ich spüre die Stärke der deutschen Herzen und in mir reift die Gewissheit: Nie, niemals wird er uns auf die Knie zwingen, unser furchtbarer Feind, der unsere Kinder mordet, kalt und ohne Gewissen. «Deutschland, Vaterland, klingt es in mir auf, du wirst siegen, weil deine Menschen solche Herzen haben.»

VIERZEHN

DER MAI war gekommen, ohne dass Hermann Kappe bei sich irgendwelche Frühlingsgefühle feststellen konnte. Je mehr die Natur ihre ganze Pracht entfaltete, desto schwermütiger wurde er. Seine Schwägerin ging jetzt am Sonntag öfter in die nahe Bonifatius-Kirche und zitierte gerne aus der Bibel: «*Siehe, selig ist der Mensch, den Gott straft; darum weigere dich der Züchtigung des Allmächtigen nicht. Aus sechs Trübsalen wird er dich erretten* »

«Lass mich in Ruhe mit deinem Gott!», brummte Kappe. «Wenn es wirklich einen gäbe, dann hätte er Hitler und die Nazis verhindert.»

Am nächsten Morgen im Büro listete er auf, was seine sechs Trübsale waren: 1. der Tod seines Neffen; 2. die Tatsache, dass sich sein Sohn Hartmut in russischer Kriegsgefangenschaft befand; 3. die Tatsache, dass er ausgebombt worden war; 4. die braune Gesinnung seines Sohnes Karl-Heinz; 5. die Trennung von seiner Frau; 6. die Angst, dass man mit ihm eines Tages kurzen Prozess machen würde.

Er faltete seine Tageszeitung auseinander. Die Schlagzeile auf der erste Seite sollte suggerieren, dass Deutschland seine Feinde langsam, aber sicher in die Knie zwang: *England bangt um seine Zukunft.* Kappe interessierte sich heute ganz besonders für den Sportteil, denn die entscheidenden Spiele um die deutsche Fußballmeisterschaft standen im Mai ins Haus. Holstein Kiel, am nächsten Sonntag Gegner von Hertha BSC, hatte gegen den Vizemeister der Reichshauptstadt, die «Flieger» vom LSV, mit 3:1 gewonnen. Hertha BSC hatte in der IV. Vorrunde zum Tschammer-

Pokal Hertha-Charlottenburg mit 5:1 bezwungen. Das Wichtigste aber: Sein alter Verein, Viktoria 89 hatte im Mariendorfer Derby gegen Blau-Weiß 1:1 gespielt. In Hoppegarten beim Galopp hatte sich der Meisterreiter Otto Schmidt in bester Form gezeigt, und beim Trabrennen in Mariendorf hatte im Hauptrennen Lilienstein gesiegt. Beim Berufsboxen in der Dietrich-Eckart-Freilichtbühne hatte im Weltergewicht der Gefreite Gustav Eder mit Mühe einen Spanier besiegt. Dass bei deutschen Boxern die Dienstgrade vor dem Namen standen, irritierte Kappe noch immer.

Galgenberg kam ins Büro und schleuderte seinen Hut mit dem Geschick eines Zirkusartisten auf den Garderobenständer. Kappe applaudierte. Galgenberg verbeugte sich.

«Warum hast du heut so gute Laune, sprich?», fragte Kappe, so leiernd wie ein Schüler beim Aufsagen eines Schiller-Gedichtes.

«Weil ick noch lebe, siehste det nich!» Galgenberg hängte seinen Übergangsmantel an den Haken und setzte sich. «Hermann, ick muss mal wat Privates mit dir bereden ...»

Kappe zuckte zusammen. «Noch ein Trübsal mehr?»

Galgenberg verstand den Zusammenhang nicht, bejahte aber die Frage.

Kappe versuchte, die Sache von der heiteren Seite zu nehmen. «Habe ich Mundgeruch?»

«Nee. Möchtest du welchen haben?»

Kappe war nun doch neugierig, worüber Galgenberg mit ihm reden wollte. «Was ist denn nun?»

«Es geht um deinen Neffen, um Otto», begann Galgenberg. «Mir geht det ja nüscht an, aba ... Also, kurz und jut ...» Er wurde nun richtig amtlich und wechselte ins Hochdeutsche. «Ich war doch neulich mit Otto am Osthafen unterwegs, um Plünderer aufzuspüren und auf die sittliche Reinheit der deutschen Frau zu achten – und da ist Otto an so 'n Zuckerpüppchen geraten, eine gewisse Gerda, und mit der hat er angebändelt. Wenn er nun mit einem Tripper nach Hause kommt oder ein uneheliches Kind in die Welt setzt, dann ...», Galgenberg fiel nun wieder in den gewohn-

133

ten Jargon zurück, «dann is doch bei euch inna Familie die Kacke am Dampfen.»

Kappe stöhnte auf und verdrehte die Augen. «Auch das noch!» Und ohne lange zu überlegen, sprang er auf und eilte zu Otto ins Büro, um ihm Vorhaltungen zu machen. «Mensch, das gibt doch nur Ärger, zu Hause wie hier im Dienst!»

Otto grinste. «Du musst das ja wissen, damals mit deiner kleinen Chinesin ...»

«Du, es lohnt sich wirklich nicht!», rief Kappe. «Und das kannst du deiner Gertrud nicht antun.»

«Es war ja noch nichts weiter ...»

«Dann lass es, bevor Gertrud was davon erfährt.»

Otto presste sein Gesicht gegen die Hände und massierte mit den Fingern seine Augäpfel. «Jeden Tag kann es doch aus sein, und da will man doch noch mitnehmen, was sich bietet.»

«Wir haben fast achtzig Millionen Deutsche, die werden doch nicht alle umkommen!», rief Kappe und wunderte sich selbst über seine optimistische Sicht der Dinge. «Und man kann nur leben, wenn man denkt, dass man zu denen gehört, die noch einmal davonkommen. Vielleicht ...»

Weiter kam er nicht, denn mit einem lauten «Heil Hitler!» erschien einer von Ottos Kollegen zum Dienst, und Kappe machte sich schnell auf den Rückweg in sein Büro. Als er dort angekommen war, entdeckte er vor der Tür einen Besucher, der einen Zettel in der Hand hielt und nach der richtigen Zimmernummer suchte.

«Kann ich Ihnen irgendwie helfen?»

«Ja, ich suche den Herrn Kriminaloberkommissar Kappe.»

«Der steht vor Ihnen.»

«Angenehm. Mein Name ist Kroitsch, Heinz Kroitsch, ich bin der Mann von ...»

Kappe reichte ihm die Hand. «Mein herzliches Beileid. Hat das also mit dem Heimaturlaub geklappt?»

«Ja, drei Tage. Für die Trauerfeier und um den ganzen Papierkram zu erledigen.»

Kappe hielt ihm die Tür auf und warf einen schnellen Blick auf die Kragenspiegel des Mannes. «Umso mehr wissen wir es zu schätzen, Herr Leutnant, dass Sie sich noch Zeit für uns genommen haben ...»

Sie traten ein, und Kappe machte den Leutnant Kroitsch mit Gustav Galgenberg bekannt. «Wir beide und ein dritter Kollege, der im Augenblick außer Haus ist, bemühen uns fieberhaft, den Mann zu finden, der Ihre Frau ... aber bis jetzt leider noch immer ohne Erfolg.»

«Vielleicht kann ich Ihnen da weiterhelfen.» Kroitsch zog, nachdem er auf Piosseks Stuhl Platz genommen hatte, einen Brief aus der Tasche. «Das ist ein Liebesbrief, den meine Frau von einem glühenden Verehrer bekommen hat. Den müssen Sie wohl übersehen haben ...»

«Oh ...» Kappe empfand das als peinlich, aber die Sachen der Kroitsch waren in der Tat nur oberflächlich durchgesehen worden, weil sie sich nichts davon versprochen hatten. «Haben Sie denn jemals den Verdacht gehabt, dass Ihre Frau Männerbekanntschaften hatte?»

«Auf keinen Fall!», rief Leutnant Kroitsch. «Für Grete hätte ich meine Hand jederzeit ins Feuer gelegt!»

Kappe und Galgenberg sahen sich den Brief an, den die Ermordete erhalten hatte. Er war auf fliederfarbenem Papier geschrieben und ziemlich schwülstig:

Liebe kleine Klingelfee!
Seit ich Sie am Hermannplatz gesehen habe und Sie mich angefahren haben, weil ich Sie fast angefahren hätte, weiß ich, dass es um mich geschehen ist. Ich träume Tag und Nacht von Ihnen und werde nicht eher ruhen, als dass Sie mich erhört haben. Ich kann Ihnen vieles bieten und Ihnen versprechen, dass Sie mit mir den Himmel auf Erden haben werden. Ich bin Ihnen verfallen!
Ihr Herbert Stentsch

Der Poststempel auf dem Umschlag zeigte an, dass der Brief am 12. April aufgegeben worden war, vier Tage, bevor Grete Kroitsch erschlagen worden war. Kappe erinnerte sich daran, dass eine Nachbarin eine Stunde vor der Tat einen Unbekannten an ihrer Wohnungstür gehört und gesehen haben wollte.

«Es könnte sein, dass dieser Stentsch am Sonntag bei Ihrer Frau aufgekreuzt ist, um die Festung zu stürmen, und als sie ihn abgewiesen hat, ist er ihr in die Laube gefolgt ...»

Galgenberg stimmte ihm zu. «Ja, det könnte et jewesen sein.»

Kroitsch erhob sich. «Dann hoffe ich, meine Herren, dass Sie Ihre Pflicht bald erfüllt haben werden! Ich habe noch viel zu erledigen heute und darf mich darum verabschieden. Den Brief können Sie selbstredend behalten. Heil Hitler!» Der Leutnant gab ihnen noch die Hand, dann war er wieder verschwunden.

Jetzt erschien auch Piossek, und zu dritt machten sie sich daran, alle verfügbaren Register durchzugehen und möglichst viel über diesen Herbert Stentsch zu erfahren. Nach der Mittagspause hatten sie dann einiges Aufschlussreiche zusammengetragen.

«Am interessantesten ist ja, dass er zweimal vor Gericht gestanden hat, und beide Male haben ihn Frauen angezeigt, weil er sie gewaltsam zum Geschlechtsverkehr gezwungen haben soll», sagte Kappe.

«Und beide Male ist er freigesprochen worden», wandte Piossek ein. «Angeblich weil die Frauen ihn zu einem Schäferstündchen zu sich in die Wohnung geholt hatten und die Richter der Argumentation von Stentschs Verteidigern gefolgt sind: Die Frauen hätten das mit der Vergewaltigung nur behauptet, um nicht vor ihren Männern, die im Schützengraben liegen, als Ehebrecherinnen dazustehen.»

«Hm ...», machte Galgenberg. «Sieht aber dennoch ganz nach dem Muster aus: Und bist du nicht willig, so brauch ich Gewalt.»

«Wir sollten uns diesen Stentsch auf alle Fälle so schnell wie möglich ansehen», sagte Kappe. «Fahren wir zu Wittler in die Brotfabrik! Wer kommt mit?»

«Ich nicht», antwortete Galgenberg. «Ick bin Eigenbrötler.»

Kappe sah Piossek an. «Also wir beide.»

Allerdings wusste nur Galgenberg, wo die Maxstraße lag. «Ihr müsst zum Leopoldplatz, da geht die Maxstraße von der Schulstraße ab und mündet in die Adolfstraße. Na, mit Adolf, da kann ja nüscht mehr schiefjeh'n.»

Sie machten sich auf den Weg zur S-Bahn. Vom Alexanderplatz bis zum Bahnhof Friedrichstraße waren es nur zwei Stationen, dann war in die U-Bahn umzusteigen. Eine halbe Stunde später standen sie vor Wittlers Brotfabrik.

«Wie das hier duftet!», rief Kappe. «Allein davon kann man schon satt werden.»

«Ich werde eher hungrig», sagte Piossek.

Sie gingen auf das Pförtnerhäuschen zu, vor dem ein Einarmiger stand und eine Zigarette rauchte. «Sagen Sie bitte, wir möchten einen Herrn Stentsch sprechen, der ist Brotfahrer bei Ihnen. Wo können wir den finden?»

Der Pförtner warf den letzten Stummel seiner Zigarette auf den Boden und trat ihn aus. «Den Stentsch, den müssen Se nicht lange suchen, der kommt da jrade vonne Tour zurück.»

Kappe und Piossek winkten und ruderten mit den Armen herum, aber Stentsch sah nichts oder tat so, als würde er nichts sehen, und verschwand mit seinem Gefährt im Labyrinth des Firmengeländes. Nun war ein Lieferwagen, der von einem Akku angetrieben wurde, kein Rennwagen, aber er war immer noch schneller als die beiden Kriminalbeamten, und als er endlich an einer Rampe hielt und sie heran waren, saß kein Stentsch mehr im Führerhaus, und wen sie auch fragten, keiner wollte ihn gesehen haben.

«Die denken wohl alle, wir kommen von der Gestapo», brummte Kappe.

So bekamen sie Stentsch nicht mehr zu Gesicht, konnten aber auch nicht behaupten, er habe bei ihrem Anblick die Flucht ergriffen.

«Vielleicht hat er wirklich nicht gemerkt, dass wir ihn sprechen wollten», sagte Kappe.

«Ach was», rief Piossek, «den schreiben wir sofort zur Fahndung aus!»

Nun war es schon drei Tage her, dass Eberhard Bethge von einer SS-Streife beinahe festgenommen worden wäre. Doch noch immer litt er unter einem nervösen Zucken unter dem linken Auge, das nur Folge seines Schocks sein konnte. Wieder und wieder dachte er an seinen Bruder, wie sie den unter die Guillotine legten ... Was Eberhard gerettet hatte, war eine Frau im Hause Camphausen-, Ecke Urbanstraße, denn die hatte die Nerven verloren und trotz des Fliegeralarms ihr Wohnzimmerfenster aufgerissen – und das bei einem eingeschalteten Kronleuchter. Der SS-Mann hatte sofort von Bethge abgelassen, um zur Front des Mietshauses zu stürzen und zum zweiten Stock hinaufzubrüllen, ob sie verrückt geworden sei und die Terrorbomber anlocken wolle. Bethge hatte seine Chance genutzt und sich herumgeworfen, um unterzutauchen im Strom derer, die in den Fichtebunker eilten. Dann hatte er sich seitwärts in die Büsche geschlagen und es geschafft, durch die angrenzenden Gewerbehöfe Richtung Hasenheide zu entkommen. Er hatte immer wieder liegengelassene Zeitungen gelesen und den Gesprächen der Leute gelauscht, um abzuschätzen, wie lange es mit dem «Dritten Reich» noch gehen mochte. Auf alle Fälle zu lange, als dass er es ohne Papiere durchgehalten hätte. Früher hatte er Kontakte zu Leuten gehabt, die Personalausweise fälschen konnten, aber die saßen sicher schon lange im KZ oder im Knast, wenn man sie nicht an die Front und in den Tod geschickt hatte. Ihm blieb also nichts anderes, als sich Papiere zu stehlen – wenigstens einen Dienstausweis. Er streifte durch Berlin und suchte nach einem Reichsbahner, der wenigstens eine gewisse Ähnlichkeit mit ihm aufwies. Er überlegte, wo es in Berlin große Bahnbetriebswerke gab. Hundekehle fiel ihm ein, Tempelhof, Schöneweide, Rummelsburg. Er entschied sich für Rummelsburg und fuhr mit der S-Bahn zum Betriebsbahnhof, um dort auf jemanden zu warten, der ihm ähnlich sah und ein rundes Gesicht hatte, das ein wenig an einen Seehund erinnerte. Als er auf dem Bahnsteig stand und zum ausgedehnten Gelände des Bahnbetriebswerks hinübersah, fiel ihm ein, dass Paul Ogorzow, der berühmte S-Bahn-Mörder, hier gearbeitet hatte. Acht Morde, sechs Mordversuche, über dreißig Sittlichkeitsverbrechen. Auch er war in Plötzensee hingerichtet worden. Bethge schüttelte sich. S-Bahn-Züge kamen und fuhren wieder ab, brachten Reichsbahner zur Schicht und transportierten sie nach Hause, viele Dutzend zogen an Bethge vorbei, doch er entdeckte keinen, bei dem es sich gelohnt hätte, ihm zu folgen. Dabei quälte ihn andauernd die Angst, jemand könnte ihn ansprechen, in ein Gespräch verwickeln und dann schnell merken, was Sache war.

Endlich sah er einen Rangierer, der ungefähr seine Statur hatte und dieselbe Kopfform. Bethge zögerte nicht lange und stieg in denselben Zug Richtung Innenstadt. Am Ostkreuz verließ der Mann den Zug und arbeitete sich die steilen Treppen zum Bahnsteig der Ringbahn hinauf. Dort hieß es, ein paar Minuten zu warten. Zum Feierabend waren so viele Menschen unterwegs, dass Bethge keine Mühe hatte, unbemerkt zu bleiben. Sein Beinahe-Doppelgänger stieg in den Nordring, Bethge nahm die nächste Tür und behielt ihn im Auge, was trotz des Gedränges leicht war, da beide keinen Sitzplatz bekommen hatten. Frankfurter Allee, Zentralviehhof, Landsberger Allee, Weißensee … Bethge musste bis Prenzlauer Alle warten, bis der Mann wieder ausstieg. Der ging zur Straßenbahn hinunter, und zwar zur Haltestelle der stadtauswärts fahrenden Linien. Es kam ein Zug der Linie 71 Richtung Weißensee, Rennbahnstraße, und in dessen Beiwagen stieg der Unbekannte ein. Um sicherzugehen, nahm Bethge den hinteren Perron des Triebwagens. Der war so überfüllt, dass er halb im Freien stand, von dort aus aber den Beiwagen immer im Blick hatte. Außerdem konnte er hoffen, dass die Schaffnerin erst kam, wenn er längst wieder ausgestiegen war, denn mit dem wenigen

Geld, das er hatte, musste er sparsam umgehen. Es waren nur ein paar Haltestellen, schon an der Gustav-Adolf-Straße war der Rangierer am Ziel. Bethge sprang auf die Fahrbahn und folgte ihm, bis er in die Pistoriusstraße einbog. Links erstreckte sich ein ausgedehntes Friedhofsgelände. Gleich hinter der Friesickestraße war der Rangierer zu Hause, und Bethge hatte Glück, denn ein Nachbar grüßte ihn mit lautem Zuruf.

«Heil Hitler, Herr Wannowski! Einen schönen Feierabend.»

Mehr als den Namen brauchte Bethge nicht zu wissen. Er wartete, bis Wannowski im Hausflur verschwunden war, und folgte ihm dann, um zum Stillen Portier hinaufzublicken. Und fast hätte er gejubelt, denn Wannowski wohnte im Parterre, und an einem Maienabend gab es viele Fenster, die weit geöffnet waren.

Fand im Polizeipräsidium eine Gegenüberstellung statt, hatten Hermann Kappe und seine Kollegen von Woche zu Woche mehr Mühe, vier, fünf Männer aufzutreiben, die dem vermutlichen Täter einigermaßen ähnlich sahen. Im Mordfall Grete Kroitsch hatten sie es aber geschafft und konnten nun der Nachbarin aus dem Mietshaus am Schmargendorfer Anger ihre Kandidaten präsentieren. «Frau Lehmann, wenn Sie uns bitte sagen würden, welchen der sechs Männer Sie am 16. April, am fraglichen Sonntag also, in der Breite Straße im Treppenhaus gesehen haben ...»

Sieglinde Lehmann rückte ihre Brille zurecht. Zwar war sie als Lehrerin an sich schon lange im Ruhestand, war aber – ebenso wie Galgenberg – wieder reaktiviert worden. Sie machte noch einen derart alerten Eindruck, dass an ihrer Wahrnehmungsfähigkeit nicht die geringsten Zweifel aufkommen konnten. Sie nahm sich viel Zeit und ging hinter der Scheibe, die sie von den Männern trennte, mehrmals auf und ab. Endlich blieb sie stehen.

«Ich bin mir hundertprozentig sicher, dass es dieser Herr da war, der mir mit einem Blumenstrauß in der Hand in unserem Treppenhaus begegnet ist.»

Sie zeigte auf den Mann, der die Nummer 4 in der Hand

hielt, und das war kein anderer als Herbert Stentsch. Er war am Morgen von sich aus im Präsidium erschienen und hatte erklärt, der Pförtner bei Wittler hätte ihm erzählt, zwei Kriminalbeamte seien hinter ihm her gewesen und hätten gewinkt, dass er anhalten solle. «Es tut mir leid, ich habe nichts gemerkt.» Er hatte zugegeben, der Kroitsch einen feurigen Liebesbrief geschrieben zu haben. «Aber dass ich bei ihr zu Hause gewesen bin, ist totaler Unsinn.»

Kappe war gespannt, was Stentsch nun sagen würde, wenn sie ihn mit dem Ergebnis der Gegenüberstellung konfrontierten.

Stentsch senkte den Kopf, als er sich alles angehört hatte. «Ich merke schon, dass Sie mir keinen Glauben schenken ...»

«Bei Ihren einschlägigen Vorstrafen nicht unbedingt», sagte Piossek.

«Das sind doch alles üble Unterstellungen!», rief Stentsch. «Die Damen wollten das doch selber. Aber als ihre Männer davon Wind bekommen hatten, haben sie einfach behauptet, ich hätte sie vergewaltigt.»

Kappe sah Piossek an. Der schien das für gar nicht einmal so unwahrscheinlich zu halten. Galgenberg jedoch hielt Stentsch für einen gewissenlosen Hurenbock, das ahnte er.

Kappe fand, dass es sinnvoll wäre, die Kroitsch für einen Moment zu vergessen und zu prüfen, ob Stentsch vielleicht etwas mit der Klodzinski zu tun haben könnte, schließlich lagen die Tatorte Geisenheimer und Forkenbeckstraße recht nahe beieinander, und auch der Modus Operandi war derselbe: Zertrümmerung der Schädeldecke mit einem Beil oder einer Axt.

«Sagen Sie, Herr Stentsch, was haben Sie eigentlich am 12. Februar gemacht?»

«Daran kann ich mich beim besten Willen nicht mehr erinnern. Was soll da gewesen sein?»

«Das war der Tag, an dem Irmgard Klodzinski ermordet worden ist.»

Stentsch gab sich ahnungslos. «Ich kenne keine Irmgard Klodzinski.»

Piossek sah ihn an. «Aber in der Zeitung werden Sie davon gelesen haben.»

«Ich lese keine Zeitung.»

Kappe war verärgert. «Wenn Sie denken, dass wir in einer Komödie sind, haben Sie sich geirrt! Das hier ist eine ernste Angelegenheit, und ich will Ihnen mal sagen, was auf dem Spielplan steht: Sie wollen der Kroitsch unbedingt den Hof machen, und als Sie nicht in die Wohnung gelassen werden, lauern Sie ihr unten auf der Straße auf und folgen ihr in ihre Laube. Dort wollen Sie sich dann holen, was Sie meinen, unbedingt zu brauchen, und als sich Grete Kroitsch wehrt, nehmen Sie ein Beil und schlagen zu.»

«Nein, ich habe sie nicht ermordet!», schrie Stentsch.

«Und warum hat man den Blumenstrauß, den Sie für Frau Kroitsch gekauft haben, in der Laubenkolonie gefunden?», fragte Piossek. Das stimmte zwar nicht, und ein Kriminaler der alten Schule hätte sich solchen Bluff stets verboten, doch für Piossek galt auch hier, dass der Zweck die Mittel heiligte.

«Wie?» Stentsch starrte die drei Beamten an und brauchte einige Sekunden, um reagieren zu können. «Das muss doch nicht meiner gewesen sein!»

Galgenberg lachte. «Klar, in Berlin laufen Tausende von Menschen herum, die Blumensträuße wegwerfen. Besonders auf Friedhöfen, bei Beerdigungen.»

Kappe erinnerte sich daran, wie er in der Laube der Kroitsch am Bettzeug geschnuppert hatte und zu dem Schluss gekommen war, dass dort ein Mann gelegen haben musste. Das konnte aber unmöglich Stentsch gewesen sein. Oder war die Kroitsch mit ihm doch ins Bett gegangen, und er hatte sie erst nachher erschlagen? Warum dann aber? Die Art, wie er auf den Bluff mit den Blumen reagiert hatte, ließ jedenfalls vermuten, dass er ihr auf das Laubengelände gefolgt war. Und dann?

«Herr Stentsch», sagte Kappe, «wir behalten Sie hier, bis Sie uns gesagt haben, was am Mordsonntag wirklich passiert ist. Also, Sie werden von der Kroitsch an der Wohnungstür abgewiesen und warten unten in der Breite Straße auf sie. Nach einiger Zeit erscheint sie auch, und Sie folgen ihr in die Laubenkolonie.» Kappe stand auf und trat an den Stadtplan, der hinter ihm an der Wand befestigt war. «Es ist nicht weit. Von der Breite Straße in die Cunostraße und die hoch bis zur Kissinger Straße, dann rein in die Laubenkolonie ... Es gibt genügend Stellen und Ecken, wo Sie in Deckung gehen können, wenn die Kroitsch sich umdrehen sollte.»

«Ich bin ihr nicht bis in die Laube gefolgt!», rief Stentsch.

«Nicht bis in die Laube?», stieß Piossek nach. «Bis wohin denn?»

«Bis dahin, wo die Laubenkolonie anfängt.»

«Aha!», rief Galgenberg. «Und dann?»

«Bin ich umgekehrt und nach Hause gefahren.»

«Wie, womit?», wollte Kappe wissen. «Mit Ihrem Brotauto?»

«Nein, mit der Straßenbahn.»

«Mit welcher Linie, und wo sind Sie eingestiegen?»

Stentsch musste nicht lange nachdenken. «Na, in der Breite Straße wieder, in die 51.»

«Nachdem Sie die Kroitsch erschlagen hatten?»

«Nein!», schrie Stentsch.

So ging es über mehrere Stunden hinweg. Sie ließen nicht locker, denn alle drei waren überzeugt davon, dass der Brotfahrer noch immer nicht die volle Wahrheit gesagt hatte. Kurz vor Mitternacht hatten sie ihn dann so weit, wenigstens ein Teilgeständnis abzulegen.

«Ja, ich bin ihr hinterher und habe gesehen, wie sie ihre Parzelle betreten hat. Ich habe jedoch den Mut verloren und bin zurück zur Breite Straße, um nach Hause zu fahren. Die 51 war aber gerade weg, und so bin ich wieder hin aufs Laubengelände. Als ich da ankam, stand alles offen, das Gartentor und die Tür zur Laube. Ich habe nach Frau Kroitsch gerufen, aber keine Antwort bekommen. Da bin ich dann rein und ... habe sie gefunden. Tot, in einer Blutlache.»

Piossek schüttelte den Kopf. «Und Sie sind nicht zur nächsten Telefonzelle gerannt, um die Polizei zu holen?»

«Nein, ich bin in Panik weg. Denn ich wusste ja, dass mich alle ... bei meinem schlechten Ruf und meinen Vorstrafen ...»

Dabei ließen die Kommissare es in dieser Nacht bewenden. Stentsch wurde zurückgebracht in seine Zelle, sie machten sich auf den Heimweg. Am nächsten Morgen saßen sie dann bei Dr. Morack, um Bericht zu erstatten.

Ihr Vorgesetzter hörte sich alles aufmerksam an und fragte sie dann: «Was sagt Ihnen Ihr Gefühl, meine Herren?»

Galgenberg erlaubte sich zu scherzen: «Ich schließe mich der Meinung des Kollegen Kappe an.»

Dr. Morack staunte. «Der hat doch noch keine geäußert!»

«Ich kenne sie aber trotzdem – so lange, wie wir beede ...»

«Also, Kappe?»

«Ich glaube, dass Herbert Stentsch die Wahrheit gesagt hat. Für mich ist er kein Mörder.»

«Danke!» Dr. Moracks Blick ging zu Piossek hinüber. «Und Sie?»

«Ich bin der Ansicht, dass er's gewesen ist, und auch was die Klodzinski betrifft, halte ich ihn für verdächtig.»

«Gut», beendete Dr. Morack die Befragung. «Menschen wie dieser Stentsch sind für mich ein Krebsgeschwür im gesunden Volkskörper und gehören alle ins KZ. Wir behalten ihn in Untersuchungshaft, bis wir ihn endgültig überführt haben oder es Fakten gibt, die seine Unschuld beweisen.»

FÜNFZEHN

HERMANN KAPPE hatte im Café Kranzler gesessen und auf seinen Freund Theodor Trampe gewartet, als es losgegangen war. Mit dem Strom der anderen Gäste hatte es ihn in einen Luftschutzraum in der Friedrichstraße geschwemmt. Dort hatte er das Inferno überlebt. Das Kranzler-Eck war zerstört worden, ebenso der Französische Dom. Nun kämpfte er sich durch brennende Straßen Richtung Belle-Alliance-Platz. Die Hitze war unerträglich, Asche regnete vom Himmel. Die Luft war voller Brandgeruch, und Rauchschwaden machten ihm das Atmen schwer. Kappe hustete sich die Lunge aus dem Hals. Überall irrten verstörte Menschen umher, die nur das Notwendigste gerettet hatten. Einige trugen noch ihre Schlafanzüge, über die sie hastig einen Mantel geworfen hatten. Kappe schaffte es bis in die Yorckstraße, schwor sich aber, in Zukunft abends lieber zu Hause zu bleiben und im Luftschutzkeller seines Bruders Zuflucht zu suchen.

So überstand er auch den großen Luftangriff vom 24. Mai. Am nächsten Morgen saß er mit seinem Bruder und seiner Schwägerin sowie seinem Neffen und dessen Frau am Frühstückstisch. Auch Otto und Gertrud hatten in der Yorckstraße übernachtet.

Viel stand nicht auf dem Tisch, denn üppige Mahlzeiten gaben ihre Lebensmittelkarten nicht her, aber es gelang ihnen, sich für kurze Zeit ein bisschen Frieden vorzugaukeln und einmal nicht um Martin zu trauern und von ihren Ängsten erdrückt zu werden.

Hermann Kappe langte nach der Tageszeitung, die sein Bruder abonniert hatte. Eine richtige Schlagzeile gab es heute nicht. Wahrscheinlich hatte es an keiner der vielen Fronten einen siegreichen Rückzug der Deutschen gegeben. Laut las er die Überschriften der Berliner Seite vor: «*Ehrung für opferbereiten Einsatz – Stellvertretender Gauleiter Schach dankt den Berliner NSKK-Männern – Diesen Männer liegt es ob, in Stunden höchster Gefahr bei Nacht und Nebel, in Rauch und Wind wertvolles Räumungsgut zu bergen ...*»

«Bei dir war keiner da und hat etwas geborgen», sagte sein Bruder. Er hielt nicht viel vom Nationalsozialistischen Kraftfahrkorps.

«Das ist doch prima, dass wir unser Gerümpel auf diese Art und Weise losgeworden sind», meinte Kappe bitter. «Klara konnte sich von nichts trennen, und was habe ich ihr in den Ohren gelegen, einmal alles auszumisten. Da siehste mal: Der Krieg ist der Vater aller Dinge.» Dann las er weiter: «*Starke Beteiligung am SA-Wehrschießen – Wie stark im deutschen Volke der Wille zur Wehrbereitschaft ist, geht aus der ständig steigenden Zahl der Teilnehmer hervor.* 3,3 Millionen haben bereits daran teilgenommen, steht hier.»

«Wunderbar», sagte Oskar Kappe. «Wenn die Amis und die Russen in Berlin einmarschieren, stehen wir alle am Fenster, schießen auf sie und erringen dadurch den Endsieg.»

Gertrud Kappe wollte wissen, was es in der Oper gebe.

Ihr Mann lachte. «Nichts mehr, die liegt doch in Trümmern!»

«Aber sie spielen weiter im Admiralspalast.»

«18.30 Uhr – *Madame Butterfly*», verriet ihr Kappe.

«Und was gibt's in der Plaza?»

«Noch immer die Varieté-Revue mit Karl Napp.»

«Da will ich hin!»

Kappe versprach ihr, sich um Karten zu kümmern, und kam zum Ende seiner Lektüre: «*Wir verdunkeln heute: Von 22.04 Uhr bis 4.20 Uhr.*»

Nach dem letzten Schluck von Friedas veredeltem Muckefuck – drei echte Bohnen hatte sie gemahlen und in den Malzkaffee getan – brach alles auf. Kappe und sein Neffe gingen zur U-Bahn, um bis Friedrichstraße zu fahren und dort in die S-Bahn umzusteigen.

«Na, hast du dich schon an deine neue Heimat gewöhnt?», fragte Otto.

«Na, ich bin ja sozusagen alter Kreuzberger.»

Im Büro saßen Galgenberg und Piossek und drehten Däumchen. Kappe begrüßte sie und fragte, ob denn einer Skatkarten dabeihabe.

«Wehe!», rief Piossek. «Wenn Dr. Morack das sieht, schickt er uns alle an die Front!»

Kappe stimmte ihm zu. «Wir sollten in den Fällen Klodzinski und Kroitsch wirklich etwas mehr Eifer an den Tag legen und bald mit Siegesmeldungen kommen.»

Piossek rang die Hände. «Warum können wir uns nicht darauf einigen, dass dieser Richard Grimnitz die Klodzinski umgebracht hat und der Stentsch die Kroitsch?»

«Weil es keine hieb- und stichfesten Beweise dafür gibt», antwortete Kappe.

Piossek winkte ab. «Für Gott gibt es auch keine hieb- und stichfesten Beweise, und trotzdem glauben viele Millionen an ihn.»

Galgenberg fasste zusammen: «Der Grimnitz ist tot und kann kein Geständnis ablegen, und der Stentsch schmort nun auch schon ewig in seiner Zelle und will noch immer nichts gestehen.»

Kappe seufzte. «Vieles spricht tatsächlich dafür, dass sie's nicht gewesen sind.»

«Aber einer muss es doch gewesen sein!», rief Piossek.

Galgenberg staunte. «Ich denke, zwei? Einer hat die Klodzinski und der andere die Kroitsch ...»

«Aufhören!», rief Piossek.

«Am besten, wir schlafen jetzt», sagte Galgenberg.

«Wieso denn das?»

«Na, den Seinen gibt's der Herr im Schlafe.»

Kaum hatten sie ihre Frühstücksbrote ausgepackt, da stand Otto Kappe im Zimmer und wandte sich seinem Onkel zu. «Ich hatte gerade im RSHA zu tun, II B 4, Ausländerpolizei, und da habe ich diesen anonymen Brief auf dem Tisch gefunden und gleich an dich gedacht, denn im Mordfall Klodzinski seid ihr doch auch bei einer Gisela Lindenkranz gewesen, und um die geht es hier.»

Kappe dankte Otto und überflog das Schreiben, das auf einer offenbar sehr alten Maschine verfasst worden war und kein Datum trug.

Sehr verehrte Herren!
Als gute Deutsche kann ich nicht mehr mit ansehen, was da in der Dillen-
burger Straße geschieht. Dort unterhält die Gärtnereibesitzerin Gisela
Lindenkranz ein geheimes geschlechtliches Verhältnis zu einem polnischen
Zwangsarbeiter und Untermenschen mit dem Namen Andrej Gołyszyn,
obwohl darauf – zu Recht! – die Todesstrafe steht. Besonders verwerf-
lich ist es, weil der Ehegatte der Lindenkranz im Felde steht und für den
Endsieg unseres Führers kämpft. Bitte, machen Sie diesem Treiben schnell
ein Ende! Weitergehende Schlüsse im Hinblick auf spezielle Aktivitäten
der Lindenkranz zu ziehen, möchte ich Ihnen überlassen.
Heil Hitler!

Kappe ekelte sich vor Schreiben dieser Art. «Was nützt uns das?»

Piossek hatte die Antwort schnell gefunden. «Die Schreiberin dieser Zeilen könnte nicht die einzige gewesen sein, die etwas ge-merkt hatte. Vielleicht hat auch die Klodzinski davon gewusst. Dann hätte die Lindenkranz ein schönes Motiv gehabt, sie zum Schweigen zu bringen. Das ist offensichtlich eine der Schlussfol-gerungen, die wir selber ziehen sollen.»

«Ist das nicht ein bisschen weit hergeholt?», fragte Kappe.

«Jeder Spur ist nachzugehen», beharrte Piossek.

Kappe lenkte ein. «Gut, gehen wir. Wer geht mit mir?»

Galgenberg reckte den Finger hoch. «Olle Icke! Ick war ja schon mal mit. Breitenbachplatz, Dillenburger Straße.»

Piossek widersprach nicht, und so zogen Kappe und Galgen-berg ab, als es gerade elf geworden war.

Der Angeschuldigte Theodor Trampe, der überwiegend bei der Firma Eikermann Apparatebau in Berlin-Wittenau beschäftigt war, hat sich im Laufe des Jahres 1942 einer kommunistischen Gruppe angeschlossen. Neben allgemeiner kommunistischer Werbung durch Mund- und Flugblattpropaganda, die er insbesondere auch gegenüber französischen Zivilarbeitern und Ostarbeitern bis zum Tage seiner Festnahme betrieb, hat er, vor allem um die deutsche Kriegswirtschaft zu schwächen, Parolen zur Arbeitssabotage ausgegeben.

Für ihre Agitation und Werbung kam der illegalen Gruppe zustatten, dass Trampe kommunistische Propagandaschriften – das sogenannte Mannhart-Material – von bisher unbekannter Seite zugesandt erhielt. Hierbei handelte es sich um Hetzschriften, die mit «Mannhart» unterzeichnet waren, und in denen neben allgemeiner kommunistischer Propaganda zur offenen Auflehnung gegen die nationalsozialistische Führung und zur Vereinigung mit der Sowjetunion aufgefordert wurde.

Der Angeschuldigte hat hierdurch ein hochverräterisches Unternehmen, das darauf gerichtet gewesen ist, einen organisatorischen Zusammenhalt der illegalen KPD herzustellen, vorbereitet und es gleichzeitig unternommen, während eines Krieges gegen das Reich der feindlichen Macht Vorschub zu leisten und der Kriegsmacht des Reiches einen Nachteil zuzufügen.

Als Theodor Trampe diese Anklageschrift zum ersten Mal las, konnte er trotz allen Schreckens ein leichtes Schmunzeln nicht unterdrücken. Er, der eingefleischte Sozialdemokrat, der gegen die Kommunisten mit fast demselben Eifer wie gegen die Nazis gekämpft hatte, stand nun als Kommunist vor Gericht. Was ihn geradezu mit Stolz erfüllte, war die Wendung *von bisher unbekannter Seite*, denn die war der Beweis dafür, dass er bei der Gestapo auch unter schwerer Folter Dr. Kleese nicht verraten hatte. Irgendwer aus ihrer Gruppe musste Trampe verpfiffen haben, wahrscheinlich der Hans. Die Gestapo war in seiner Firma aufgetaucht, hatte den Umkleideraum durchsucht und im Futter seines Mantels drei noch nicht verteilte Flugblätter entdeckt.

Nun begann der Prozess. Drei Möglichkeiten gab es für ihn: Wenn er Glück hatte, kam er ins Zuchthaus, wenn er Pech hatte, empfing er sein Todesurteil – und irgendwo dazwischen lag die Einweisung ins KZ. Es war ihm gleichgültig, er hatte mit dem Leben abgeschlossen und war mit sich im Reinen. Er hatte alles getan, was in seinen Kräften stand, um das Böse zu bekämpfen. Egal, ob sie ihn köpften, erschossen oder erhängten, wenn er seinen letzten Gang antrat, dann aufrecht und mit erhobenem Haupt.

Hermann Kappe und Gustav Galgenberg stiegen ins Labyrinth des U-Bahnhofs Alexanderplatz hinab. Seit die Linie E nach Friedrichsfelde eröffnet worden war, hatten sie sich auf dem Weg zum Bahnsteig der anderen beiden Linien schon einige Male verlaufen. Als sie den Bahnsteig der Linie A erreicht hatten, war gerade ein Zug in Richtung Pankow eingelaufen, und wie immer hatten es die Aussteigenden sehr eilig. Kappe wurde von einem dicken Mann angerempelt und wollte sich gerade beschweren, da erkannte er seinen alten Freund Gottlieb Lubosch. Der war ebenfalls stutzig geworden und fuhr herum. Sie starrten sich an, dann lachten sie auf und umarmten sich.

«Mensch, Hermann!»

«Mensch, Liepe! Schön, dass du noch lebst! Wo wolltest du denn hin?»

«Na, zu dir! Gestern war ich in Wendisch Rietz und habe deine Klara getroffen, und da ich heute sowieso in Berlin zu tun habe, wollte ich einen kleinen Abstecher machen.»

«Das ist eine gute Idee!»

Gottlieb Lubosch, Kellner von Beruf und von allen Liepe gerufen, war Kappes ältester Freund. Die beiden kannten sich, solange sie zurückdenken konnten, und waren wie Zwillinge aufgewachsen. Schon ihre Mütter hatten als Kinder miteinander gespielt, und die Väter fuhren gemeinsam zum Fischen auf den See hinaus. Zusammen mit Liepe hatte Hermann Kappe in Wendisch Rietz die

Schulbank gedrückt und in Berlin sein Dienstjahr beim Kaiser-Franz-Garde-Grenadier-Regiment absolviert. Als Bursche eines feinsinnigen Offiziers hatte Lubosch seine Liebe zum Dienen und Servieren entdeckt und war Kellner geworden. Bis zu Kempinski und ins feudale Adlon hatte er es geschafft und dabei so viel an Trinkgeldern eingenommen, dass er sich 1928 seinen großen Traum erfüllen konnte: Am Scharmützelsee eröffnete er ein eigenes kleines Hotel.

In den letzten Jahren hatten sie sich aber aus den Augen verloren, denn Lubosch war relativ früh Mitglied der NSDAP geworden und hatte sich zu einem jener feinen Pinkel entwickelt, die Kappe zuwider waren.

Kappe musterte Lubosch. Kein Wunder, dass er ihn nicht sofort erkannt hatte, denn Liepe war dick, ja feist geworden und schien sich Hermann Göring zum Vorbild genommen zu haben. Aber was macht das schon, dachte Kappe, wir haben so viel Schönes und Aufregendes miteinander erlebt, das wiegt viel schwerer.

«Ich dachte, wir gehen in ein Café und plaudern ein wenig miteinander», sagte Lubosch. «Ich würde gern hören, wie es dir und den alten Kameraden so geht.»

«Freunden», murmelte Kappe, um dann laut zu sagen, dass er im Dienst sei und zwei Mordfälle aufzuklären habe.

«So isses!», fügte Galgenberg hinzu, der Kappes Gedanken mit den Jahren immer öfter erriet. «Höchstens ein Bier am Stehausschank.»

Lubosch verzog das Gesicht. «Das ist unter meinem Niveau.»

Kappe schwankte. Am liebsten hätte er adieu gesagt, andererseits war Freundschaft ein hohes Gut, und vielleicht war Liepe ein prima Kerl geblieben – trotz seines Parteiabzeichens am Revers. «Gut, suchen wir uns ein Café. Aber länger als eine Stunde geht es beim besten Willen nicht, und Marken für Kuchen kann ich auch keine entbehren.»

Bei einer Tasse Muckefuck kam nur langsam eine Unterhaltung zustande. Kappe erzählte, wie es ihm und den Seinen in den letzten Jahren ergangen war, und schloss mit der Bemerkung, dass die herrlichen Zeiten, die der Führer allen versprochen habe, sich bei ihnen nicht ganz so herrlich gezeigt hätten.

Lubosch dagegen meinte, er könne nicht klagen. «Bei mir ist alles bestens.» Drei Töchter hatte er, brauchte also um keinen Sohn zu bangen, und seine Mädels hatten alle eine gute Partie gemacht und Männer geheiratet, die Chefarzt waren oder bei der IG Farben und bei Junkers in der Chefetage saßen. «Das waren alles Gäste von mir und haben zugegriffen, als sie Ingrid, Jutta und Marianne gesehen haben. Nun ja, meine Frau, die Martha, hat ein bisschen nachgeholfen. Jede Frau ist eine verkappte Kupplerin. Jedenfalls sorgen unsere Schwiegersöhne dafür, dass viele Gäste zu uns kommen, auch hohe Tiere aus den Ministerien und der Partei.» Er zählte ein paar Namen auf, bei denen Kappe innerlich zusammenzuckte, und lachte. «Du weißt doch, mein Lieber, Fett schwimmt immer oben – und *ich* schwimme oben.»

Abneigung gegen diesen Menschen stieg in Kappe hoch, und das machte ihn traurig. Es war schon schlimm genug, dass man dauernd Menschen verlor, weil sie an den Fronten fielen oder in Luftschutzkellern starben, nun kam auch noch jemand hinzu, der sich im Laufe der Zeit sehr verändert hatte und ihm so fremd geworden war, dass er hoffte, ihm nie wieder zu begegnen.

Er war bedrückter Stimmung, als sie in die U-Bahn stiegen, um zum Breitenbachplatz zu fahren.

«Et is keen schönet Jefühl, wenn man uff'm falschen Dampfer sitzt», sagte Galgenberg.

«Ich sitze ja schon auf dem richtigen Dampfer», widersprach ihm Kappe. «Auch wenn der am Untergehen ist.»

«Jibt's nüscht zu lachen?», fragte Galgenberg, und da ihnen nichts einfiel, erzählte er den neuesten Witz. «Wie sieht ein echter Arier aus?»

«Keine Ahnung.»

Galgenberg verriet es ihm: «Blond wie Hitler, groß wie Goebbels und schlank wie Göring!»

Auch Kappe fiel etwas ein. «Was ist der Unterschied zwischen Christentum und Nationalsozialismus?»

Jetzt musste Galgenberg passen.

«Na, ganz einfach: Im Christentum starb einer für alle!»

Galgenberg sah sich um, ob sie auch niemand belauschte, dann beglückte er Kappe mit einem kleinen Gedicht:

Lieber Gott, mach mich stumm,
dass ich nicht nach Dachau kumm.
Lieber Gott, mach mich blind,
dass ich alles herrlich find.
Lieber Gott, mach mich taub,
dass ich an die Lügen glaub.
Mach mich blind, stumm und taub zugleich,
dass ich pass ins Dritte Reich.

Als sie in den Zug nach Krumme Lanke eingestiegen waren, schwiegen sie lieber. Sah Kappe in die Gesichter der anderen Fahrgäste, hatte er das Gefühl, alle führen zu einer Beerdigung. Nur ein paar Halbwüchsige alberten herum. Kappe versuchte sich vorzustellen, wie es in diesem U-Bahn-Wagen wohl aussehen würde, hätte es kein 1933 und keinen Führer gegeben. Ohne es zu wollen, hatte er die Bilder aus dem Jahre 1902 vor Augen, als die ersten U-Bahn-Züge über die Hochbahn gerollt waren, noch zu «Kaisers Zeiten». Was hatten er und seine Freunde über die Hohenzollern geschimpft, doch was war Wilhelm II., gemessen an Adolf Hitler, für ein wunderbarer Mensch gewesen! Aber es waren ja die alten Eliten aus dem Kaiserreich gewesen, die der Weimarer Republik den Garaus gemacht und die Nazis an die Macht gebracht hatten – mit diesem senilen Armleuchter Paul von Hindenburg an ihrer Spitze.

Am Breitenbachplatz stiegen sie aus und nahmen Kurs auf die Dillenburger Straße und die Gärtnerei. Sie fanden Gisela Lindenkranz unter einem weiß blühenden Kirschbaum, wo sie gerade einen Leimring um den Stamm band.

«Guten Tag, Frau Lindenkranz!», rief Kappe.

Sie fuhr herum, als sie die beiden Männer erblickte, schien aber nicht sonderlich erschrocken zu sein.

«Sind Sie noch mal wegen der Klodzinski hier?», lautete ihre erste Frage, nachdem man sich die Hand gegeben und begrüßt hatte.

«Erraten!» Kappe wusste nicht, wie er beginnen sollte. Vielleicht war es besser, sie sprachen erst einmal mit dem Polen. «In dieser Sache hätten wir gern mit dem Fremdarbeiter gesprochen, der hier bei Ihnen beschäftigt ist, einem gewissen ...» Der Name wollte ihm nicht gleich einfallen.

«Andrej Golyszyn.» Galgenberg hatte das wesentlich bessere Namensgedächtnis.

Gisela Lindenkranz blickte an ihnen vorbei in die Blüten des Kirschbaumes. «Der ist nicht mehr hier, den hat die Gestapo mitgenommen.»

«Warum denn das?»

«Es hat ihn jemand angezeigt, er soll englischen Bomberpiloten Lichtzeichen gegeben haben.»

«Und wann war das?», fragte Kappe. «Wann ist er verhaftet worden?»

«Gestern.»

Kappe überlegte. Es war alles sehr verwirrend. Die Klodzinski konnte den Polen nicht angezeigt haben, und dass der anonyme Brief von ihr stammte, war sehr unwahrscheinlich, dann hätte er ein Vierteljahr herumliegen müssen, ohne dass er von jemandem beachtet worden wäre. Also musste es mindestens zwei Menschen gegeben haben, die von dem Liebesverhältnis zwischen der Lindenkranz und dem Polen gewusst hatten – vorausgesetzt, es hatte eines gegeben. Und wenn, dann konnte auch dieser Andrej Golyszyn die Klodzinski erschlagen haben ... Kappe bekam Kopfschmerzen, wenn er das alles durchdachte. Was sollte er als Erstes tun? Herausfinden, ob der Pole und die Lindenkranz wirklich das getan hatten, worauf im «Dritten Reich» die Todesstrafe stand!

Aber Beweise dafür würden sich schwer finden lassen, und beide würden mit Nachdruck alles abstreiten.

Schließlich entschloss er sich, der Lindenkranz den anonymen Brief zu zeigen. «Hier ... Bitte lesen Sie das einmal und sagen mir dann, was Sie davon halten ...»

Gisela Lindenkranz nahm den Brief und murmelte, dass sie ohne Brille hilflos sei, versuchte es aber dennoch. Ihre Augen füllten sich mit Tränen. «Dass Menschen so gemein sein können!»

Galgenberg wollte nicht vergeblich mitgekommen sein und fühlte sich gedrängt, auch einmal das Wort zu ergreifen. «Ham Se nun mit ihm, oder ham Se nich?»

Voller Empörung rief die Lindenkranz, dass das gänzlich auszuschließen sei. «Mein Mann ist Offizier und steht im Felde, und ich bin ihm immer treu gewesen! Und außerdem habe ich diesen dreckigen Polen immer verabscheut, das kann Ihnen hier in Schmargendorf jeder bezeugen!»

«Wo hat denn Ihr polnischer Fremdarbeiter geschlafen?», wollte Kappe wissen.

Gisela Lindenkranz zeigte in Richtung der Lentzeallee. «Da hinten im alten Hühnerstall.»

Trotz seiner langen Dienstjahre hatte Kappe noch immer nicht die Kunst entwickelt, einem Menschen vom Gesicht abzulesen, ob er log oder nicht. Möglich war alles, und ein Tabubruch war immer höchst reizvoll, auch wenn er mit der Todesstrafe verbunden war. Letzteres war den beiden vielleicht erst bewusst geworden, nachdem sie jemand dabei beobachtet hatte, dass sie etwas miteinander hatten – und da hatten sie sich vielleicht nicht anders zu retten gewusst, als diese Person, die Klodzinski, zu eliminieren. Entweder er oder sie oder beide zusammen. Das schien logisch. Kappe stellte sich vor, wie es abgelaufen sein konnte: Die Lindenkranz und der Pole waren auf dem Gelände der Gärtnerei zugange. Sie waren sich sicher, allein zu sein, denn es war längst Feierabend und alle Arbeiterinnen waren nach Hause gegangen.

Doch die Klodzinski, die schon lange etwas gewittert hatte, kam zurück, schlich sich zum Hühnerstall und belauschte die beiden, indem sie ihr Ohr gegen die Fensterscheibe presste. Dabei stieß sie eine Harke um und lief weg. Der Pole hörte die Geräusche, öffnete die Tür und sah im Mondlicht die Klodzinski davonlaufen. Er kannte sie, sie arbeitete ja aushilfsweise in der Gärtnerei. Die Lindenkranz und ihr Andrej sahen sich an und dachten: Die oder wir! Denn sie wussten, dass die Klodzinski in der NSDAP war und den Führer anbetete wie einen Gott. Bevor sie zur Gestapo laufen konnte, mussten sie zuschlagen ...

«Ob Sie uns diesen Hühnerstall mal zeigen können?», bat Galgenberg.

Gisela Lindenkranz führte sie hin, und Kappe fand, dass dieser hölzerne Verschlag, so primitiv er sein mochte, durchaus als Liebesnest dienen konnte, weil er so abgelegen war und abends wie erst recht nachts hier nie ein Mensch vorbeikam.

Kappe fixierte die Gärtnerin. «Sie bleiben dabei, dass es zwischen Ihnen und dem Polen nie etwas gegeben hat? Nicht hier in diesem Schuppen und auch sonst nirgendwo?»

«Nein, ich verabscheue diesen Untermenschen. Wie oft soll ich Ihnen das noch sagen?»

Ihr Ausbruch hielt Galgenberg und Kappe dennoch nicht davon ab, den Hühnerstall nach Gegenständen abzusuchen, die auf ihre Anwesenheit schließen lassen konnten. Doch ihre Mühen waren vergeblich.

«Sehen Sie nun ein, dass Sie mir bitter Unrecht tun?», rief die Lindenkranz.

«Ja, entschuldigen Sie.» Doch so ganz aufgeben wollte Kappe noch nicht. «Aber dieser anonyme Brief ist nun mal in der Welt, und jemand muss ihn geschrieben haben. Nur wer? Vielleicht jemand, der neidisch auf Sie ist, jemand, der Ihnen nicht freundlich gesinnt ist?»

Gisela Lindenkranz zuckte mit den Schultern. «Ich weiß es nicht. Ich dachte immer, dass ich bei allen beliebt bin.»

«Wir hätten schon gern gewusst, wer alles in Frage kommen könnte», sagte Kappe. «Bitte schreiben Sie uns doch alle Hilfskräfte auf, die hier bei Ihnen in der Gärtnerei arbeiten oder gearbeitet haben, und dazu alle Ihre Nachbarn und Stammkunden.»

«Gern. Aber was den Mörder der armen Irmgard Klodzinski betrifft, da wissen doch hier in der Gegend alle, wer es war: derselbe wie bei der Kroitsch, einer dieser Deserteure, die sich hier verstecken. Wenn die aufgestöbert werden, dann geht es für die doch um Leben und Tod, und dann heißt es: Du oder ich.»

«Wir danken Ihnen für diesen Hinweis», sagte Galgenberg, der Mühe hatte, nicht die Augen zu verdrehen. «Darauf wären wir selber nie gekommen.»

Damit verabschiedeten sie sich von Gisela Lindenkranz und machten sich auf den Rückweg ins Präsidium.

SECHZEHN

DAS KONZENTRATIONSLAGER SACHSENHAUSEN war im Jahre 1936 von Häftlingen der Emslandlager errichtet worden. Es galt als Muster für andere Konzentrationslager, SS-Wachmannschaften wurden hier ausgebildet. Häftlinge waren anfangs politische Gegner des NS-Regimes, später jedoch immer mehr Juden, Homosexuelle, Zeugen Jehovas und geistig Behinderte – Menschen, die zu den von den Nationalsozialisten als rassisch und biologisch minderwertig erklärten Gruppen gehörten. Ab 1939 wurden auch Bürger der besetzten Staaten inhaftiert.

Das alles hatte Hermann Kappe sozusagen auf dem Dienstweg erfahren, über anderes wurde nur geflüstert: dass in Sachsenhausen Zehntausende durch Hunger, Krankheiten, Zwangsarbeit, Misshandlungen und infolge medizinischer Experimente ums Leben gekommen waren. So genau wollte er es auch gar nicht wissen, denn es war ihm klar, dass er bei einigen Leuten auf der Abschussliste stand und als Kandidat für Sachsenhausen galt. Darum hatte er lange daran gedacht, Piossek und Galgenberg nach Sachsenhausen zu schicken, um mit Andrej Golyszyn zu sprechen, sich dann aber seiner Schwäche geschämt und dazu durchgerungen, selbst zu fahren. Mit Galgenberg zusammen, denn von dem war nichts zu befürchten, sollten Kappe unvorsichtige Äußerungen entschlüpfen.

Sie waren am Bahnhof Friedrichstraße in die S-Bahn nach Oranienburg gestiegen, und die brauchte eine Dreiviertelstunde für diese Strecke. Es dauerte eine kleine Ewigkeit, bis sie hinter Frohnau die Stadtgrenze passiert hatten.

«Klaras Traum war immer ein Häuschen hier im Grünen», sagte Kappe. «Aber jeden Tag diese ewige Fahrerei hin und zurück …»

Galgenberg überlegte. «Ich weiß, die Berliner möchten immer gerne hinten raus die Friedrichstraße haben und vorne raus die Ostsee. Wer hat das noch mal gesagt?»

«Keine Ahnung, aber wahrscheinlich Tucholsky.» Den Namen hatte Kappe nur geflüstert. «Nun ist es schon neun Jahre her, dass er in Schweden Selbstmord begangen hat.»

«Vielleicht war es der bessere Weg für ihn», sagte Galgenberg.

«Ich glaube schon», murmelte Kappe.

Hohen Neuendorf, Birkenwerder, Borgsdorf. Kappe war mit seiner Familie nicht oft im Norden gewesen. Wo er bisher gewohnt hatte, in SO 36, Britz und jetzt in der Großen Frankfurter Straße, zog es die Leute am Wochenende immer in den Südosten, in die Müggelberge, nach Schmöckwitz oder an die Woltersdorfer Schleuse, aber er erinnerte sich an einen Betriebsausflug an den Lehnitzsee, und von daher hatte er die Landkarte noch gut vor Augen. «Wenn wir eine Station früher aussteigen, können wir noch einen kleinen Spaziergang um den Lehnitzsee machen, und zum KZ ist es auch nicht viel weiter, als wenn wir in Oranienburg aussteigen.»

«Nee, höchstens doppelt so weit», merkte Galgenberg an. «Aber meinetwegen. Da jibt et sicherlich 'n Jebüsch, in dem ick mal pinkeln jehn kann.»

«Außerdem kriegen wir da keine Bomben auf den Kopf, wenn es heute mal wieder einen Tagesangriff geben sollte», fügte Kappe hinzu.

Oranienburg war ein beliebtes Ziel der angloamerikanischen Bomber, denn in seinen Mauern gab es eine Reihe kriegswichtiger Betriebe, so das Kaltwalzwerk, die Argus Motoren Gesellschaft und vor allem die Auerwerke und die Heinkel Flugzeug AG mit ihrer Werkssiedlung Weiße Stadt und einem Werkflughafen im Süden der Stadt.

So stiegen sie beim Lehnitzsee aus und versuchten sich zu orientieren. Offensichtlich hatte man ein paar Straßen mit Gärten und Einfamilienhäusern zu durchqueren, ehe man an das Seeufer gelangte. Einen Einheimischen zu fragen hielten sie für unter ihrer Würde. Sie schafften es auch so und ließen sich erst einmal auf einem umgestürzten Baumstamm nieder, als sie das Gewässer erreicht hatten.

«Drüben am anderen Ufer liegt Oranienburg», erklärte Kappe.

«Mensch», rief Galgenberg, «gut, dass du mir das sagst! Ich hätte es glatt für Königs Wusterhausen gehalten.»

«Klar, die haben auch ihr Schloss – wenn auch kein so großes.»

Galgenberg seufzte. «Wie sagt meine Mutter immer? Durch Reden kommt 'ne Unterhaltung zustande.»

Daraufhin schwieg Kappe erst einmal eine Weile. Galgenberg hatte ja recht, es war bei ihnen wie bei einem alten Ehepaar. Wenn er nachrechnete, hatte er an der Seite des Kollegen vielleicht mehr Stunden verbracht als mit Klara.

Schließlich war es Galgenberg, der ihr Schweigen brach. «Det ist hier wie im tiefsten Frieden ...»

Kappe nickte. «Du sagst doch immer: Halte dir an die Natur, sie allein bejlückt dir nur.»

Galgenberg blickte auf seine Armbanduhr. «Ich glaube, wir müssen ...»

«Ja, vom Paradies direkt in die Hölle.»

Sie gingen am Ufer entlang, zum Schluss auf einem Damm durch ein morastiges Gebiet hindurch, bis sie die Chaussee nach Schmachtenhagen erreichten. Sie wandten sich nach links, um auf einer breiten Brücke den Hohenzollernkanal zu überqueren, der hier am Auslauf des Lehnitzsees seinen Anfang nahm.

Kappe zeigte nach rechts hinüber. «Da ist die Schleuse.»

«Ach nee! Ick hab det Ding für det Schiffshebewerk Niederfinow jehalten.» Galgenberg ging es ein wenig auf die Nerven, dass der Jüngere heute andauernd den Oberlehrer spielen musste.

Rechts hinter der Schleuse lag ein kleiner Hafen mit dem

Klinkerwerk, das Eingeweihte als die Mordfabrik des KZ Sachsenhausen bezeichneten. Hier wurden Ziegel für Albert Speers Großbauvorhaben in Berlin produziert, für den Aufbau der Reichshauptstadt Germania. Kappe hatte vor zwei Jahren Kollegen flüstern hören, dass hier an die zweihundert Homosexuelle gezielten Mordaktionen der SS zum Opfer gefallen sein sollten.

Sie kamen zur Bernauer Straße und standen schließlich vor dem Eingang des Konzentrationslagers.

«Mir is nich jut», sagte Galgenberg. «Und außerdem bin ick schon pensioniert. Willste nicht allein rein und mit dem Polen reden?»

«Meinetwegen.» Kappe war das gar nicht einmal so unlieb, denn irgendwie ließ ihn der Gedanke nicht los, dass sie ihn gleich dabehalten könnten, und dann konnte Galgenberg zu Grienerick laufen und sehen, dass der ihn wieder freibekam.

Das KZ Sachsenhausen war in Form eines gleichschenkligen Dreiecks angelegt worden. Alle Gebäude waren symmetrisch um die Mittelachse gruppiert und auf den Turm A, den Sitz der SS-Lagerleitung, ausgerichtet worden.

Man hätte Hermann Kappe für eine mechanische Puppe halten können, wie er sich in Richtung dieses Turms bewegte, der an sich ein kleines Bürogebäude war. Er kämpfte darum, jedes Gefühl auszuschalten. Er wollte nur noch funktionieren wie eine Maschine. Nur so konnte er es ertragen, mit SS-Männern zu reden, die für ihn allesamt Mörder waren. Er schmetterte sein «Heil Hitler!», drückte mehrere Hände, trug sein Anliegen vor und lachte über die Scherze, die man machte. Es wurde in Listen geblättert.

«Einer von den Polacken also. Andrej Golyszyn ... Na, dann gucken wir mal nach, wo der stecken könnte.»

Es dauerte ein Weilchen, und Kappe hatte Zeit, auf den Appellplatz hinunterzublicken, auf dem Hunderte von Häftlingen in Reih und Glied angetreten waren. Kappe schaffte es sich einzureden, er säße im Kino und sähe alles nur auf der Leinwand.

«Da haben Sie Pech gehabt», hörte er den SS-Mann sagen.

«Wieso, ist er schon …»

«Leider noch nicht. Gehen Sie mal rüber ins Klinkerwerk.»

Kappe vermochte nicht zu antworten, denn was er eben am Rande des Appellplatzes entdeckt hatte, war für ihn so ungeheuerlich, dass es ihn taumeln ließ. Unten auf der Schuhprüfstrecke wurden Häftlinge eines Strafkommandos dadurch gefoltert, dass sie tagelang auf unterschiedlichen Bodenbelägen marschieren mussten, um das Sohlenmaterial für Militärstiefel zu testen – und einer dieser todgeweihten Männer war sein Freund Theodor Trampe. Es gab keinen Zweifel. Die Zusammenhänge konnte Kappe sich denken. Sein erster Impuls war, dem SS-Mann die Waffe zu entreißen, ihn zu erschießen und nach unten zu stürmen, um Trampe zu befreien. Es war ein mächtiger Impuls, und ihn zu unterdrücken kostete unmenschliche Kraft. Kappe war einem Herzanfall nahe und rang schwer nach Luft.

«Ist Ihnen nicht gut?», fragte der Mann von der SS und führte ihn in einen kleinen Raum.

«Doch, doch.» Kappe riss sich zusammen. «Nur … Ich habe da unten gerade einen kleinen Verbrecher gesehen, den ich seit langem suche, weil wir ihn als Zeugen brauchen, um einen Massenmörder zu überführen. Einen wie Paul Ogorzow, den S-Bahn-Mörder.»

«Wen denn?»

Kappe zeigte nach unten. «Den da, der schon ein wenig hinkt. Trampe heißt er, Theodor Trampe. Den schicken Sie bitte in irgendeine Werkstatt, wo er uns noch eine Weile erhalten bleibt. Wenn nicht, dann kriegen Sie hier eine Menge Ärger, dann stehen Nebe und Riese bei Ihnen auf der Matte und machen Sie zur Sau!»

«Wird erledigt!» Der SS-Mann nahm Haltung an.

Kappe konnte es nicht fassen, dass er einen so forschen Auftritt hingelegt hatte. Er kam sich wie ein Hochstapler vor, als er den Raum verließ. Vielleicht steckte wesentlich mehr in ihm, als er selber jemals geglaubt hatte.

Als er alle Wachposten passiert hatte und einen Augenblick

allein war, übermannten ihn all die Gefühle, die er bislang unterdrückt hatte. Er hatte Tränen in den Augen und schluchzte wie bei der Beerdigung seiner Mutter. Trampes Elend, seine Hilflosigkeit, alles war so furchtbar und so hoffnungslos. Die natürlichste Reaktion wäre gewesen, auf den Appellplatz zu stürzen, Theo zu umarmen und sich mit ihm zusammen erschießen zu lassen.

Ein Trupp von SS-Leuten kam ihm entgegen, und er musste seine Contenance zurückgewinnen. Er schaffte es mit einem forschen «Heil Hitler!».

Galgenberg setzte zu einer symbolischen Umarmung an. «Mensch, schön, dass du wieder draußen bist! Und so schnell schon. Hast du den Polen nicht gesprochen?»

«Nee, nicht gesprochen, nicht gesehen, der ist hinten im Klinkerwerk. Aber gesehen habe ich meinen alten Freund Theo Trampe ...»

«Ist der denn Jude?»

«Das nicht, aber ich vermute mal, dass er irgendwie im Widerstand war.»

«Ach du grüne Neune!», rief Galgenberg.

«Keine Angst, ich hab mich da aus allem rausgehalten.»

«Na, hoffentlich finden se nüscht.»

Im Klinkerwerk dauerte es eine Weile, bis ihnen Andrej Golyszyn zugeführt wurde. Sie traten an die Kaimauer, um ungestört mit ihm zu reden. Kappe staunte, wie gut und nahezu akzentfrei der Pole die deutsche Sprache beherrschte.

«Ich bin Schauspieler und aufgewachsen mit den Stücken von Goethe und Schiller und wollte einmal die Berliner Bühnen erobern. Mein Großvater war Deutscher, aus Berlin-Charlottenburg. Und nun bin ich hier ...»

«Wir sind nicht von der SS», sagte Kappe. «Wir sind von der Kriminalpolizei.»

«Ich habe nichts getan!», rief Andrej Golyszyn.

Kappe sah ihn freundlich an. «Was nicht getan?»

«Ich soll meinen polnischen Landsleuten oben in den Flugzeugen der Engländer Lichtzeichen gegeben haben.»

«Und – haben Sie?», fragte Galgenberg.

«Unsinn! Bei uns in der Gärtnerei hatte eine Lampe einen Wackelkontakt, und die wollte ich reparieren. Dabei habe ich gar nicht bemerkt, dass der Vorhang nicht vorgezogen war. Ich dachte, Frau Lindenkranz hätte das gemacht, aber sie muss es vergessen haben.»

«Apropos Frau Lindenkranz », hakte Kappe ein. «Wegen der sind wir hier.»

«Wieso das?», fragte Andrej Golyszyn.

«Weil Irmgard Klodzinski aushilfsweise in der Gärtnerei gearbeitet hat. Sie ist Anfang Februar ermordet worden.»

Andrej Golyszyn nickte. «Ich weiß, deswegen waren sie ja schon bei uns draußen.»

«Ja, und nun haben wir Hinweise darauf, dass Frau Lindenkranz die Täterin sein könnte.»

«Warum denn das?»

«Weil ...», Kappe zögerte ein wenig, «... weil sie mit Ihnen ein Liebesverhältnis unterhalten hat – und weil darauf die Todesstrafe steht.»

Andrej Golyszyn fuhr ihn an: «Das stimmt nicht! Fragen Sie doch die Leute! Gehasst hat sie mich und wie ein Stück Dreck behandelt.»

«Das kann zum Schein gewesen sein», wandte Kappe ein, «um alle zu täuschen. Die Klodzinski kündigt an, zur Gestapo zu gehen, und da müssen Sie handeln ... Gisela Lindenkranz und Sie.»

«Ich bin hier, weil ich den Engländern Lichtzeichen gegeben haben soll», sagte Andrej Golyszyn. «Und nicht, weil ich ... Das war völlig undenkbar!»

Kappe merkte, dass er wieder einmal mit seinem Latein am Ende war. Warum sollte der Pole zugeben, etwas mit der Lindenkranz gehabt zu haben? Das wäre sein sicherer Tod gewesen, während er hier im Klinkerwerk, war er nur zäh genug, wenigstens eine kleine Überlebenschance hatte. Und wenn er die Lindenkranz wirklich liebte, riss er sie nicht mit in den Untergang. Natürlich kam er auch selbst als Täter in Frage, aber … Ach Gott! Kappe gab auf.

«Ja dann, Herr …» Was sollte man einem Häftling des Klinkerwerks wünschen? Kappe wusste es nicht. Er bedankte sich noch bei den SS-Leuten, das war nicht zu umgehen, dann machte er sich mit seinem Kollegen auf den Weg zum S-Bahnhof Oranienburg.

«Lasst alle Hoffnung fahren», murmelte Galgenberg, der lange geschwiegen hatte.

«Meinst du das im Hinblick auf unsere Suche nach den Mördern der Klodzinski und der Kroitsch oder generell?», fragte Kappe.

«Sowohl als auch.»

SIEBZEHN

HERMANN KAPPE war als Erster im Büro und vertrieb sich die Zeit bis zum Eintreffen der Kollegen mit der Lektüre der aktuellen Zeitung. Obwohl sie von der kommenden Niederlage Deutschlands kündete, langweilte sie ihn. *Moskau greift nach Syrien und Libanon*, lautete die erste Schlagzeile, *Feindliche Durchbruchversuche an den Albaner Bergen gescheitert* die zweite. Spannender war da die Berliner Seite mit dem Bericht eines gewissen K.A. aus der Ausgabe vom 30. Mai, den er gestern nicht mehr geschafft hatte.

Berlin im Mai
Von einem Auslandsdeutschen
Der Flieder blüht wirklich. Die lila Blütentrauben schwanken leicht im Wind. Vor fünf Jahren noch mögen die Menschen mit der Heiterkeit des Frühlings im Blut an den so süß duftenden Büschen leichtfüßig vorübergegangen sein, das Glück kaum ahnend, das in der Schöpferkraft der Erde verborgen ruht. Heute knirscht jeder Schritt, wenn man sich den Fliederbüschen nähert. Ein tausendfältiges Mosaik von Splittern, feinem Sand und Stein liegt über dem Boden. Hinter den Büschen ragt der schwärzliche Stein einer kahlen Mauerwand. Ziegel liegen am Boden, in viele, viele winzige Stücke zerbrochen.
Geht der Blick die Straße entlang, ist man nie ganz sicher, ob es Häuser sind oder nur Fassaden, die man sieht. Man müsste schon näher zusehen, jedes einzelne betrachten, um zu unterscheiden. Das menschliche Leben, das Wohnen, das Zuhausesein ist nicht mehr so leicht aus der Ferne festzustellen. Es kann ja auch sein, dass das obere Stück eines Hauses leer ist und

unten doch noch Menschen wohnen oder ihren Handel betreiben, man
kann auch im Keller eines Hauses Waren verkaufen.
Die schönen Reklame- und Namensschilder von früher sind nicht mehr
zu sehen. Vielfach erkennt man sie wieder auf den Schutthaufen, die sich
die Bürgersteige entlangziehen. Dort liegen dann die großen, ungefügten
Buchstaben, die einmal über den Schaufenstern prangten und nun wegge-
blasen sind, bei vielen unnützen Sachen.
Als es wieder einmal brannte, gingen wir an ein Straßenkreuz, wo die
Barbaren wieder einmal ihre Lust an Mord und Brand ausgelassen hatten.
Erst trug einem der Wind gelblichen Qualm entgegen und fernen Lärm.
Die Leute auf der Straße hatten sich nach Möglichkeit Schutzbrillen auf-
gesetzt. Viele Frauen hatten sich Tücher vor ihr Gesicht geschlagen, feine
Schals, die früher einmal Zierstücke waren. Zuweilen brachte der Wind
einen feinen Ascheregen, der später dick auf dem Hute lag. Die Feuerwehr
hatte ihre Schläuche über die Straße gelegt. Die Fußgänger kamen und
gingen. Sie gafften nicht. Vielleicht blieben sie einen Augenblick stehen,
aber dann gingen sie ihres Weges weiter. Der Zeitungsverkäufer stand an
seinem gewohnten Platz an der Ecke. Dass zehn Meter davon die hellen
Flammen schlugen, scherte ihn nicht.
Scherte es überhaupt jemand? Der Verkehrsstrom drängelte sich durch
die verqualmte Straße. Ein wenig abseits auf einer Bank saßen vier alte
Frauen und erzählten einander. Drüben an der Ecke saß ein Mann auf
einer Kiste und putzte behutsam seine Pfeife. Dann kamen Leute, die die
geretteten Sachen vorübertrugen. In einem Waschkorb Betten, obendrauf
eine Uhr, das Radio unter den Arm geklemmt. Sie sprachen so ruhig mit-
einander, als ob sie auf dem Spaziergang wären.
Ist das nicht fast ein Rätsel? Hat der Mensch schon so mit dem harten
Schicksal des Krieges rechnen gelernt, dass es ihn nicht mehr berühren
kann? Welch ein nie geahnter Wandel in der Sphäre des Menschlichen!
Nur an die Pflicht, an die Aufgabe fühlt sich das Ich bis ins Letzte ge-
bunden. Und mit dieser Ausschließlichkeit entsteht zugleich eine innere
Abwehrkraft gegenüber dem äußeren Geschehen, die den Einbruch des
Schicksals in die eigene menschliche Zone unmöglich macht. Dies mag es
wohl sein, was man heute Härte nennt.

Kappe staunte, dass die Nazis solch offene Worte genehmigten, aber letztlich war auch dieser Artikel nur ein Hohelied auf die Durchhaltefähigkeit des deutschen Volkes. Der blühende Flieder stand für die Botschaft «Alles neu macht der Mai» und dafür, dass das Leben trotz allem immer noch lebenswert war, und am Ende wurde verkündet: «Gelobt sei, was hart macht.» Dadurch, dass er Krieg und Elend klaglos ertrug, wurde jeder Deutsche zum Helden und zum Übermenschen. Kappe schloss die Augen und seufzte so laut, dass er gar nicht merkte, wie Galgenberg ins Zimmer gekommen war und vor ihm stand.

«Na, Hermann?», fragte Galgenberg. «Suhlst du dich wieder mal im eigenen Elend?»

«Soll ich mich im fremden suhlen?», kam Kappes Gegenfrage.

Galgenberg verzichtete auf eine Antwort.

Piossek, der gerade eingetreten war, klemmte seine Aktentasche zwischen die Beine und klatschte Beifall. «Das erspart einem glatt den Opernbesuch!»

Als er sich an seinem Schreibtisch häuslich eingerichtet hatte, fragte er die Kollegen, was sie bei ihrem Besuch in Sachsenhausen herausgebracht hatten. Kappe informierte ihn in knappen Worten.

Piossek kratzte sich am Hinterkopf. «Es war ja kaum zu erwarten gewesen, dass der Pole ein Geständnis ablegt. Wer verurteilt sich schon gern selbst zum Tode?»

«Zum Beispiel die Nachbarin bei meinem Bruder», sagte Kappe. «Die hat letzte Woche den Gashahn aufgedreht. *Lieber ein Ende mit Schrecken*, hat sie in ihrem Abschiedsbrief geschrieben.»

Galgenberg schüttelte den Kopf. «Wie kann einer aus Angst vor dem Tod in den Tod gehen?»

«Da gibt es schon Unterschiede», erklärte Piossek. «Ich würde lieber erschossen werden, als eine Ladung Phosphor abzubekommen und bei lebendigem Leibe zu verbrennen.»

«Können wir bitte das Thema wechseln!», rief Kappe.

Galgenberg reagierte gelassen. «Na, dann wechsle mal.»

«Zurück zur Klodzinski. Es kann die Lindenkranz gewesen

sein und ebenso der Pole, doch wenn sie kein Geständnis ablegen, dann werden wir sie nie überführen können, denn wir haben gegen sie nichts Konkretes in der Hand. Bei der Kroitsch sieht es nicht viel besser aus, denn auch diesen Brotfahrer, diesen Stentschke, hat keiner weichklopfen können.»

Piossek nickte.« Der heißt zwar nur Stentsch, aber recht hast du.»

«Ich bin dafür, dass wir einen Deserteur zum Täter erklären», schlug Galgenberg vor. «Diesen NN. Der hat erst die Klodzinski und dann die Kroitsch erschlagen, als sie ihm gefährlich geworden sind.»

«Dr. Morack wird uns gewaltig zusammenfalten, wenn wir ihm mit dem großen Unbekannten kommen», befürchtete Piossek.

Galgenberg wurde philosophisch. «So manches im Leben bleibt ungeklärt. Meine Oma hat immer gesagt: ‹Wie kommt Kuhkacke aufs Dach? Die Kuh kann doch nicht fliegen!› Damit muss man leben.»

Piossek widersprach ihm. «Eine solche Haltung ist eines deutschen Kriminalkommissars nicht würdig. Und damit machen wir uns doch selber überflüssig.»

Sie hätten noch ein Weilchen diskutiert, wenn nicht in diesem Moment Bernhard Klingbeil im Raum gestanden hätte.

«Meine Herren, ich bringe Ihnen frohe Kunde!», rief er.

«Das ist aber schön!», entgegnete Galgenberg – und fast hätte er gefragt, ob Adolf Hitler gestorben sei. Doch er konnte sich gerade noch bremsen.

«Es geht um Schreibmaschinen», erklärte Klingbeil mit dem Ernst, der ihm wie vielen Naturwissenschaftlern eigen war. «Ich habe nämlich eine Lupe genommen und mir einmal den anonymen Brief angesehen, und da ist mir aufgefallen, dass zwei Buchstaben typische Besonderheiten aufweisen: Beim kleinen W wie beim großen T fehlt rechts beziehungsweise oben ein Stückchen, so dass das W wie ein V und das T wie eine Eins aussieht. Dem bloßen und ungeübten Auge entgeht so etwas, aber wozu haben Sie mich?»

«Das ist ja phantastisch!», rief Kappe und riss seine Schreibtischschublade auf. «Hier habe ich die Liste der Lindenkranz, auf der alle Hilfskräfte stehen, die bei ihr in der Gärtnerei arbeiten und gearbeitet haben, und dazu alle ihre Nachbarn und Stammkunden.»

Galgenberg konnte sein Entsetzen nur schwer verbergen. «Das können Hunderte sein! Du meinst doch nicht, dass wir die alle abklappern sollen!»

«Doch, das meine ich – auch wenn die wenigsten eine Schreibmaschine haben werden.»

«Und wenn nun einer den Text im Büro geschrieben hat?», wandte Piossek ein.

Kappe blieb hart. «Bei Leuten, die in einem Büro arbeiten, was wir natürlich erfragen, lassen wir uns auch Schriftproben von allen Schreibmaschinen geben, die dort herumstehen.»

«Und was haben wir davon, wenn wir den finden, der den anonymen Brief geschrieben hat?», wollte Galgenberg wissen. «Das ist doch unmöglich der Mörder der Klodzinski.»

«Nein, aber er kann uns vielleicht einiges erzählen, was wir noch nicht wissen», erklärte ihm Kappe.

«Ich bin auch dafür, dass wir es machen», sagte Piossek. «Dr. Morack liebt es, wenn seine Leute so emsig sind wie die Ameisen. Und außerdem ... Warum soll's der Briefschreiber nicht gewesen sein? Dieser Brief wäre doch ein schönes Ablenkungsmanöver ...»

«Ach, erzählen Sie mir doch nicht, im Himmel ist Jahrmarkt!», rief Galgenberg.

Auch Klingbeil war dafür, dass so verfahren wurde, wie Kappe es vorgeschlagen hatte, nur Galgenberg maulte noch. Doch das half nichts, auch er musste mit in den Südwesten der Stadt. Zu dritt zogen sie los und fuhren mit der U-Bahn zum Breitenbachplatz, um dort auszuschwärmen. Jeder hatte fünfzehn Adressen auf seiner Liste.

«Heil Hitler! Kriminalpolizei. Wir ermitteln im Mordfall Irmgard Klodzinski und hätten gern einmal eine Schriftprobe Ihrer Schreibmaschine.»

Alle der so Angesprochenen erschraken, und die, die wirklich eine hatten, wurden sogar bleich. Zwar war die Kripo nicht die Gestapo, aber man wusste ja nie ... Was Kappe, Galgenberg und Piossek zu tippen hatten, war ihnen von Klingbeil vorgegeben worden. Es war ein Text, in dem die beschädigten Buchstaben mehrfach vorkamen: *Wir werfen wertlosen Trödelkram nicht weg, sondern schenken ihn Tante Trudchen im weit entfernten Tokio.*

Zum Feierabend konnten sie dann Klingbeil ihre Bögen übergeben, die neben dem Text noch Namen und Anschrift der Schreibmaschinenbesitzer enthielten. Über zwei Dutzend waren es, und Klingbeil versprach ihnen, Überstunden zu machen. Am nächsten Morgen konnte er ihnen dann das Ergebnis verkünden.

«Robert Heidrich heißt der Mann und wohnt in der Breite Straße im selben Haus wie die Lindenkranz.»

«Heidrich ...», brummte Galgenberg. «Der Name verpflichtet.»

«Ich höre mal lieber weg», sagte Piossek.

Galgenbergs Kommentar bezog sich auf Reinhard Heydrich, den SS-Obergruppenführer, Chef des RSHA und Leiter der Wannsee-Konferenz, der als stellvertretender Reichsprotektor in Böhmen und Mähren gewütet hatte und im Frühjahr 1942 in Prag an den Folgen eines Attentats gestorben war, worauf die Nationalsozialisten aus Rache Liditz und ein anderes tschechisches Dorf dem Erdboden gleichgemacht hatten.

«Heidrich mit I und nicht mit Y», erklärte Klingbeil.

«Nun ...» Kappe wollte dieses Thema wegen seines Zündstoffs so schnell wie möglich verlassen. «Wer kommt mit mir?»

Galgenberg reckte seinen Finger hoch. «Ich natürlich, denn ich war schon bei Heidrich. Da gibt es Kaffee und Kuchen.»

«Aha!», rief Kappe. «Was ist das denn für 'n Mensch?»

«Pensionierter Oberstudienrat, Deutsch und Latein.»

«Ah, der zweite Professor Unrat!», rief Kappe. «Immer darauf aus, jemanden einer Missetat zu überführen.»

«Wenn er auch eine Barfußtänzerin wie die Rosa Fröhlich zu Hause hat, dann will ich auch mit zu ihm», erklärte Piossek.

Galgenberg musste ihn enttäuschen. «Er hat keine Tänzerin zu Hause, sondern eine schon reichlich zerknitterte BDM-Führerin.»

Piossek winkte ab. «Dann bleibe ich lieber im Präsidium und gucke mir die Maiden an, die in unserer Telefonzentrale sitzen.»

«Nun gut ...» Kappe erhob sich. «Wieder einmal auf zum Breitenbachplatz!»

«Wir sollten da gleich 'n Zweitbüro aufmachen», sagte Galgenberg.

Sie wollten möglichst schnell zur U-Bahn, wurden aber zunächst noch aufgehalten, denn am Ende ihres Flures waren die Maler am Werke, es wurde renoviert.

«So 'n Quatsch», sagte Galgenberg. «Wo doch schon in den nächsten Stunden 'ne Sprengbombe hier einschlagen kann!»

Kappe lachte. «Nobel geht die Welt zugrunde, weißte doch.»

Sie blieben stehen, weil der Malergeselle, der oben auf der Leiter stand, ein alter Herr war, dessen Gleichgewichtssinn nicht mehr ganz intakt zu sein schien, denn er schwankte hin und her. Außerdem ging er so ungeschickt mit seinem Werkzeug um, dass sie Gefahr liefen, weiß gesprenkelt zu werden.

«Weiß is keene richtige Tarnfarbe», merkte Galgenberg an.

Kappe interessierte sich weniger für den Mann auf der Leiter als für den Meister, der unten stand und ihn kritisch beäugte. Das war doch ... Gott, der Ludwig Latzke! Sie waren in Wendisch Rietz zusammen aufgewachsen und beide von dort nach Berlin gegangen, um in der Reichshauptstadt ihr Glück zu machen. Latzke war gelernter Maler und hatte es zu einer eigenen Firma gebracht. Sie umarmten sich.

«Biste also auch noch am Leben!», rief Kappe.

«Na sicher!», erwiderte Latzke und wurde dann ein wenig leiser. «Ich stehe doch unter dem besonderen Schutz unseres Führers – schließlich ist der auch mal Anstreicher gewesen.»

Kappe zeigte auf Galgenberg, der ein wenig abseits stand und wartete. «Wegen Gustav musste nicht so flüstern, der liebt so was, den kennste doch noch von früher.»

«Ja, aber die Menschen ändern sich.»

Kappe nickte. «Ich weiß, wenn ich da an unseren gemeinsamen Freund Gottlieb Lubosch denke ...»

Latzke lachte. «Fett schwimmt eben immer oben.»

«Du kannst dich doch auch nicht beschweren», sagte Kappe. «Stell dir mal vor, wir gewinnen den Krieg. Was es dann hier in Berlin alles aufzubauen und anzustreichen gibt!»

«Erst einmal müssen wir den Krieg gewinnen, zweitens müsste ich ihn überleben ...»

«Wir vom Scharmützelsee schaffen das schon», sagte Kappe, selbst über seinen Optimismus erstaunt.

«Und dann treffen wir uns im ‹Kelch›, wie es der Schwejk nach dem Krieg auch immer tun wollte», fügte Galgenberg hinzu.

Sie plauderten noch eine gute Viertelstunde mit Latzke, dann fuhren sie mit der U-Bahn zum Heidelberger Platz und von dort weiter mit der Straßenbahn, der 51, bis zur Breite Straße.

«Gut, dass der Mann Lateinlehrer ist!», sagte Galgenberg, als sie das Mietshaus erreicht hatten, in der die Ehepaare Heidrich und Lindenkranz wohnten.

«Wieso?», wollte Kappe wissen.

«Na, weil wir doch in den Mordfällen Klodzinski und Kroitsch mit unserem Latein am Ende sind. Vielleicht kann uns der alte Knabe wirklich weiterhelfen.»

Robert Heidrich war zu Hause, und als sich Kappe vorgestellt hatte – Galgenberg kannte er ja schon von dessen ersten Besuch bei ihm –, teilten sie ihm mit, dass sie in der Mordsache Klodzinski neue Erkenntnisse gewonnen hätten und gerne alles mit ihm durchsprechen würden.

Er sah vergnügt aus, als er das hörte. «Ich wusste doch, dass meine Anregungen auf fruchtbaren Boden fallen werden. Treten Sie doch näher, meine Herren. *Tres faciunt collegium* – drei machen eine Gesellschaft aus. Einmal vorausgesetzt, dass meine Frau nicht zu uns stoßen wird.»

Der Oberstudienrat erschien Kappe als ein so ungewöhnlich liebenswerter Mensch, dass er sich nicht vorstellen konnte, dass er andere denunzierte und ans Messer lieferte. Aber das, was er eingangs über seine Anregungen gesagt hatte, ließ keinen Zweifel daran aufkommen, dass er der Schreiber des anonymen Briefes war – ganz abgesehen einmal von Klingbeils wissenschaftlicher Analyse.

Es hätte dessen eigentlich gar nicht bedurft, aber Kappe wollte ganz sicher gehen und sich von Heidrich ausdrücklich bestätigen lassen, dass er den anonymen Brief, um den es ging, tatsächlich geschrieben hatte.

«Der Kollege Galgenberg war ja schon bei Ihnen, um sich eine Schriftprobe Ihrer Schreibmaschine geben zu lassen, und in dieser finden sich nun – langer Rede kurzer Sinn – dieselben Fehler an den Typenhebeln wie in dem anonymen Brief, in dem uns jemand über das Liebesleben der Gisela Lindenkranz informiert, so dass nicht der geringste Zweifel darüber besteht, dass Sie der Schreiber sind.»

Heidrich nickte bestätigend und klatschte in die Hände. «Bravo! Sie haben natürlich recht, Herr Kommissar. *Amantes amentes*, Liebende sind von Sinnen. In anderen Zeiten mag es ja reizvoll sein, aber in diesem Falle ist es mit dem Tod zu bestrafen, weil es die Kraft des deutschen Volkes zersetzt. Sich mit diesem Untermenschen einzulassen, ich bitte Sie!»

Kappe schluckte. «Und warum haben Sie uns das nicht direkt mitgeteilt?»

Heidrich lächelte und zeigte an, von welcher Bauernschläue er war. «Weil ich nur weitermachen kann, wenn niemand weiß, was ich tue. Wissen es die anderen, werden sie mir nichts mehr anvertrauen und auch im Umgang miteinander größere Vorsicht an den Tag legen.»

«Das ist ja unheimlich raffiniert», sagte Kappe.

Heidrich führte sie in einen Raum, der ihm offenbar ebenso als Bibliothek wie als Herren- und Musikzimmer diente. Wände, Decke und Regale bestanden aus dunklen Hölzern, von denen Kappe nicht sagen konnte, ob es sich um Eiche oder Kirsche handelte. In der Ecke, die dem gewaltigen Kachelofen gegenüberlag, stand ein Cello.

«Nehmen Sie doch bitte Platz, Herr Galgenberg und Herr Karpe.»

«Kappe.»

«O Pardon, ich habe an *carpe diem* gedacht ...»

Sie setzten sich an einen Couchtisch mit schöner Intarsienplatte, und als hätte Heidrich sie per Suggestion herbeizitiert, erschien seine Frau und fragte, nachdem man sich begrüßt hatte, die Herren nach ihren Getränkewünschen. Sie gab sich dabei so, wie sie das bei Emmy Göring, der «Hohen Frau» des Deutschen Reiches, gesehen hatte.

«Ein Glas Champagner wäre mir schon recht, gnädige Frau», sagte Galgenberg, sie und ihr Gehabe unmerklich auf die Schippe nehmend.

Aber auch Kappe wollte zeigen, dass er ironisch sein konnte. «Ich schließe mich dem Wunsche des Herrn Gallenberg an.»

«Gut, Renate, reiche uns bitte ein wenig Schaumwein.» Heidrich war wirklich bester Laune. «Schön, dass Sie gekommen sind! Aber wie ich immer zu sagen pflege: *Beneficia non obtruduntur.*»

«Ah!», rief Galgenberg. «Vom Fußball verstehen Sie auch etwas?»

Heidrich konnte ihm nicht folgen. «Wie kommen Sie darauf?»

«Na, Beneficia Lissabon wurde letztes Jahr doch portugiesischer Fußballmeister.»

«*Beneficia non obtruduntur* bedeutet: Wohltaten werden nicht aufgedrängt», korrigierte ihn Heidrich, und sein grimmiger Blick zeigte an, dass er für solche Albernheiten keinen rechten Sinn hatte. «Können wir bitte zur Sache kommen, meine Herren?»

«Gern.» Kappe zog den Brief, den Heidrich geschrieben hatte

und dem das Adjektiv anonym nun nicht mehr zukam, aus der Innentasche seines Jacketts. «Zu einem Satz möchte ich Sie etwas fragen. *Weitergehende Schlüsse im Hinblick auf spezielle Aktivitäten der Lindenkranz zu ziehen, möchte ich Ihnen überlassen.* Meinen Sie mit den speziellen Aktivitäten der Lindenkranz, dass sie die Klodzinski erschlagen hat?»

Heidrich wich ihm nicht aus. «Ja, das meine ich.»

«Und worauf stützt sich Ihre Annahme?», fragte Kappe.

«Auf meine Beobachtungen. Ich bin Frau Lindenkranz des Abends mehrere Male gefolgt und habe erlebt, wie sie ihr polnischer Galan in seinen Hühnerstall eingelassen hat. Die Außenwände sind dünn, und was ich draußen vernehmen konnte, waren nicht die Worte und Laute, die beim Besprechen der Aussaat von Möhren üblich sind. *Horribile dictu!* Schrecklich, es auszusprechen!»

Das sah Galgenberg anders. «Sie hatten also Geschlechtsverkehr miteinander?»

Heidrich verzog das Gesicht. «Ja ...»

Auch Kappe war von dem Gang ihres Gesprächs wenig entzückt. «Die Lindenkranz und der Pole bestreiten das, und Andrej Golyszyn befindet sich ja auch nur deshalb im KZ, weil er gegen die Verdunklungsverordnung verstoßen haben soll. Das haben Sie gesondert angezeigt, Herr Heidenreich?»

«Ja, da wusste ich von dem anderen Delikt noch nichts.»

Kappe fixierte ihn. «Aber dass die Lindenkranz in die Geisenheimer Straße gegangen ist und die Klodzinski erschlagen hat, das haben Sie nicht beobachtet?»

Heidrich schüttelte den Kopf. «Nein, wie konnte ich? Denn Anfang Februar, als die Tat geschehen ist, wusste ich ja noch nichts von dem verbrecherischen Verhältnis, das die Lindenkranz mit dem Pollacken unterhalten hat.»

«Logisch, ja», murmelte Galgenberg.

Kappe war bereit, das Handtuch zu werfen. Es gab halt Fälle, die sich nicht aufklären ließen. Aber das war vielleicht gut so, denn hätten sie die Lindenkranz überführt und ihr Geständnis in den Händen gehalten, wäre auch der Pole verloren gewesen, da konnte der noch so ahnungslos sein, was den Mord betraf.

Gisela Lindenkranz saß schluchzend am Küchentisch und las wieder und wieder das Schreiben, das sie von der Lagerleitung des Konzentrationslagers Sachsenhausen erhalten hatte. Ihr Fremdarbeiter Andrej Golyszyn sei am 7. Juni an den Folgen eines Arbeitsunfalls verstorben. Damit ist alles umsonst gewesen, und ich hätte die Klodzinski nicht zu erschlagen brauchen, dachte sie.

Dieser Gedanke ging ihr immer wieder durch den Kopf. Sie hatte es getan, um Andrej, sich und ihre Liebe zu retten. Und um die Klodzinski war es nicht weiter schade gewesen, die hatte schon viele Menschen ins Elend gestürzt.

Über sich hörte Lindenkranz die Schritte von Robert Heidrich. Sie zweifelte keinen Augenblick daran, dass er es war, der Andrej angezeigt hatte. Dass Kripobeamten bei ihm gewesen waren, hatten ihr andere Nachbarn mitgeteilt. Sie schlug sich mit der flachen Hand gegen die Stirn. Sie hätte ahnen müssen, dass es außer der Klodzinski noch andere Denunzianten in ihrer Nähe gab. Und die würden es auch ihrem Gatten hinterbringen, dass sie und Andrej ... Heinz würde sie totschlagen oder zur Gestapo laufen und sie hoppnehmen lassen. Aus Eifersucht und Rache, aber auch, um die Gärtnerei an sich zu bringen.

Es gab Fliegeralarm. Erst wollte sie aufspringen und die wichtigsten Sachen zusammenraffen, dann blieb sie sitzen. Im Luftschutzkeller hatte sie ihren Platz neben den Heidrichs, und deren Nähe ertrug sie nicht. Blieb sie in ihrer Wohnung und eine Sprengbombe schlug ein, dann ... Sie hatte keine Angst, auf diese Art zu sterben, es war die beste Lösung für sie.

ACHTZEHN

HERTHA BÖRNICKE hatte wieder einmal einen Artikel für die *NS-Frauenwarte* zu schreiben, aber es wollte ihr partout nichts einfallen. Seit sie ihren Vater zu Grabe getragen hatten, litt sie öfter unter schrecklichen Schreibblockaden. Sie wohnte jetzt zur Untermiete in Wannsee, nur ein paar Gehminuten vom Sanatorium ihrer Mutter entfernt, in der Conradstraße. Dachte sie an das Anwesen zurück, in dem die Familie in Hoppegarten gelebt hatte, musste sie das als ungeheuren Abstieg empfinden. Doch sie wusste, dass in diesen Zeiten ein jeder sein Opfer zu bringen hatte. So schäbig war ihr Mansardenzimmer nun auch wieder nicht, obwohl ihr die Bäume den Blick auf den Großen Wannsee verstellten.

Auf der Suche nach einer zündenden Idee blätterte sie die Zeitschriften, die gesammelt auf dem Boden lagen, ab September 1943 eine nach der anderen durch. Die Septemberausgabe war sechzehn Seiten dick. Etwa sechs Seiten waren der Politik und der Wissenschaft gewidmet, vier der Kunst, und auf fünf Seiten wurden Tipps für die zeitgemäße – das hieß kriegsgemäße – Haushaltsführung gegeben. Auf der letzten Seite fand sich, einem alten Brauch entsprechend, die Rubrik *Verschiedenes*. Prof. Dr. Johann von Leers hatte den Einleitungsartikel verfasst: *Was der Jude über die Frau denkt*. Sie überflog die Zeilen. Bei den Juden ging es lüstern und sadistisch zu, während der deutsche Mann der deutschen Frau gegenüber nur hehre Gefühle hegte. Ein zweiter Artikel war überschrieben mit *Die anglo-amerikanischen Luftbanditen – die Kulturschänder des 20. Jahrhunderts*. Fotos zeigten schwerbeschädigte deutsche Kulturgüter wie die Dome von Köln und Lübeck, die Innenstadt von Nürnberg, das Kölner Rathaus und den Gürzenich. Hertha Börnicke war klar, worum es hierbei ging: um die Stärkung des Siegeswillens und die Botschaft, dass verloren war, wer einem solch barbarischen Feind in die Hände fiel. Sie blätterte weiter. Die Modeseite zeigte Kleiderskizzen mit Schick und Pfiff, und die deutsche Frau stand wie eine Modepuppe am Rande des Kurfürstendamms. Es folgten eine reiche Rezeptsammlung und Ratschläge für zeitgemäßes Waschen. Die sechs Seiten Kultur waren angefüllt mit Buchempfehlungen und Kommentaren zur *Großen Deutschen Kunstausstellung 1943*. Die meisten Gemälde zeigten Frieden und Idylle, eine stillende Frau, Tier- und Blumenbilder und viel Familienleben, nur drei Kriegsbilder gab es, darunter das Titelbild *Anstürmender Grenadier*. Was sie noch fand, war ein Bericht über ein Neugeborenes, das Hartmut genannt worden war, was so viel wie «kühner Kämpfer» bedeutete. Dem Tenor stimmte sie zu: dass das Gebären «das Schlachtfeld der Frauen» war. Die Buchbesprechungen waren Empfehlungen für Feldpostausgaben, Hinweise also, was man den eingezogenen Männern schicken sollte. Einige Feldpostbüchereien wurden vorgestellt, und da überwogen altbekannte Klassiker. Dazu kamen Hermann Löns, Hans Grimm, Agnes Miegel und Heinrich Lersch.

Hertha Börnicke entschloss sich, einen Artikel mit einem anderen Ansatz zu schreiben. Nicht die Feldpostbücherei sollte im Mittelpunkt stehen, sondern die Lektüre zu Hause im Reich. Der Titel war schnell gefunden: *Was in den Bücherschrank der deutschen Frau gehört*. Sie setzte sich an die Schreibmaschine ihrer Zimmervermieterin, denn ihre eigene war den Bomben zum Opfer gefallen. Drei Bücher hatte sie zuletzt gelesen, und von denen konnte sie den Inhalt referieren, ohne lange nachdenken zu müssen: Dies waren Bettina Ewerbecks *Angela Koldewey,* Rudolf Kinaus *Kamerad und Kameradin* und Johanna Haarers *Die deutsche Mutter und ihr erstes Kind*. Was war noch zu empfehlen? Nach zehn Minuten hatte sie acht Namen auf ihrer Liste stehen: Heinrich

Anacker, Werner Beumelburg, Dietrich Eckart, Hanns Johst, Jakob Schaffner, Karl Aloys Schenzinger, Georg Schmückle und Will Vesper. Beim Schreiben wanderten ihre Gedanken immer wieder ab zu ihrem Cousin Hermann Kappe, und auch an diesem Nachmittag brach die alte Wunde wieder auf. Dass er ihre große Liebe war und sie ihn damals nicht bekommen hatte, schmerzte immer noch. Aber noch war nicht aller Tage Abend … Sie warf die Abdeckhaube über die Schreibmaschine und machte sich auf den Weg in die Innenstadt. Wenn sie sich beeilte, konnte sie ihn noch abfangen, wenn er aus dem Präsidium kam.

Hermann Kappe saß auch an diesem Morgen pünktlich an seinem Schreibtisch und versuchte, seinen Brief an Klara zu Ende zu bringen. Zwar fuhr er nahezu an jedem Wochenende nach Wendisch Rietz, aber es war ihm zur lieben Gewohnheit geworden, dennoch an jedem Dienstag oder Mittwoch einen Brief an seine Frau zu schreiben. Heute aber streikte seine Feder, denn sollte er ihr schreiben, dass er mit Hertha im Kino gewesen war und sie anschließend nach Hause begleitet hatte? Wäre Herthas Wirtin nicht aufgetaucht, hätte er sich vielleicht zu etwas hinreißen lassen.

Er schraubte seinen Füllfederhalter wieder zu. Sein schlechtes Gewissen hätte nur dazu geführt, Klara Schmeichelhaftes zu schreiben – und das hätte ihn verraten. Also ließ er es lieber und wandte sich der Lektüre des *Völkischen Beobachters* zu. Die Schlagzeilen vom 18. Juli waren nicht sehr aufregend, und auch der Berliner Teil langweilte ihn. Jemand beklagte sich über die stiefmütterliche Behandlung des Berliner Dialekts und stellte fest, dass dessen Charakteristikum die Ersetzung des G durch das J sei. *Eene jute jebratene Jans is ne jute Jabe Jottes.* Ein anderer Beitrag widmete sich der Geschichte der Berliner Normaluhren, und Kappe erfuhr, dass die vor dem einstigen Kammergericht mit 75 Jahren die älteste war. Etwas interessanter war die Meldung, dass in den ersten fünf Monaten nach ihrer Einrichtung in den 23 Berliner Tausch- und Schätzstellen sage und schreibe 120 000 Tauschvorgänge abgewickelt worden waren. Die Berliner witzelten schon darüber, und es waren Verse im Umlauf wie: *Tausche abgelegte Braut gegen ein Pfund Sauerkraut.*

Kappe wollte sich gerade dem Sportteil zuwenden, als Galgenberg und Piossek eintraten und sich zum zweiten Frühstück an ihren Plätzen niederließen.

Galgenberg hatte gute Laune und zitierte aus Max Schneckenburgers Gedicht *Die Wacht am Rhein*:

Es braust ein Ruf wie Donnerhall,
Wie Schwertgeklirr und Wogenprall:
Zum Rhein, zum Rhein, zum deutschen Rhein!
Wer will des Stromes Hüter sein?
Lieb Vaterland, magst ruhig sein,
Fest steht und treu die Wacht am Rhein!

«Und was ist mit der Oder?», fragte Kappe.

Galgenberg ließ sich nicht aufhalten:

Durch Hunderttausend zuckt es schnell,
Und aller Augen blitzen hell;
Der deutsche Jüngling, fromm und stark,
Beschirmt die heil'ge Landesmark.

«Hoffen wir's», brummte Piossek, der längst nicht mehr an den Endsieg glaubte und schon öfter bedauerte, in die NSDAP eingetreten zu sein. Doch wieder auszutreten war undenkbar.

Sie wollten sich gerade daranmachen, die Lage an den einzelnen Fronten zu diskutieren und die neuen Rückzugslinien in die große Europakarte einzuzeichnen, als das Telefon klingelte. Es war ein Anruf aus dem Vorzimmer von Dr. Morack. Sie sollten sofort antanzen.

«Jetzt werden wir wegen anhaltender Erfolglosigkeit in ein Strafbataillon gesteckt», sagte Galgenberg.

Kappe erschrak. «Du hast schon bessere Scherze gemacht!» Im Augenblick war alles möglich.

Piossek war auch nicht nach Scherzen zumute. «Auf alle Fälle wird er uns mächtig zusammenstauchen.»

Doch Dr. Morack schien gute Laune zu haben, wenngleich er sich große Mühe gab, beißend ironisch zu wirken. «Gratuliere, meine Herren! Der am 12. Februar diesen Jahres begangene Mord an der Fahrkartenverkäuferin Irmgard Klodzinski ist nun nach nur fünf Monaten endlich aufgeklärt. Man könnte also sagen: umgehend. Sie haben vorzügliche Arbeit geleistet, die zwar nicht direkt zum Erfolg geführt hat, aber wenigstens indirekt.» Er nahm einen karierten Papierbogen in die Hand und hielt ihn hoch. «Dies ist das Geständnis der Gärtnereibesitzerin Gisela Lindenkranz ... Sie hat die Klodzinski erschlagen, weil die von ihrem Liebesverhältnis mit dem polnischen Zwangsarbeiter Andrej Golyszyn Kenntnis erhalten hatte und davor stand, alles zur Anzeige zu bringen. Und zugleich ist es auch ihr Abschiedsbrief, denn Gisela Lindenkranz hat gestern den Gashahn aufgedreht und ist an einer Gasvergiftung gestorben. Zugleich ist es zu einer Explosion gekommen, bei der ihre und die darüberliegende Wohnung zerstört worden sind. Ihr Nachbar Robert Heidrich ist dabei schwer verletzt worden, es musste ihm sogar das rechte Bein amputiert werden.»

Lothar Lindenkranz war in den letzten Monaten als Kurier eingesetzt worden und hatte sich, als er vom Freitod seiner Frau unterrichtet worden war, gerade im OKW in Wünsdorf aufgehalten. Von dort aus war er in einem Kübelwagen nach Berlin gekommen. Giselas von der Gasexplosion zerfetzten Körper hatte er nicht sehen wollen. Jetzt ließ er den Wagen vor dem Mietshaus in der Breite Straße halten, zögerte aber auszusteigen.

«Wollen Se denn ruffjehn?», fragte der Chauffeur, nachdem einige Minuten vergangen waren.

«Wozu denn eigentlich?» Lindenkranz war alles fremd geworden, und um seine Frau trauerte er im Grunde nicht. Diese Ehe war von Anfang an ein Fehler gewesen. Gisela hatte immer die vornehme Geschäftsfrau gespielt und auf ihn, den armen Schlucker vom Hinterhof, dem sie keine Manieren beibringen konnte, nur herabgeblickt. Und sie hatte alles getan, um kein Kind von ihm zu bekommen. Nicht nur das, ein jedes Mal, wenn er nach Ende seines Heimaturlaubs an die Front zurückgekehrt war, hatte er das Gefühl gehabt, sie wäre erfreut, würde er beim nächsten Gefecht fallen.

Entschlossen sprang er doch noch aus dem Wagen, um zu sehen, was in seiner zerstörten Wohnung noch zu retten war. Die erste Nachbarin, der er begegnete, war Renate Heidrich. Sie musterte ihn mit einem feindseligen Blick und wollte wortlos an ihm vorbei. Er hielt sie jedoch am Ärmel ihres Kleides fest. «Wollen Sie mir nicht Ihr Beileid aussprechen?»

«Umgekehrt wäre es wohl das Richtige!», rief die Heidrich.

Lindenkranz verstand nicht, worauf das hinauslief. «Wie meinen Sie das?»

«Ihre Frau hat meinen Mann zum Krüppel gemacht! Und außerdem ist sie eine Mörderin.»

«Was soll sie sein?»

«Eine Möderin! Sie hat die Klodzinski umgebracht, weil die von allem wusste. Und die andere Frau vielleicht auch, diese Kroitsch, die hat ja ihre Blumen auch bei Ihrer Frau gekauft.»

Lindenkranz fiel aus allen Wolken. «Wovon soll sie gewusst haben? Was ist denn hier los gewesen?»

«Das fragen Sie mal die Kriminalpolizei!» Die Heidrich wandte sich ab und lief zur Haltestelle der 51.

Lothar Lindenkranz war schon oft überraschend in feindliches Feuer geraten und hatte immer schnell die richtige Antwort gefunden, jetzt aber stand er da wie versteinert. Gisela sollte eine Mörderin sein und eine Frau umgebracht haben, weil die «von allem» gewusst hatte? «Von allem» konnte nur bedeuten, dass sie sich mit einem anderen Mann eingelassen hatte. Darum also hatte sie ihn immer öfter weggestoßen. Welche Schmach! Er sprang zum Wagen. «Grunske, los, in die Dillenburger Straße zu meiner Gärtnerei!»

Dort angekommen, ließ er sich von Elfriede, die stellvertretend das Regiment übernommen hatte, alles berichten.

«Gut, der Pollacke, dieser Drecksack, ist also tot», erklärte er. «Und Gisela auch. Daran lässt sich nichts mehr ändern, und damit ist sie für ihren Ehebruch gestraft genug. Dass sie aber auch noch eine Mörderin sein soll, lasse ich nicht zu – das geht schließlich auch gegen *meine* Ehre! Sollen die Kameraden hinter meinem Rücken tuscheln, der Lothar sei einer, der mit einer Mörderin verheiratet war? Ausgeschlossen!»

Hermann Kappe saß im Büro und dachte an vergangene Sommer zurück. Was mochte er jeweils am 19. Juli getan haben? Vor zwanzig, dreißig ... oder sogar fünfzig Jahren? Langsam kamen ihm die Bilder wieder in den Sinn ...

1894 ruderte er mit seinem Vater kurz nach Sonnenaufgang im Fischerkahn auf den Scharmützelsee hinaus, um die Netze einzuholen. Das Wasser war so glatt, dass er das Gefühl hatte, sie würden über einen riesengroßen Spiegel gleiten. Lautlos schnitt sich ihr Bug durch das Glas. Die Rauenschen Berge wuchsen im Morgennebel zum Mittelgebirge. Sechs Jahre alt war er, konnte kaum schwimmen und zitterte dementsprechend, wenn der Kahn ein wenig schaukelte. Unten auf dem Grund des Sees warteten der Nix und der Hakenmann auf Menschen, die ertranken.

1904 stand er bei den Grenadieren des Regiments Alexander. Seine Vorgesetzten und die Kameraden hänselten ihn, weil er trotz seiner sechzehn Jahre noch recht kindlich wirkte. Als ihn einer wegen seines angeblichen Kindergesichts verspottete, schlug er zu, und der andere ging nicht nur zu Boden, sondern trug auch eine Gehirnerschütterung davon. Die einen Ausbilder lobten ihn, weil er sich endlich einmal als Mann gezeigt habe, die anderen wollten ihn wegen Disziplinlosigkeit nach Hause schicken, was es ihm unmöglich gemacht hätte, Schutzmann zu werden, denn ein solcher musste in jeder Situation die Fassung bewahren. Nach langem Hin und Her durfte er bleiben.

1914 war er bereits Kriminaler in Berlin und wohnte zur Untermiete in der Waldemarstraße. Klara war nach Berlin gekommen, und er ruderte mit ihr über den Neuen See im Tiergarten. Er versuchte den ganzen Tag über, sie zu verführen.

1924 fuhr er mit seiner Familie zum Baden nach Schmöckwitz. Bis Grünau ging es mit dem Zug, dann weiter mit der Uferbahn. Klara saß am Strand der Badewiese hinter der Brücke und las in einer Gazette für die modische Frau von Welt. Hartmut buddelte zu ihren Füßen im Sand. Margarete war schon sechs, und Kappe versuchte, ihr das Schwimmen beizubringen, wobei er aber um ein Haar ertrank, als er nicht aufpasste und ihm der Bug eines Ruderbootes an den Hinterkopf stieß.

1934 setzten sie sich morgens in aller Herrgottsfrühe am Stettiner Bahnhof in den Zug und fuhren für einen Tag an die Ostsee. In Ahlbeck lagen sie am Strand, die Kinder tummelten sich im Wasser. Karl-Heinz war mit seinen sieben Jahren schon ein guter Schwimmer. An der Strandpromenade wehten die Fahnen mit dem Hakenkreuz. Das Tausendjährige Reich war angebrochen.

Kappe konnte es nicht fassen, dass alles dahin war – unwiederbringlich. Wie gern hätte er sich mit einer Zeitmaschine in die Vergangenheit begeben und noch einmal mit all denen gesprochen, die längst auf dem Friedhof lagen, angefangen mit seinem Vater bis hin zu Martin, seinem Neffen.

Es klopfte, und auf sein eher mürrisches «Ja, bitte!» ging die Tür auf, und es erschien im grauen Tuch der Wehrmacht ein Unteroffizier. Kappe fuhr zusammen. War der gekommen, um ihm mitzuteilen, dass Hartmut ...

Gott sei Dank, der Mann stellte sich als Lothar Lindenkranz vor und kam in der Sache seiner Frau. «Meine Frau ist keine Mörderin, und dass sie ein Verhältnis mit einem Pollacken gehabt haben soll, ist eine glatte Verleumdung!», begann er, als er auf dem

Besucherstuhl Platz genommen hatte. «Ich lasse das nicht auf mir sitzen, das verletzt meine Ehre.»

O weh, dachte Kappe, noch einer, der vom Gedanken der Sippenhaft erfüllt ist. Andererseits, auch er hätte darunter gelitten, wenn seine Klara eine Mörderin gewesen wäre. Also blieb er gelassen. «Ich kann Sie voll und ganz verstehen, Herr Lindenkranz, aber die Fakten sprechen gegen Ihre Frau. Wir haben ihr Geständnis. Bitte.» Er klappte den Aktenordner mit dem Fall Klodzinski auf. «Ich suche Ihnen mal den Abschiedsbrief Ihrer Frau heraus ...»

«Der ist doch gefälscht!», rief Lindenkranz.

Kappe schaute ungläubig auf. «Wer sollte den gefälscht haben?»

«Na, der wirkliche Mörder!»

Kappe blieb ruhig. «Das hätte unser Schriftsachverständige unbedingt gemerkt.»

Lindenkranz lachte auf. «Was meinen Sie, was man alles fälschen kann, ohne dass es einer merkt!»

«Gut, wir werden auf Ihre Anregung hin alles noch einmal sorgfältig prüfen.» Kappe wollte den Mann schnell wieder loswerden.

Doch Lindenkranz dachte nicht daran, jetzt schon den Rückzug anzutreten. «Und das mit dem anderen Mord müssen wir auch noch klären!»

«Mit welchem anderen Mord?», fragte Kappe.

«Man redet davon, dass meine Frau auch noch diese Straßenbahnschaffnerin umgebracht haben soll, diese Kroitsch!»

Kappe horchte auf. «Wer sagt das?»

«Die Elfriede, die schon seit Jahren bei uns in der Gärtnerei beschäftigt ist. Aber als die Kroitsch umgebracht wurde – am 16. April, hat man mir gesagt –, da war meine Frau den ganzen Tag über bei ihrer Cousine in Oranienburg, wo Hannelore ihren vierzigsten Geburtstag gefeiert hat. Dafür habe ich genug Zeugen.»

«Gut.» Kappe ließ sich Name und Adresse der Cousine geben.

Endlich zog Lothar Lindenkranz wieder ab. Kappe war so froh darüber, dass er ihm sogar die Tür aufhielt.

Da hatten sie nun endlich einen Fall gelöst, und dann kam einer, der alles wieder in Frage stellen wollte. Wie sollte man da gute Laune haben?

«Wat is dir denn für 'ne Laus üba die Leba jeloofen?», fragte Galgenberg dann auch, als er endlich zum Dienstantritt erschien.

Kappe erzählte ihm vom Besuch des Unteroffiziers Lothar Lindenkranz. «Und seinetwegen sollen wir nun nach Oranienburg zu dieser Cousine fahren, um zu sehen, ob das Alibi der Lindenkranz echt ist! Hast du Lust dazu?»

«Nee. Mensch, mach dir bloß keene Sorjen / und verschiebe nischt uff morjen, / wat du ooch noch übermorjen / Zeit jenuch hast zu besorgen.»

Als Piossek kam und von ihrem Problem erfuhr, plädierte er für schnelles Handeln. «Wenn der Lindenkranz auch noch bei Dr. Morack gewesen ist und wir hier herumsitzen und nichts unternehmen, dann scheißt der uns vielleicht zusammen!»

Kappe nickte. «Da magst du gar nicht mal so unrecht haben. Also hängen sich Gustav und ich jetzt an die Strippe und versuchen, diese ...», er schaute auf seinen Notizblock, «... Hannelore Lewandowski in Oranienburg zu erreichen. Vielleicht müssen wir gar nicht hinfahren.» Das wollte er unbedingt vermeiden, um nicht noch einmal die Türme des Konzentrationslagers sehen zu müssen. Ob sein Freund Trampe noch lebte? Ob seine Intervention tatsächlich geholfen hatte und Theodor in die Schreibstube abkommandiert worden war?

Nach einer halben Stunde hatten sie herausgefunden, dass die Cousine der Lindenkranz als Kontokorrentbuchhalterin bei der Auergesellschaft angestellt war, und Kappe schaffte es nach weiteren zehn Minuten, dass man sie ans Telefon holte. Schnell hatte er ihr erklärt, worum es ging. Die Antwort ließ nicht lange auf sich warten.

«Ja, das stimmt, Gisela war am 16. April in Oranienburg bei mir in der Wohnung. Mittags ist sie gekommen, und dann haben wir so lange gefeiert, dass sie gar nicht mehr nach Hause gefahren ist, sondern bei mir übernachtet hat.»

Kappe bedankte sich, legte wieder auf und informierte die Kollegen. «Dass sie lügt, ist zwar möglich, aber nicht sehr wahrscheinlich. Fassen wir also zusammen: Die Lindenkranz hat die Klodzinski erschlagen, das steht fest, aber bei der Kroitsch müssen wir ein dickes Fragezeichen machen.»

Galgenberg und Piossek stimmten dem zu, so dass sie der Morgenandacht bei Dr. Morack gelassen entgegensehen konnten. Der war dennoch alles andere als gnädig, als sie Bericht erstattet hatten.

«Nein, meine Herren, ein Ruhmesblatt ist das noch immer nicht, was Sie mir da abliefern. Die Lindenkranz haben ja nicht Sie überführt, die hat das selbst getan.»

«Aber wir haben sie in die Enge getrieben», wagte Piossek einzuwenden. Er konnte sich das erlauben, weil er Freunde in der NSDAP hatte, vor denen sogar Dr. Morack kuschen musste.

«Zugegeben, mein lieber Piossek, aber was den Mordfall der Grete Kroitsch betrifft, da tappen Sie noch immer völlig im Dunkeln. Dem Brotwagenfahrer, diesem Herbert Stentsch, können wir den Mord nicht anhängen, das macht kein Richter mit. Und wenn wir sagen, die Lindenkranz war es auch in diesem Falle, dann haben wir ihren Mann am Hals, abgesehen davon, dass das Oranienburger Alibi – ich will es einmal so nennen – schwer zu erschüttern sein dürfte. Also müssen Sie sich jetzt auf den Fall Kroitsch konzentrieren!»

Das taten sie, indem sie sich in ihr Büro begaben und dort eine Partie Skat spielten. Als an die Tür geklopft wurde, ließen sie die Karten schnell unter ihren Akten verschwinden. Es war aber weder Dr. Morack noch ein Besucher, der auf Kappes «Herein!» in der Tür erschien, sondern sein Neffe.

«Ich habe in der Poststelle zufällig was entdeckt, das interessant sein könnte», sagte Otto Kappe. «Da ist eine Meldung aus einem Revier in Treptow eingegangen, dass in einer Laubenkolonie im Baumschulenweg ein Rentner fast erschlagen worden ist, nachdem er einen Deserteur aufgestöbert hat und zur

Anzeige bringen wollte. Da habe ich gleich an die Kroitsch denken müssen und wie die ums Leben gekommen ist – auch in einer Laubenkolonie.»

Kappe sprang auf und umarmte den Neffen. «Mensch, Otto, das könnte unsere Rettung sein! Weißt du, in welchem Krankenhaus dieser Rentner liegt?»

«Nee, aber das dürfte doch schnell zu ermitteln sein.»

Kappe und Galgenberg machten sich sofort ans Werk. Erst beschafften sie sich die Steckbriefe aller im Großraum Berlin vermuteten Deserteure, dann liefen sie zum U-Bahnhof, um ins Neuköllner Krankenhaus zu fahren. Mit der Linie D ging es bis zum Hermannplatz und dann weiter mit der Straßenbahn 47. Kappe erinnerte sich an die Zeiten, in denen er mit seiner Familie in dieser Gegend gewohnt hatte, in der Hufeisensiedlung. Dort hatte er sich nie sonderlich wohl gefühlt, doch hätte er damals geahnt, was die Zukunft bringen würde, wäre er jeden Tag jubelnd um den Teich gehüpft, der in der Mitte ihrer Siedlung angelegt worden war.

Trotz des weitläufigen Krankenhauses hatten sie den Rentner bald gefunden, denn er hörte auf den nicht eben häufigen Namen Magerfleisch. Sie mussten sich das Grinsen verkneifen, als sie ihn in seinem Bett erblickten: Der Mann hatte gerade sein Laken zurückgeschlagen und ließ am Bauch und an den Oberschenkeln Massen fetten Fleisches erkennen.

«Ich hoffe, Sie machen mit diesem Verbrecher kurzen Prozess!», rief er, als die Kommissare sich vorgestellt und ihm ihr Anliegen erklärt hatten. Er war trotz seiner schweren Kopfverletzung vernehmungsfähig und sah sich bereitwillig ein Photo nach dem anderen an. Nach rund zwanzig Minuten rief er aus: «Der da war's!»

Kappe stellte fest, dass es sich um den 24-jährigen Drogisten Eberhard Bethge handelte, der sich während seiner Ausbildung in einer Spandauer Kaserne abgesetzt hatte.

Als Kappe und Galgenberg ins Polizeipräsidium zurückkehrten, fanden sie Piossek und die anderen Kollegen in heller Aufregung, denn das Gerücht ging um, Adolf Hitler sei Opfer eines Attentats geworden. Kappes Puls ging so schnell, dass er eine Herzattacke befürchtete. Die Freude wollte ihn übermannen, denn mit dem Tod des Führers konnte der Krieg schon morgen vorbei sein. Deutschland wäre von den größten Verbrechern seiner Geschichte erlöst. Er lief zur Poststelle, wo sie einen Volksempfänger hatten. Doch alsbald konnte er alle Hoffnung fahren lassen, denn den Verschwörern war es nicht gelungen, den Deutschlandsender unter ihre Kontrolle zu bringen. Ab 17.42 Uhr wurde dort regelmäßig eine Erklärung des Führerhauptquartiers über das Scheitern des Attentats ausgestrahlt. Dr. Morack wies alle an, im Präsidium zu bleiben.

«Wenn die Putschisten verhaftet werden, sind wir mit von der Partie, meine Herren!»

Es sickerte durch, dass dem Kommandanten des Wachbataillons Berlin, Major Otto Ernst Remer, der als überzeugter Nationalsozialist angesehen wurde, die Vollmacht zur Besetzung des Bendlerblocks und zur Niederschlagung des Aufstandes erteilt worden war. Gegen 21 Uhr wurde über den Rundfunk die Ernennung Heinrich Himmlers zum Befehlshaber des Ersatzheeres verbreitet und eine Ansprache Hitlers angekündigt. Damit war jede Hoffnung gestorben. Kappe saß schweigend in einer Ecke und nahm das Ganze hin wie ein Todesurteil. Gegen Mitternacht kam sein Neffe und flüsterte ihm ins Ohr, dass es im Bendlerblock eine Reihe von Erschießungen gegeben habe.

«Arthur Nebe soll zu den Putschisten gehört haben und von denen, die wir kennen, wohl auch der von Grienerick. Sie sind untergetaucht, doch überall in der Stadt laufen Gestapo-Streifen herum, um alle zu verhaften, die an der Verschwörung gegen den Führer beteiligt waren.»

NEUNZEHN

EBERHARD BETHGE hätte darüber lachen können, wenn die Sache nicht so ernst gewesen wäre. Er lebte in einer Speisekammer – und war trotzdem am Verhungern. Er hatte sich im dritten Stock einer Ruine am Bayerischen Platz einquartiert, und zwar in einer Wohnung, von der die Bomben nur einen Teil der Küche und die Speisekammer übrig gelassen hatten, doch gab es dort nichts Essbares mehr, nicht einmal einen trockenen Kanten. Seit er mit dem gestohlenen Personalausweis des «Kollegen» Walter Wannowski unterwegs war, waren Razzien und sonstige Kontrollen nicht mehr sein größtes Problem, im Mittelpunkt stand nun die Frage, wo er etwas zu essen auftreiben konnte. Zwar hatte er stets ein paar Reichsmark in der Tasche, erbeutet bei seinen Einbrüchen, doch das nutzte ihm wenig, denn ohne Lebensmittelmarken gab es nichts mehr zu kaufen. Hin und wieder fand er in den Laubenkolonien Obst an den Bäumen und Sträuchern, auch Erdbeeren gab es reichlich, aber Kleingärten mied er lieber, seit er im Baumschulenweg einen Rentner niedergeschlagen hatte. Selbst schuld, der Alte! Der hätte ihn auch übersehen können, anstatt nach der Polizei zu rufen.

Bethge tat das Kreuz weh. Immer auf den harten Dielen zu liegen war eine Tortur. Auch zudecken konnte er sich nicht, aber glücklicherweise wurde es langsam Hochsommer, und so fror er selbst in den kühlen Nachtstunden nicht sonderlich. Dass es die längsten Tage des Jahres waren und es erst so spät dunkel wurde, freute ihn wenig, denn auch heute blieb ihm nichts anderes übrig, als irgendwo einzubrechen – am besten in eine Bäckerei, eine

Fleischerei oder einen Kolonialwarenladen, vielleicht auch in eine Gastwirtschaft, denn Hunger und Durst wurden langsam zur Marter.

Mit lautem Stöhnen erhob er sich. Alle Knochen taten ihm weh. Es wurde erst besser, als er ein paar gymnastische Übungen gemacht hatte. Durch das schmale Fenster, das mehr ein Schlitz war, fiel immer noch zu viel Licht in seine Kammer. Er wusste nicht genau, wie spät es war, denn er hatte vergessen, seine Armbanduhr aufzuziehen. Vielleicht war sie auch kaputt.

Er legte sich wieder auf die braun gestrichenen Dielen, um zu warten, bis es richtig dunkel geworden war. Irgendwie war er schon recht müde heute Abend. Er schloss die Augen, um sich etwas Schönes vorzustellen. Bei Temperaturen wie heute waren sie immer nach Schmöckwitz gefahren und hatten auf der Badewiese gelagert. Schnell wechselten die Bilder. Er stand im Laden seines Vaters und war dabei, mit einer hölzernen Kelle goldgelbe Butter aus einem Fass zu holen, auf ein Stück Pergamentpapier zu klatschen und zu einem rechteckigen Block zu formen, der dann gewogen wurde. Manche Kundinnen regten sich auf, wenn vom Vater das Gewicht des Papiers nicht abgezogen wurde und die Waage nicht mindestens 102 Gramm anzeigte, wenn für 100 Gramm zu bezahlen war. Es waren attraktive Frauen dabei, und mit einer hatte sich Bethge sogar eingelassen. Vom Typ her ähnelte die einer der letzten Frauen, die er gehabt hatte, blond und drall wie diese Grete Meyerdierks in Bremen. In schöne Erinnerungen versunken, schlief er ein.

Als er erwachte, war es stockfinster. Seinem Zeitgefühl nach musste es bereits nach Mitternacht sein – Zeit also, aufzubrechen und etwas zu essen und zu trinken zu finden. Er hauste in einem Gebäude mit Dienstbotenaufgang, der direkt von der Küche her zu erreichen war. Das Treppenhaus für die Herrschaften war teils eingestürzt, teils unbegehbar. Die Wohnungen über ihm und unter ihm waren, anders als seine halbe Etage, ausgebrannt und gänzlich unbewohnbar, so dass er keinen Nachbarn zu befürchten hatte. Die zweite Hälfte des Hauses existierte nicht mehr, sie war nur noch ein einziger Trümmerhaufen. Er tastete sich Stufe für Stufe hinunter, bis er auf der Straße stand. Der Mond verstieß heute gegen die Verdunkelungsverordnung und tauchte die Ruinen des Bayerischen Platzes in ein diffuses Theaterlicht. Einerseits brauchte Bethge keine Angst zu haben, über herumliegende Steine, Balken oder Eisenträger zu stolpern und sich beim Sturz böse Verletzungen zuzuziehen, andererseits war er leichter zu entdecken, wenn er eine Ladentür aufbrach. Doch der Hunger trieb ihn, sich auf den Weg zu machen.

Die Gegend war ihm fremd. Als Junge wie als junger Mann hatte er nie etwas am Bayerischen Platz zu tun gehabt. Hier hatten Leute mit Geld und Ansehen gewohnt, viele Juden unter ihnen, er aber kam aus kleinen Verhältnissen. Bethge wusste nur, dass der Bayerische Platz von der Grunewaldstraße zerschnitten wurde und in Richtung Westen die breite Kaiserallee zu finden war. Lebensmittelgeschäfte vermutete er eher in den kleinen Straßen, die von der Nordseite des Platzes abgingen. Ein Schild lag auf dem Bürgersteig. *Aschaffenburger Straße*, konnte er entziffern. Nur wenige Menschen waren unterwegs, alles Männer, die aus Restaurants, Theatern und Kinos kamen, keine Schichtarbeiter. Niemand interessierte sich für ihn. Jetzt, wo ausgebombte Angehörige der unteren Stände bei ihren Verwandten Zuflucht gefunden hatten, gab es auch in diesem noblen Viertel Reichsbahneruniformen. Zwei Männer kamen an ihm vorbei, und er hörte den einen fragen, was denn wohl nach Adolf Hitler käme. Das verstand er anfangs nicht, dann dämmerte ihm, dass es womöglich ein Attentat gegeben hatte. Wenn der Führer tot war, dann ... Er konnte es nicht fassen. Vielleicht war am Morgen alles vorbei, und er konnte als freier Mann durch die Straßen laufen!

Inzwischen war er an eine Stelle gekommen, an der sich die Straße gabelte. Er entschied sich, in die Güntzelstraße einzubiegen. Nachdem er einige Ruinenfelder passiert hatte, kam er an mehreren unzerstört gebliebenen Häusern mit schöner Gründerzeitfassade vorüber und entdeckte schließlich auch einen Kolonialwarenladen. Dessen Rollläden waren zwar heruntergelassen, er schien aber noch betrieben zu werden. Bethge sah sich vorsichtig nach allen Seiten um. Es war niemand zu sehen. Schnell drückte er die Klinke nach unten und suchte, die Haustür mit der Schuhspitze aufzudrücken. Mist, sie war abgeschlossen! Zu sehen war nicht viel, es musste alles abgetastet werden. Glück gehabt! Es handelte sich um ein Durchsteckschloss, und das konnte er mit seinem Dietrich öffnen. Bald stand er im Hausflur. Vor der Wohnungstür, die zum Laden führte, ließ er ein Streichholz aufflammen, um das Namensschild zu studieren. Stand ein Name drauf, wohnten die Lebensmittelfritzen hier, und er konnte sein Vorhaben vergessen. War kein Name zu finden, dann wohnten sie woanders und kamen nur zu den Ladenöffnungszeiten in die Güntzelstraße. Er hatte wieder Glück, es war nur das blanke Holz zu erkennen. Er machte sich ans Werk und stand keine Minute später mitten im Laden. Da alles abgedunkelt war, konnte er jetzt seine kleine Taschenlampe einschalten, die er ebenfalls bei einem Einbruch erbeutet hatte. Die Regale waren nicht gerade zum Bersten gefüllt, aber immerhin gab es so viel zu essen, dass er sich wie im Schlaraffenland vorkam. Er stopfte sich voll mit Wurst und Käse, dass ihm beinahe schlecht wurde. Auch eine Flasche Weißwein fand sich, eine Lieferung aus Ungarn, und in der Küche gab es einen Wasserhahn. Nachdem er seinen Durst mit Wasser gestillt hatte, holte er sich einen Korkenzieher aus der Schublade, öffnete die Flasche und widmete sich dem Genuss des Weines. Nach einer halben Stunde war er so berauscht, dass er sanft dahindämmerte und all sein Elend vergaß. Doch sofort schreckte er hoch, denn er wusste, dass er nur in seiner Behausung in Sicherheit war. Er stopfte sich noch schnell die Taschen mit Essbarem voll, dann machte er sich auf den Rückweg. Er war gerettet, nun konnte er es wieder ein paar Tage aushalten. Ohne Probleme kam er zurück in seine Ruine am Bayerischen Platz, niemand hielt ihn auf und fragte nach seinen Papieren, und es gab auch keinen Fliegeralarm.

Wieder zu Hause, packte er alles aus, was er aus dem Kolonial-warenladen mitgenommen hatte, und freute sich, dass seine Speise-kammer ihrem Namen nun wieder ein klein wenig gerecht wurde. Er zog seinen Uniformmantel aus, legte ihn auf die Dielen und war nach wenigen Sekunden eingeschlafen.

So mochte er vier Stunden fest geschlafen haben, als gegen die Wohnungstür gebummert wurde. Bethge schreckte hoch.

«Aufmachen! Die Gestapo!» Es war eine Streife, die nach un-tergetauchten Attentätern des 20. Juli suchte, und jemand hatte eine verdächtige Person in der Ruine an der Güntzelstraße ver-schwinden sehen.

Bethge war im Nu hellwach. Er ahnte die Zusammenhänge. Zwar hatte er mit dem Anschlag auf den Führer nicht das Aller-geringste zu tun, doch die Gestapo-Leute würden auf den ersten Blick erkennen, dass sie einen Deserteur vor sich hatten, und das bedeutete, dass er ebenso unter der Guillotine landen würde wie sein Bruder Thomas.

Da blieb ihm nur die Flucht. Er hatte längst alles eruiert und wusste, dass es ins Nichts ging, wenn er die Küchentür öffnete, die einst auf den Korridor führte. Den gab es zwar nicht mehr, aber gleich hinter dem Türrahmen gingen zwei Gasrohre nach unten. Die hingen so fest an der Wand, dass sie einen Mann seines Gewichtes aushalten konnten. Da er in der Schule beim Stangen-klettern immer eine Eins bekommen hatte, würde er keine Mühe haben, sich auf den Hof hinunterzuhangeln oder nach unten zu rutschen.

Das Bummern wurde aggressiver.

«Ich komme ja!», schrie Bethge in Richtung Wohnungstür.

Dabei streifte er sich seinen schwarzen Reichsbahnermantel über, stürzte zur Küchentür und riss sie auf. Das Mondlicht war so hell, dass er die beiden Gasrohre gut erkennen konnte. Er machte eine Drehung, hielt sich mit der rechten Hand am Tür-rahmen fest und streckte die linke nach dem ersten Gasrohr aus. Verdammt! Er reichte nicht ganz heran. Panik erfasste ihn, zumal sich die Gestapo-Leute nun ganz offenbar daranmachten, die Wohnungstür einzutreten.

Bethge hatte etwa dreißig Zentimeter zu überbrücken. Nicht viel, aber verfehlte er das Rohr, stürzte er vom zweiten Stock in die Tiefe. Doch was blieb ihm weiter übrig? Er musste es wagen.

Er holte noch einmal tief Luft, dann stieß er sich ab.

ZWANZIG

HERMANN KAPPE stand am Aktenbock, um die Zeitungen, die sich in den letzten Tagen gestapelt hatten, noch einmal durchzusehen und dann in den Papierkorb zu stopfen. Als er die Schlagzeilen überflog, hatte er Tränen in den Augen, denn sie signalisierten: Lasst alle Hoffnung fahren! Die Hölle, in der er lebte, würde noch um einiges höllischer werden ...

Es lebe der Führer!
Feindlicher Mordanschlag auf den Führer missglückt.
Eine Schrecksekunde lähmenden Entsetzens hat jeder Deutsche heute durchlebt, als ihm die Nachricht von dem Mordanschlag auf den Führer überfiel: Zum zweiten Male in seinem langen Kämpferleben hat das Schicksal den Mann um Haaresbreite vor einem tückischen Tode bewahrt, der der Inbegriff von Deutschlands Größe und Deutschlands Zukunft geworden ist.

Im *Völkischen Beobachter* vom 21. Juli war auf der Titelseite in der Spalte links unter der Überschrift *Noch härter!* ein Kommentar von Alfred Rosenberg zu finden:

Der Sprengstoffanschlag auf den Führer und dessen Errettung haben mit einem Mal erneut wieder zum vollen Bewusstsein gebracht, unter welchem Schicksal heute das deutsche Volk steht. In der Persönlichkeit des Führers ist eine Epoche Deutschlands und Europas heraufgezogen, die zu dem Erhabensten gehört, wofür auf unserem Kontinent jemals gekämpft wurde ... Das Schicksal hat den Führer beschirmt ... Er wird die deutsche

Nation durch die Feuer der Gegenwart hindurchführen in jene Zukunft, die das deutsche Volk mit Recht beanspruchen darf.

Die Schlagzeilen vom 22. Juli waren noch fetter als sonst: *Groß-admiral Dönitz: Jeden Verräter rücksichtslos vernichten! – Göring: In Treue und heißer Liebe zum Führer – Das Komplott völlig zusammengebrochen – Die Rädelsführer teils selbst entleibt, teils von Bataillonen des Heeres füsiliert.*

Auch folgenden Artikel fand Kappe:

Antwort der Nation: Bedingungslose Treue
Wir freuen uns über die Offenbarung, dass über das Leben des Führers eine höhere Macht ihre schützende Hand hält, als die Menschen bewegen können. Die Rettung Adolf Hitlers grenzt an das Wunder. Mit ihm kann die Geschichte nur einen Sinn verfolgen, sein Wollen zu fördern und den großen Mann sein größeres Werk vollenden zu lassen. Darum ist uns heute weniger denn je um unsere glückliche Zukunft bange.

Es folgte die Ansprache Adolf Hitlers an das deutsche Volk. Die ersparte sich Kappe. Er zerriss die Seiten in handliche Stücke, um sie auf die Toilette zu tragen und dort auf einen Nagel zu spießen. Das konnte nicht als politische Demonstration gewertet werden, denn es entsprach, da richtiges Toilettenpapier Mangelware war, einer Weisung Dr. Moracks. Nicht ohne Genugtuung wischte sich Kappe dann wenig später den Hintern mit der Rede des Führers.

Wieder im Büro, griff er zum Telefon und setzte seine Suche nach dem Verbleib des Deserteurs Bethge fort. Im Tohuwabohu der letzten Tage schien der verschwunden zu sein. Die Behörden befanden sich alle im Ausnahmezustand und waren damit beschäftigt, die Verräter in den eigenen Reihen aufzuspüren und zu vernichten, ganz so, wie es der Führer befohlen hatte: *Es ist ein ganz kleiner Klüngel verbrecherischer Elemente, die jetzt unbarmherzig ausgerottet werden.*

«Wo ist Eberhard Bethge abgeblieben?», fragte Kappe seinen Kollegen Gustav Galgenberg, kurz nachdem der eingetreten war und nach alter Manier seinen Hut auf den Garderobenhaken geworfen hatte.

«Der wird bei der Arbeit sein», antwortete Galgenberg.

«Verstehe ich nicht ...»

«Na, es heißt doch immer: Arbeite und Bethge.»

Kappe klatschte Beifall. «Du solltest dich um die Stelle als Reichskomiker bewerben!»

«Die haben doch schon andere inne, gegen die ich nicht ankomme.» Galgenberg ließ sich auf seinen Sessel fallen. «Haste schon was von dem Herrn von Grienerick gehört?»

«Nein.»

Galgenberg sprach aus, was Kappe dachte: «Wenn sie den kriegen, dann ... Schließlich seid ihr mal befreundet jewesen.» Er grinste. «Damals im Tegeler Forst seid ihr sogar 'n richtijet Paar jewesen. Ja, mein Lieber, deine Freunde ... der eine im Widerstand und im KZ, der andere bei den Verschwörern. Aber auf mich kannste rechnen: Ick werde schwören, det du imma die richtige völkische Gesinnung jehabt hast.»

Dr. Morack stand plötzlich in der Tür.

«Heil Hitler!», rief Galgenberg.

«Heil Hitler, meine Herren!» Dr. Morack wandte sich zu Kappe. «Plötzensee ruft eben an. Da ist ein gewisser Eberhard Bethge eingeliefert worden. Ein Deserteur. Der ist sicherlich identisch mit dem Knaben, der in der Laubenkolonie in Baumschulenweg diesen Rentner da niedergeschlagen hat.»

Kappe starrte Dr. Morack an. «Der Bethge ist als Deserteur von der Gestapo geschnappt worden?»

«Ja, sage ich doch! Und – sehen Sie da keine Parallele zum Mordfall Kroitsch?»

«Deserteure gibt es viele», brachte Kappe hervor. «Die Kroitsch ist zwar in einer Laubenkolonie erschlagen worden, aber das war doch ganz woanders. Man müsste erst einmal ...»

«Gut, aber wenn Sie diesen Bethge noch sprechen wollen, dann müssen Sie sich beeilen, denn er soll in den nächsten Stunden unters Fallbeil kommen.»

Kappe bedankte sich bei Dr. Morack. «Galgenberg und ich werden uns sofort auf den Weg nach Plötzensee machen und noch mit ihm sprechen, bevor er ...»

Kappe konnte sich nur allzu gut an seinen ersten Besuch in Plötzensee erinnern, zu dem ihn Friedrich Riese, der Leiter des Amtes V im Reichssicherheitshauptamt, «eingeladen» hatte. Damals war ein Thomas Bethge geköpft worden, heute ging es um einen Eberhard Bethge. Er fragte sich, ob das Brüder waren. Doch im Reich mochte es mehrere tausend Bethges geben.

Galgenberg hatte das Liniennetz von S-, U- und Straßenbahn im Kopf. «Mit der U-Bahn bis Gesundbrunnen, dann auf dem Ring bis Beusselstraße. Von der S-Bahn bis zur Strafanstalt sind es dann rund drei Kilometer zu Fuß. Die loofe ick aba nich, dafür sind mir meine Schuhsohlen zu schade.»

Diese Bemerkung ließ Kappe zusammenzucken, denn sofort dachte er an das KZ Sachsenhausen und seinen Freund Theodor Trampe. Vielleicht wäre der heute schon frei, wenn Stauffenbergs Bombe Hitler getötet hätte ...

Am S-Bahnhof Beusselstraße mussten sie nicht lange auf die Straßenbahn warten. Die 8 brachte sie nach Plötzensee, wo sie eine Reihe bürokratischer Schikanen zu überstehen hatten, ehe sie zu Eberhard Bethge durchgeschlossen wurden. Der sei wie alle, die man zum Tode verurteilt hatte, im großen Zellenbau, dem Haus III, untergebracht, war ihnen vom Anstaltsleiter mitgeteilt worden, doch als sie dort angekommen waren, fanden sie nur noch eine leere Zelle vor.

«Verflucht!», entfuhr es Kappe, denn ein geköpfter Bethge konnte kein Geständnis mehr ablegen.

Doch sie hatten Glück, denn nach einigem Hin und Her stellte sich heraus, dass sich Bethge noch im sogenannten Totenhaus befand, jenen besonderen Zellen im Erdgeschoss, in denen die

Gefangenen warten mussten, ehe man sie über einen kleinen Hof zum Hinrichtungsraum mit dem Fallbeil führte. Bethge saß gefesselt auf einer Pritsche, als sie eintraten und ihm erklärten, wer sie seien und weshalb sie nach Plötzensee gekommen wären.

Kappe begann mit leiser und etwas belegter Stimme. «War Thomas Bethge Ihr Bruder?»

«Ja.»

«Herr Bethge, wenn Sie Ihr Gewissen erleichtern wollen ...»

«Ja, ich war es!», schrie Eberhard Bethge. «Ja, ich habe die Kroitsch erschlagen! Es war Notwehr, sonst hätte sie die Feldjäger oder die Gestapo geholt. Ich kann doch nichts dafür!»

NACHWORT

Unsere Kappe-Reihe ist nun in den Zeiten angekommen, an die ich mich noch – zumindest dunkel – erinnern kann, so an die Nächte im Luftschutzkeller oder den Anblick ausgebombter Wohnhäuser am Morgen danach. Wenn ich das Jahr 1944 noch lebhaft vor Augen habe, so mag das aber auch darin begründet sein, dass ich schon als Junge bei den Unterhaltungen der Erwachsenen immer «lange Ohren» gemacht habe. Da das aber nicht ausgereicht hat, um *Unterm Fallbeil* zu schreiben, habe ich auch in der Zeitung geblättert, mit der ich aufgewachsen bin: dem *Völkischen Beobachter*.

Das war das Parteiorgan der NSDAP, und meine Eltern hatten es abonniert, obwohl – oder besser: weil – meine Mutter aus einer jüdischen Familie kam und mein Vater im Reichsbanner Schwarz-Rot-Gold die Nationalsozialisten bekämpft hatte. Ihnen ging es – ebenso wie Hermann Kappe – ums Überleben, und da dachten sie, bei den Bütteln der braunen Herren Pluspunkte zu sammeln, wenn sie mit dem *Völkischen Beobachter* gesehen wurden – und sie ihren Sohn mit dem Vornamen Horst bedachten.

Ging es um Details bei den Verfolgten des NS-Regimes, habe ich vor allem die Broschüren von Hans-Rainer Sandvoß über den Widerstand in den Berliner Bezirken (herausgegeben von der Gedenkstätte Deutscher Widerstand) herangezogen, und bei den Interna der Kriminalpolizei habe ich auf ein Buch von Patrick Wagner zurückgegriffen: *Hitlers Kriminalisten. Die deutsche Kriminalpolizei und der Nationalsozialismus*, München 2002. Die in diesem Roman geschilderten beiden Morde gehen auf Fälle zurück, die bei Wagner erwähnt werden.

Es geschah in Berlin ...

Horst Bosetzky: **Kappe und die verkohlte Leiche (1910)**

Sybil Volks: **Café Größenwahn (1912)**

Jan Eik: **Der Ehrenmord (1914)**

Horst Bosetzky/Jan Eik: **Nach Verdun (1916)**

Iris Leister: **Novembertod (1918)**

Horst Bosetzky: **Der Lustmörder (1920)**

Peter Brock: **Das schöne Fräulein Li (1922)**

Wolfgang Brenner: **Stinnes ist tot (1924)**

Petra A. Bauer: **Unschuldsengel (1926)**

Horst Bosetzky: **Bücherwahn (1928)**

Petra A. Bauer: **Kunstmord (1930)**

Jan Eik: **Goldmacher (1932)**

Klaus Vater: **Am Abgrund (1934)**

Horst Bosetzky: **Mit Feuereifer (1936)**

Jan Eik: **In der Falle (1938)**

Jan Eik: **Polnischer Tango (1940)**

Petra Gabriel: **Beutezug (1942)**

Horst Bosetzky: **Unterm Fallbeil (1944)**

Es geschah in Sachsen ...

Franziska Steinhauer: **Katzmann und das verschwundene Kind (1918)**

Uwe Schimunek: **Katzmann und die Dämonen des Krieges (1920)**

Jan Eik: **Katzmann und das schweigende Dorf (1922)**

Horst Bosetzky: **Der schwarze Witwer (1924)**

Uwe Schimunek: **Mord auf der Messe (1926)**

Katrin Ulbrich: **Das Auge des Panthers (1928)**